AF534813

A. von Beck, Jahrgang 1983, lebt mit seiner Frau und den gemeinsamen drei Kindern in der Nähe von Trier. Als Werbetexter und Content Manager arbeitet er mit prägnant auf den Punkt gebrachten Texten werblicher Art. Sein Debütroman Eichwald war nicht nur regional ein voller Erfolg (Platz 2 Newcomer bei amazon.de) und wurde mit Todestag und Teufelsfels zur beliebten Saaarcrime-Serie. Neben seinen Kriminalromanen und dem Thriller *Nichts bleibt verborgen* (dp Verlag) schreibt von Beck zusammen mit seinem Kollegen Luis Leinen die Jugendbuchreihe *DIE REDAKTION*.

A. VON BECK

NICHTS BLEIBT VERBORGEN

Erstausgabe Juni 2024

Nichts bleibt verborgen

ISBN 978-3-98998-288-8
E-Book-ISBN 978-3-98778-840-6
Hörbuch-ISBN 978-3-98778-837-6

Covergestaltung: Anne Gebhardt
Umschlaggestaltung: ARTC.ore Design
Unter Verwendung von Abbildungen von
shutterstock.com: © PhilMacDPhoto, © Elena_Panova
stock.adobe.com: © krsprs, © mimadeo, © plus69, © Janis Smits
Korrektorat: Katrin Gönnewig
Satz: dp DIGITAL PUBLISHERS GmbH
Druck und Bindung: Books on Demand GmbH, Norderstedt

Personenliste

Lara Riedel Hauptkommissarin beim LKA
Lennard »Lenny« Stark Hauptkommissar beim LKA
Hannah Harth Innenausstatterin
Henrik Berger Hannahs Nachbar und Freund

Walter Leinebach ehem. Chef des EWR
Herbert Ottmann ehem. Bürgermeister von Trauertal
Klaus Denzig ehem. Landrat

Ferdinand Geißler ehem. Deutschlehrer von Hannah
Paul Sander Bekannter von Jette
Nina Stollberger ehem. Nachhilfelehrerin von Hannah
Stefan Ludwig IT-Spezialist aus Trauertal
Michel Feldmann verstorbener Freund von Stefan und Nina
Hannes Feldmann Vater von Michel
Birgit Harth Hannahs Tante
Reini Harth Hannahs Onkel
Jette Harth Hannahs Schwester

1

Sie war eine außergewöhnliche Frau, die ihre Besonderheiten hinter einer Fassade der Normalität verbarg. Sie wollte nicht auffallen – so sein wie alle anderen –, doch in besonderen Momenten, in denen das Schicksal sie herausforderte, war sie imstande, über sich hinauszuwachsen und alles zu geben, was in ihrer Macht stand. Das war Hannah Harth. Eine scheinbar ganz normale Frau, Ende dreißig.

Hannah war auf dem Weg zum ersten Besichtigungstermin einer Luxusimmobilie ihres größten Kunden, der *Haus & Grund Immobiliengesellschaft.* Die *HGI* war ein Franchise mit Sitz in Frankfurt am Main und unzähligen Außenstellen in Deutschland, Österreich, Luxemburg und der Schweiz. Hier wurden nicht einfach Wohnungen und Häuser vermittelt, »hier werden Träume verwirklicht«, so der Slogan, der auf sämtlichen Visitenkarten und Broschüren stand. Jedes Objekt, das bei der HGI in die Vermarktung kam, wurde auf höchstem Niveau, nach amerikanischem Vorbild, bestmöglich in Szene gesetzt. Von den professionellen Fotos – hier setzte man auf brillante Optik und ein hohes Maß an Arbeit in der hauseigenen Photoshop-Abteilung – bis zu kurzen Videoclips mit Drohnenaufnahmen und persönlicher Ansprache des Immobilienmaklers vor Ort. Alles war auf dem neusten Stand der Technik und endete mit dem Satz: »Hier wird Ihr Traum Realität!«

Neben den Maklern, die alle aussahen wie Models, den Fotografen, Designern und Drohnenfilmern, war Hannah das letzte Glied in der Kette. Um den Deal vor Ort abzurunden, wurde sie mit ihrem Service für besondere Objekte gebucht: Sie sorgte für das i-Tüpfelchen bei der Besichtigung potenzieller Käufer teurer Häuser, indem sie die oft leeren Räume mit Leben füllte. »Räume mit Leben füllen« hieß dabei, die ausgeräumten und häufig seelenlosen Zimmer von Stadtvillen mit Möbeln und Dekorationsartikeln so auszustatten, dass sich die Zielgruppe in das Objekt verliebte.

Bei Häusern, für die ihr Service nötig war, hieß diese Zielgruppe meistens DINK: »double income, no kids«, auf Deutsch: kinderlose Paare mit dickem Einkommen. Dabei ging es in erster Linie darum, die fehlende Vorstellungskraft der potenziellen Käufer durch einen Einrichtungsvorschlag anzuregen. Oft sprang dabei direkt ein Folgejob für Hannah raus, denn nicht selten verliebten sich die Kunden in das Setting. Hannah wurde infolgedessen beauftragt, passende Möbel zum neuen Haus zu besorgen. Ein Service, den sich die schüchtern wirkende, zierliche Frau angemessen bezahlen ließ.

Wer jetzt denkt, dass ein paar Möbel rücken kein Job wäre, der täuscht sich. Hannahs Leistung bestand in erster Linie darin, leere Wohnungen und ganze Häuser schnell auszustatten und dann wieder abzubauen. Sie arbeitete mit drei Monteuren zusammen, die aus ihrer angemieteten Halle alles zu den Objekten hin transportierten, aufbauten und oft bereits eine Woche später abbauten und wieder einlagerten. Die Deko war teilweise Attrappe (Fernseher, Laptops, Gemälde), jedoch sah alles am Ende aus wie eine perfekt ausgestattete Wohnung aus einer Hochglanz-Einrichtungszeitschrift. Hannahs Blick fürs Detail war nicht selten der letzte Funke, der das Feuer bei den Interessenten entfachte und somit den Deal zustande brachte.

Wenn es die Zeit erlaubte und der Auftragswert hoch genug war, erkundigte sie sich im Vorhinein über die Interessenten: Bei dem Juristenpaar mit Affinität zu Sportwagen und teurem Riesling (deren Instagram-Profile machten die zentralen Punkte in wenigen Sekunden deutlich) hatte sie entsprechende Bücher in den Schränken und Zeitschriften auf dem Wohnzimmertisch platziert. Der Abstellraum wurde mit Weinregalen und edlen Rieslingen der Mosel ausgestattet, die sich Hannah von einem befreundeten Weinhändler ausgeliehen hatte. Und tatsächlich: Der zufällige Blick in die unbedeutende Kammer unter der Treppe verwandelte die bis dato skeptische Haltung des Mannes in ein träumerisches Glänzen in seinen Augen. Hannah war eine Woche damit beschäftigt, den neuen Eigentümern erst das Haus einzurichten und dann die Besenkammer zum temperierten Weinlager ausbauen zu lassen.

Eine Berufsbezeichnung dafür, was Hannah tat, gab es nicht; eine Ausbildung, die ihre Fähigkeiten vermittelte, fiel ihr nicht ein. Auf ihrer Visitenkarte stand *»Interieur Designerin«* – das klang professionell und der Begriff war keine geschützte Berufsbezeichnung. Ähnlich wie Anti-Aging-Therapeut, Privatdetektiv oder Virologe. Sicherlich war das, was sie tat, der Traumjob vieler Innenarchitekten, die ihr Studium aus den falschen Gründen gewählt hatten. Doch Hannah hatte weder ein Studium noch eine Ausbildung, die auf diesem Gebiet eine Expertise dargestellt hätte. Sie hatte vorher überhaupt keine Berührungspunkte mit der Branche gehabt, außer dass ihr Ex-Freund Olaf als Immobilienmakler gearbeitet hatte.

Vor etwa fünfzehn Jahren verhalf sie dem talentfreien Olaf vom letzten Platz des internen Rankings auf das Siegertreppchen, indem sie seine Objekte durch geliehene Möbel und Gemälde aufwertete. Olafs Erfolg wurde schnell als Erfolg seiner Freundin konstatiert, und so kam es, dass dieser nicht nur das Unternehmen, sondern letztlich auch ihre Beziehung verlassen musste. Hannah blieb und machte sich infolge der nachweislich guten Bilanz selbstständig. Sie wirkte oft schüchtern und zurückhaltend, da sie das Reden üblicherweise ihren Gesprächspartnern überließ. Wenn sie jedoch etwas sagte, dann meist mit Bedacht. Nüchtern betrachtet war sie eine knallharte Geschäftsfrau in Gestalt eines scheuen Mädchens.

Ihr Gang war zielstrebig und mit ihrer Handtasche in der angewinkelten Armbeuge und dem engen Kostüm wirkte sie selbst wie eine Interessentin für das pompöse Anwesen. Sie hatte ein paar Straßen weiter auf einem kleinen Parkplatz geparkt, um sich die Nachbarschaft näher anzusehen. Es war Freitagmorgen und alles lief nach Plan; so wie Hannah es mochte. Die Häuser in diesem Viertel waren alle mehrere Millionen Euro wert – eine Gegend in Mainz, die abwertend das *Reichengetto* genannt wurde. Oft hatte sie solche Villen im benachbarten Wiesbaden, das von vielen aus dem

Rhein-Main-Gebiet auch *Spießbaden* genannt wurde. Frankfurt und Mainz waren heterogener strukturiert, voll von Kontrast in Bauweise und Lebensführung der Menschen. Ein Junkie komatös vor einem Nobelclub? In Frankfurt kein Problem. In Wiesbaden lag eher eine Gucci-Handtasche vor einer Prada Boutique. Mainz war da ruhiger. Die Landeshauptstadt von Rheinland-Pfalz lag eben auf der richtigen Seite des Rheins, wie man sich dort sicher war.

Das Rot der Morgensonne ließ einen heiteren Tag erahnen; wieder einer dieser milden Frühlingstage, die sich mehr nach Sommer als nach Winter anfühlten. Auch kalendarisch lag der Winter bereits in der Vergangenheit, obwohl es dieses Jahr keinen Schnee gegeben hatte. Vorsichtig tastete sie über ihre goldbraunen Haare, die sie bei Terminen wie diesen am liebsten als Pferdeschwanz zusammengebunden trug. Alles saß perfekt. Ihr Auftreten gehörte zu ihrem Gesamtkonzept, ebenso wie ihre Arbeit an den Tagen davor. Hannah stand den Maklern oft beratend zur Seite und wäre selbst bei den meisten Verkäufen ohne das männliche Pendant die bessere Verkäuferin gewesen. Doch manche Kunden standen eben auf den schmierigen männlichen Makler, der reden konnte wie ein Wasserfall – und heute war Frank Dellowere da, das Klischee eines solchen Exemplars. Gemeinsame Verkaufstermine mit ihrem gut aussehenden Kollegen sahen meistens wie folgt aus: Frank spulte seinen Text ab, redete in Superlativen und wählte die ganze Bandbreite an blumigen Adjektiven, um das vorliegende Anwesen und seine Vorteile darzustellen. Während Hannah die Frauen in Bezug auf die Möglichkeiten der Einrichtungen von

Wohn- und Essbereichen mit ihrer ruhigen und klugen Art inspirierte, hörte man Frank mit großem Getöse Dinge beschreiben, die für Männer dieser Kategorie wichtig waren: Smarthome-Systeme mit allerlei technischen Spielereien, Garagengröße und die Vorstellung, welche Autos dort nebeneinander Platz finden könnten ...

Bei lautstarkem Gelächter aus dem Schlafzimmer wusste Hannah, mit welch zweideutigen, sexistischen Anspielungen Frank seinen Kunden in Stimmung brachte. Kurzum: Jeder hatte seine Aufgabe und bei Objekten jenseits der Millionengrenze musste man heutzutage auffahren, was möglich war.

»Ready for the show?«, begrüßte Frank seine Kollegin stimmgewaltig aus seinem Tesla Model X, als dieser in die Einfahrt einbog. Frank war Mitte fünfzig, versuchte aber optisch wie Ende dreißig zu wirken. Er trug eine schwarze Sonnenbrille, obwohl es stark bewölkt war. Sein Zahnpastalächeln wusste er gekonnt einzusetzen: Nach Begrüßungsfloskeln wie diesen ließ er sein Gesicht mit einem breiten Grinsen gerne wirken und verharrte einige Sekunden in einer einstudierten Mimik, die an Politiker auf Wahlplakaten erinnerte. Oder eben an Werbegesichter für Zahnpastatuben. Meistens wurde dieser Move von ihm selbst aufgelöst; langes Schweigen hielt Frank nicht aus.

Hannah lächelte gekünstelt.

»Ich bin gespannt, was du wieder gezaubert hast ...«, schmeichelte er seiner jungen Kollegin, während er geräuschlos mit seinem neuen Auto in die Einfahrt glitt. Geschmeidig sprang er aus dem Wagen und ging auf die Haustür zu. Wobei das eine echte Untertreibung war. Schon der Eingang deutete an, was sich hinter der weißen Fassade mit den bodentiefen Fenstern verbarg: kein Haus von der Stange; hier hatte sich ein Architekt Gedanken über jedes Detail gemacht. Ein halbkreisförmiger Balkon überdachte den Eingang und wurde von zwei Säulen im römischen Stil getragen. Diese Säulen umrahmten die Tür, zu der man über vier ebenfalls halbkreisförmig angeordnete, tiefe Treppenstufen gelangte. Pfeiler dieser Art – sechs an der Zahl – befanden sich ebenso auf der Rückseite des Hauses. Dort zog sich über die komplette Länge von zehn Metern eine Balustrade, zu der man vom ersten Stock aus zu mehreren Zimmern Zugang hatte – und die eine gemütliche Veranda mit Blick auf den üppigen Garten darunter bot.

Insgesamt ein Traum von Anwesen, wenn auch ein wenig zu viel Kitsch und epochale Anspielungen, hatte sich Hannah beim ersten Anblick vor einer Woche gedacht. Sie hatten nur wenige Minuten, bis das erste Paar von insgesamt drei Interessenten auftauchen würde. Die ersten beiden entsprachen dem Klassiker solcher Käufer: ein DINK-Paar Ende dreißig. Die letzten Interessenten waren zwei Männer Anfang vierzig in einer bilderbuchartigen homosexuellen Beziehung, wie der Instagram-Account des Hübscheren der beiden zeigte. Offenbar ein Model, oder zumindest wollte er das Bild eines solchen auf seinem Profil verkaufen.

»Kannst du die beiden übernehmen, ich habe noch einen Anschlusstermin ...«, war die fadenscheinige Ausrede von Frank. Dabei war beiden klar, dass der eigentliche Grund ein anderer war.

»Hast du Angst, dass deine Masche bei dem schwulen Paar nicht zieht?«, scherzte Hannah, während Frank die Tür zum Anwesen aufsperrte.

Ein kritischer Blick ohne Kommentar war seine Antwort.

»Du bekommst auch die Hälfte der Provision!«, erweiterte er sein Angebot.

»Wenn das Paar am Ende das Haus kauft, will ich neunzig Prozent.«

»Das ist ein Witz?«

Sie blickte ihn kritisch an. »Wie oft mache ich Witze dieser Art?«

Er schwieg, denn er kannte die Antwort. Frank war kurz sprachlos, was selten vorkam. Beim Thema Provision war der Spaß schnell vorbei. Bevor er seine Rechnungen im Stillen durchdenken konnte, legte Hannah nach: »Achtzig Prozent. Mein letztes Angebot.«

»Okay, wir werden sehen, wie es läuft. Ich denke, wir tüten das direkt beim ersten Paar ein. Das hab ich im Gefühl ...«

Hannah enthielt sich spitzer Kommentare – auf das Gefühl von Frank hätte sie jedoch nicht gewettet.

2

Frank und Hannah betraten das leere Haus durch den imposanten Eingang. Der erste Raum hinter der Pforte glich eher einem Foyer als einer Diele. Eine unnötige Verschwendung von Raum, wie Hannah fand, aber schließlich gab es keine zweite Chance für einen ersten Eindruck. Und der war bei diesem Anwesen ein Statement.

Frank pfiff anerkennend, denn Hannah hatte in den vergangenen Tagen aus dem kargen, weißen Eingang eine Atmosphäre geschaffen, die ihn sofort anzusprechen schien. Dahinter ging eine breite Treppe aus weißem Carrara-Marmor in den zweiten Stock, während rechts und links jeweils zwei Türen zu Esszimmer und Küche auf der linken, und zu Gästezimmer und WC auf der rechten Seite führte. Wie sie diesen kühlen Marmorboden hasste. Hannah fand, dass er aussah wie kleine, weiße Grabsteine. Eine gruselige Vorstellung, dass der Boden des Eingangs aus einer Aneinanderreihung von Kindergräbern bestand. Die Worte *Carrara* und *Marmor* lösten bei zahlreichen Menschen eine Emotion aus, die sie nicht nachvollziehen konnte.

Mit Blumenarrangements, einer Sitzgruppe aus schwedischen Designermöbeln und abstrakten Gemälden an den Wänden hatte Hannah der Eingangshalle wieder Leben eingehaucht. Und das war schließlich ihr Job, denn genau solche Anwesen waren zwar begehrt, wirkten jedoch ohne Einrichtung oft wie Bahnhofshallen. Den tief hängenden Kronleuchter hatte sie kurzerhand abmontiert und durch moderne Hängeleuchten mit goldenem Innenanstrich ersetzt. Diese verliehen der Diele zusätzlich Wärme und eine Wohlfühlatmosphäre. Hannah atmete tief ein und aus. Mit zeitlichem Abstand gefiel ihr das Ambiente noch besser als gestern.

»Wo ist denn der Adonis hin? Den hast du dir sicher mit nach Hause genommen ...«, scherzte Frank, dem die fehlende Statue im Erker unter der Treppe aufgefallen war. Statt des nackten Adonis stand dort eine smaragdgrüne Vase mit einer Pflanze, die er nicht namentlich bestimmen konnte, wohl aber aus anderen Arrangements seiner Kollegin kannte.

»Auf den Kitsch steht doch heute niemand mehr ... Außerdem war das nicht Adonis, sondern ein schlechtes Replikat von Michelangelos David. Im Original übrigens aus Carrara-Marmor. Dieser hier war aber aus einem billigen Speckstein. Der steht im Keller, kannst du dir gerne selber mit nach Hause nehmen. Passt bestimmt zu deiner Einrichtung ...«

Hannah musste über die Vorstellung schmunzeln. Obwohl sie ihren Kollegen noch nie zu Hause besucht hatte, glaubte sie zu wissen, in welchem Stil seine Wohnung eingerichtet war. Doch bevor Frank seinen Senf dazugeben konnte, klopfte es an der Tür und eine schrille Stimme unterbrach ihre Gedanken.

»Hallöchen. Wir sind etwas zu früh, aber Sie sind ja schon da ...«

Frank war umgehend in seiner Rolle. »Willkommen in diesem schönen Anwesen. Hier wird Ihr Traum Realität! Ich bin Frank Dellowere. Nennen Sie mich gerne Frank.«

Während die wasserstoffblonde Frau im smaragdgrünen Kleid sich vor Freude kaum zu beruhigen schien, begutachtete der Mann, der deutlich älter als seine Frau aussah, kritisch das Mauerwerk und die Bodenfliesen.

»Schatz, sieh dir diese Vase an ...« Die Frau stürmte auf den Erker zu. »Passend zu meinem Kleid. Wunderschön!«

Der Mann wirkte nervös. Zu viel Euphorie trieb den Preis in die Höhe, er schien ein Gegengewicht zu der Begeisterung seiner Frau abliefern zu wollen.

»Ich habe gehört, das Haus hatte viele Vorbesitzer. Es ist schon das dritte Mal bei Ihnen in der Vermarktung. Irgendwo scheint es ja einen Haken zu geben ...«

In Situationen wie diesen kam Franks Stärke zum Einsatz. Er war schlagfertig und konnte lügen, ohne rot zu werden. Während sie bei solchen Fragen ins Schleudern geraten wäre, behielt Frank die Contenance und antwortete, als wäre er auf Fragen wie diese vorbereitet. »Objekte wie diese spielen in einer Liga, in der viele gerne mitmischen möchten – die Champions League quasi. Am Ende reicht es aber nicht, auf dem Platz aufzulaufen, man muss auch *abliefern*, wenn Sie verstehen, was ich meine ...«

Hannah verdrehte die Augen, ohne dass es jemand mitbekam, doch der Mann schien zu verstehen.

Frank fügte hinzu: »Das Haus ist ein Traum, es gibt keinen Haken. Nur, das alles hat natürlich seinen Preis.

Schon der Architekt ist eine Hausnummer. Ich meine, welches Anwesen in der Stadt ist noch von *Henry Hearthstone* entworfen worden? Soweit ich weiß, eine seiner letzten Arbeiten, vor seinem viel zu frühen Tod. Wenn man so will, sein letztes Vermächtnis und, wie ich finde, einer der Höhepunkte seiner Arbeit.«

Hannah machte eine lautlose Geste, als ob sie sich in einen Eimer übergeben müsste, denn der Mann stand mit seinem Rücken zu ihr im Eingang und die Frau war durch die offene Flügeltür in den Wohnbereich gegangen. Die Information, wer der Architekt war und dass dieser bereits mit Ende fünfzig an den Folgen seiner Alkoholsucht gestorben war, wusste Frank überhaupt nur von ihr. Der Rest war eine glatte Lüge. Doch er klang überzeugend – wie immer, wenn er jemandem erfundene Fakten erklärte, als ob er ein Experte auf diesem Gebiet wäre. Eine Stärke, die nur so lange funktionierte, wie sein Gegenüber selbst keine Ahnung hatte. Doch genau diesen Punkt schien Frank im Gefühl zu haben. Sein Gegenüber hatte keinen Plan, wer Henry Hearthstone war. Dieser hatte zwar einen eigenen Wikipedia-Artikel, aber der war nicht länger als der von anderen unbedeutenden Persönlichkeiten, über die es nicht viel zu sagen gab (in diesem speziellen Fall war das bedeutendste Detail, dass der Vater Harrison Hearthstone selbst ein berühmter Architekt gewesen war – mit deutlich mehr Referenzen als sein Sohn).

Frank schien die Geste der Übelkeit von Hannah nicht mitbekommen zu haben – oder hatte diese gekonnt ignoriert – und lenkte das Thema auf die kürzlich nachgerüsteten elektrischen Details. Sein Monolog wurde durch den schrillen Schrei der Ehefrau seines

Gesprächspartners aus dem Nebenraum unterbrochen. Hannah zuckte von dem lauten Gekreische zusammen. Während Frank und sein Gegenüber in einer Art Schockstarre verharrten, rannte Hannah los. In dem Moment, als sie durch die Tür in den Wohnbereich trat, sah sie die eben noch freudig erregte Frau, die sich vor das Sofa schwallartig übergab. Sie klammerte sich dabei an der Stuhllehne im Essbereich fest.

Erst als Hannah vorsichtig näher trat, erkannte sie, was der Grund für den Kontrollverlust der Frau war: Auf dem Sofa saß ein Mann, der offensichtlich nicht mehr am Leben war. Seine Augen waren offen und die Angst stand ihm ins Gesicht geschrieben. Mit nassen Haaren und geplatzten Adern im Gesicht starrte die Leiche vermeintlich aus dem großen Fenster hinaus. Seine Hände waren vor dem Körper an den Handgelenken mit schwarzem Kabelbinder fixiert. Auch wenn kein Tropfen Blut zu sehen war, war doch offensichtlich, dass der Mann keines natürlichen Todes gestorben war. Im Gegenteil. Was zu seinem Tode geführt hatte, wusste sie nicht. Aber dass es sich um einen grausamen Mord handelte, das war Hannah von der ersten Sekunde an bewusst. Er hatte eine offene Wunde am Kopf und mehrere Striemen am Hals. Der Mann musste gefoltert oder zumindest einer an Brutalität überlegenen Person zum Opfer gefallen sein. Für einen kurzen Moment dachte Hannah, es sehe aus, als ob der Mann ertrunken wäre. Doch da war eine Sache, die sie noch mehr beschäftigte und alles andere in den Hintergrund stellte ...

3

Während die Polizeibeamten der Schutzpolizei das Haus und den Wohnbereich absperrten, wartete Hannah mit ihrem Kollegen Frank in der Diele. Der Rettungswagen war als Erster vor Ort – kaum fünf Minuten, nachdem sie den Notruf abgesetzt hatte. Frank hatte es seither die Sprache verschlagen. Die ersten Fragen der Sanitäterinnen, ob alles okay sei, hatte er lediglich mit einem zaghaften Nicken erwidert. So schnell konnte sich das Blatt wenden: Hannah versuchte Ruhe zu bewahren und erklärte den Beamten den Verlauf der letzten halben Stunde, während Frank wie ein Häufchen Elend mit gesenktem Haupt versuchte, die Nerven zu behalten. Nachdem die beiden Rettungssanitäterinnen mit allerlei Geräten und Koffern ins Haus gerannt gekommen waren, hatten diese schnell festgestellt, dass dem Mann auf dem Sofa nicht mehr zu helfen war, und sich den übrigen Anwesenden gewidmet. Die größte Hilfe war bei der völlig apathisch zitternden Frau nötig, die sofort von den beiden in den Rettungswagen begleitet wurde.

Hannah ging im Kopf die letzten Tage durch. Sie hatte gestern gegen sechzehn Uhr das Anwesen verlassen, nachdem sie die letzten Dinge ausgerichtet und kontrolliert hatte. Der Aufbau war vorgestern so weit zu Ende gewesen, weshalb es nur noch die Feinheiten zu richten gab. Der Reinigungsdienst, mit dem sie zusammenarbeitete, war vorgestern Abend im Haus gewesen und hatte die Böden und Armaturen auf Hochglanz poliert. Das machte sie üblicherweise nicht am letzten Tag, das Haus sollte schließlich nicht nach Putzmittel riechen, sondern nach dem Duft, den sie für jede Immobilie separat auswählte. Hier kam ein dezentes, kaum wahrnehmbares Aroma aus Orangenblüten zum Einsatz, das über einen Diffusor unter der Treppe seit gestern auf unterster Stufe zum Gesamtkonzept beitrug. Dieser spezielle Duft wurde oft in Hotellobbys eingesetzt und schien Hannah hier passend – jedenfalls bis vor etwa zehn Minuten.

Zeitlich gesehen war also ihres Wissens niemand mehr seit gestern Abend hier gewesen, was Frank ebenfalls durch ein Kopfschütteln auf Nachfrage bestätigte. Bei der Leiche handelte es sich nicht um den Besitzer der Immobilie. Obwohl Hannah diesen noch nie gesehen hatte, wusste sie von einem Porträt, wie er aussah. Er war wesentlich jünger als der Tote und befand sich zudem beruflich im Ausland. Ein Umstand, der ihr bei den Vorbereitungen entgegenkam: Ein Haus, in dem die Besitzer wohnten, war schwierig umzugestalten. Bei dem vorliegenden Objekt hatte sie aber außer ihrem eigenen Personal und dem Fotografen der Immobiliengesellschaft niemanden gesehen. Wobei. Sie stockte kurz in ihren Überlegungen. Am Montag hatte jemand an der Tür geklingelt. Sie stand zu diesem Zeitpunkt auf einer Leiter im Obergeschoss und überstrich mit weißer Farbe seltsame Streifen an der Decke über dem Ehebett. Was hier stattgefunden hatte, konnte sie sich auch nach langen Überlegungen nicht vorstellen.

Die feinen Spuren wären niemandem aufgefallen, aber Hannah hatten sie vom ersten Tag der Besichtigung an gestört. Als sie die Leiter herunterstieg, nach unten zur Haustür ging und diese schließlich öffnete, sah sie den gelben Wagen des Paketzustellers, der bereits auf dem Weg zum nächsten Haus war. Auf der Türschwelle stand ein Päckchen. Sicherlich hatten die Eigentümer einen Garagenvertrag. Das Anwesen war immerhin bestens durch Kameras gesichert. Dieses Päckchen hatte Hannah im Keller in einem Schrank deponiert, wo sie alle persönlichen Gegenstände, die noch im Haus auffindbar waren und ihr Arrangement stören würden, hingebracht hatte. Neben dem Specksteinreplikat von Michelangelos David. Ob der Inhalt mit dem Mord zu tun hatte? Zu viele Gedanken poppten wie Push-Nachrichten nach einem Terroranschlag in ihrem Kopf auf. Und genauso kam sie sich vor. Es war ein Albtraum, doch sie musste einen kühlen Kopf bewahren. Einen Gedanken hatte sie immerzu verdrängt. Es war kein richtiger Gedanke, sondern eher ein Gefühl; eine Intuition, die sie versuchte auszublenden. Doch tief im Inneren wusste sie es: Sie kannte den Mann, der dort auf dem Sofa saß und offenbar seine gerechte Strafe erhalten hatte.

4

Die ermittelnden Kommissare kamen eine halbe Stunde nachdem die ersten Polizeibeamten der örtlichen Wache eingetroffen waren. Offenbar waren die blonde Frau und ihr jüngerer Kollege von einer höheren Ebene. Sie trugen beide Jeans und Hemd – sie eine offene Softshell-Jacke einer Outdoormarke; er ein Jackett, das sicher bereits einige Jahre hinter sich hatte.

Hannah erkannte umgehend, dass es sich um die Ermittler handelte, oder wie nannte man das in Deutschland? Sie las, wenn sie dazu kam, gerne amerikanische Thriller. Diese waren oft actionreicher und überzogener als die nüchtern wirkenden Kriminalromane deutscher Autoren, so ihr Eindruck. Deutsche Krimis waren in ihrer Vorstellung wie deutsche Beamte: sachlich und langweilig. Vielleicht hatte sie aber auch keine Ahnung (ihre Berührungspunkte mit deutscher Kriminalliteratur rührten lediglich aus ihrer Schulzeit; Klassiker, die in den seltensten Fällen auf die Allgemeinheit übertragbar waren). Jedenfalls wurden die Hauptfiguren dort meist *Detective* oder *Special Agent* genannt. Schon verrückt, worüber man alles in Momenten wie diesen nachdachte.

»Mein Name ist Lara Riedel, ich bin Hauptkommissarin beim LKA«, stellte sich die etwa vierzigjährige Frau vor. *Special Agent Riedel, State Police Department,* hätte direkt imposanter geklungen. Sie musste innerlich schmunzeln, ließ sich aber nichts anmerken. »Das ist mein Kollege Lennard Stark.« Der junge Mann nickte ihr freundlich zu. Vor der Coronapandemie hätte man sich jetzt die Hand gegeben. Heute deutete niemand mehr ein einfaches Nicken zur Begrüßung als unhöfliche Geste. Hannah begrüßte diese Entwicklung sehr; sie hatte noch nie mit Freude fremden Menschen die Hand gereicht. Sie nickte ebenfalls freundlich.

»Sie haben die Leiche gefunden?«, fragte die Beamtin ohne Umschweife.

»Na ja, also, direkt, nachdem unsere Mandantin die Leiche entdeckt hatte. Sie ist draußen im Rettungswagen. Die beiden Interessenten dieses Anwesens kamen früher als geplant, weshalb wir nicht mehr alle Räume abgegangen waren. Mein Kollege Frank ist draußen im Garten eine rauchen ...«

»Gut, ich würde vorschlagen, Sie gehen mit meinem Kollegen schon mal nach draußen. Ich verschaffe mir kurz einen Überblick und komme dann umgehend zu Ihnen.«

Hannah schritt voran und der junge Kommissar folgte ihr hinaus. Frank saß auf der Veranda in einem Hängesessel und starrte in die Luft. Seine Zigarette qualmte vor sich hin. Eigentlich hatte Frank das Rauchen aufgegeben, aber scheinbar bewahrte er für den Notfall eine Schachtel im Auto auf, oder er hatte einfach wieder angefangen. Hannah tippte auf Letzteres.

Während Lennard Stark sich vorstellte und parallel ein Tablet einsatzbereit aus einer Hülle aufklappte, beobachte Hannah die Arbeit der Kriminaltechniker im

Inneren des Wohnzimmers. Die bodentiefen Glaselemente konnte man im Sommer komplett aufschieben. Jetzt boten sie einen vollumfänglichen, stummen Einblick in die Szene. Ein halbes Dutzend Männer und Frauen in weißen Overalls fotografierten die Leiche und sicherten Spuren. Zwei der Mitarbeiter waren im Garten dabei, das Gelände abzusuchen. Lara Riedel kam wenige Minuten später nach draußen und durchbrach die Stille, die auf der Veranda herrschte.

»Sie vermarkten dieses Anwesen für die HGI?«, stellte sie fragend fest.

Hannah erwartete eine Antwort von Frank, die allerdings ausblieb. Sie ergriff die Initiative: »Also ich bin die Dekorateurin. Ich arbeite im Haus, seit Montag. Frank vermarktet das Anwesen.«

»Wer hatte denn alles Zugang zu dem Haus?«

»Also Frank hat einen Schlüssel ...«, erklärte Hannah, was von Frank durch ein stummes Nicken bestätigt wurde.

»... Ich habe einen Schlüssel und den dritten hat die Firma, die für mich die Endreinigung übernimmt. Die waren vorgestern hier. Dazwischen war ich noch mal da. Gestern etwa drei Stunden. Bis halb sechs so rum. Danach war niemand mehr im Haus.« Sie überlegte kurz. »Jedenfalls niemand von uns.«

Der junge Kollege tippte wie wild auf seinem Tablet. Scheinbar war das die zeitgemäße Variante von Notizheften, wie sie in amerikanischen Krimis oft zum Einsatz kamen.

»Können Sie meinem Kollegen gleich die Kontaktdaten der Reinigungsfirma geben? Wir müssen das noch überprüfen, um alle Möglichkeiten in Betracht zu ziehen«, erklärte die Ermittlerin. Sie nickte zustimmend.

»Die Besitzer des Hauses sind nicht da?«, fragte Lara Riedel weiter. Nach dem ersten kühlen Eindruck wirkte die Kommissarin sympathisch, jedoch gestresst. Im Gegensatz zu ihrem gut gebauten Kollegen, der konzentriert, aber insgesamt gelassener agierte. *Die jugendliche Leichtigkeit*, dachte Hannah. Sicherlich hatte die Kommissarin neben ihrem Job noch Kinder und eine Ehe, die sie außerhalb der Arbeit einnahmen. Auf den jungen Kollegen warteten voraussichtlich nur ein Fitnessstudio und die Hantelbank. Sie verdrängte die hobbypsychologischen Überlegungen, denn auch auf diese Frage schien Frank nicht imstande zu antworten.

»Die Besitzer des Hauses sind verreist. Das Paar lebt in Scheidung, soweit ich weiß. Der Mann ist auf Geschäftsreise. Seit wir hier sind, ist niemand außer uns im Haus gewesen. Ich kann Ihnen aber auch gerne deren Kontaktdaten geben ...«

»Nicht nötig«, meldete sich der durchtrainierte junge Kommissar. »Es handelt sich um Joachim Wittberg?«

Hannah senkte zustimmend den Kopf. Außer der Telefonnummer und E-Mail-Adresse hatte sie ohnehin keine weiteren Informationen zu bieten.

»Dann habe ich alles, was ich brauche ...«, erklärte er und nickte seiner Kollegin zu.

»Können Sie beide bitte Ihre Daten bei meinem Kollegen angeben? Wir melden uns dann für weitere Fragen bei Ihnen.«

Während Lennard Stark die Personalien in sein Tablet tippte, beobachtete Hannah die Krähen, die sich in dem wasserleeren Pool im Garten um etwas stritten. Lautes Krächzen durchbrach die Stille hinter dem Haus. In Gegenden wie diesen herrschte die meiste Zeit Stille. Die nächsten viel befahrenen Straßen waren außer Hörweite, die Villen am Tag menschenleer. Die fußballfeldgroßen Grundstücke wurden alle vor den Blicken der Nachbarn durch hohe Mauern und professionell angelegte Bepflanzung geschützt. Sie dachte über den Zeitpunkt für die grausame Tat nach. Ob der Mord gestern Abend, in der Nacht oder früh am Morgen geschehen war, konnte sie nicht einschätzen. Am wahrscheinlichsten war wohl in der Nacht.

Als Kommissar Stark mit den Formalitäten fertig war und alle Angaben digital notiert hatte, verabschiedete er sich von seinen Zeugen und bat sie höflich, aber bestimmt, den Tatort nun zu verlassen. Wenn alle Spuren gesichert wären und das Haus wieder freigegeben, könnten sie mit der Vermarktung weitermachen. Hannah lief es eiskalt den Rücken runter. Das wäre eine ganz neue Erfahrung, Frank dabei zu beobachten, wie er die »Energie des Wohnraumes« beschreiben würde, oder »die Wohlfühlatmosphäre vor dem Ausblick in den Garten«. Das Sofa, auf dem der Tote immer noch saß, war auch von dem besten Tatortreiniger nicht mehr zu retten. Sie würde wohl ein neues besorgen müssen. An dieser Stelle musste zweifelsohne ein Sofa stehen, es war einer der schönsten Plätze im Haus.

Dieser Platz war wohl der letzte, den ein alter Bekannter von Hannah eingenommen hatte, bevor er starb. Oder war er woanders getötet und im Anschluss dort platziert worden? Das Arrangement war jedenfalls stimmig.

Hannah verließ hinter den beiden Männern das Anwesen. Sie gingen auf dem schmalen Pfad um das Haus Richtung Eingang herum, als ihr plötzlich auffiel, dass sie gar nicht danach gefragt worden war, ob sie den Toten kennen würde. Sie wusste nicht, wie sie reagiert hätte. Sicher hätte sie, genau wie Frank, verneint und bei eventuellen späteren Ermittlungen behauptet, sie hätte den Mann nicht mehr erkannt. Aber wäre das glaubhaft gewesen? Es gab keinen Zweifel. In den vergangenen dreißig Jahren hatte er sich kaum verändert. Er war natürlich gealtert, aber die Statur, das markante Gesicht, die Haare, seine auffallend große Nase. All das ließ Hannah nicht daran zweifeln, um wen es sich handelte. Die Verstörung, die der Tote bei den anderen ausgelöst hatte, wurde bei ihr eindeutig durch Fassungslosigkeit über die Person selbst übertroffen. Sie empfand zwar keine Genugtuung, aber was blieb, war die Tatsache, dass sie verschwieg, wer dort getötet worden war und wie er mit ihr in Verbindung stand. Es war sicher nur ein Zufall; es konnte nur ein Zufall sein. Wer sollte nach so langer Zeit ihr den Mann tot vor die Nase setzen, der ihr damals mit dem Tod gedroht hatte?

Wieder ertappte sie sich dabei, die Gedanken an das bekannte Gesicht zu verdrängen. Sie wollte seinen Namen weder aussprechen noch hören, geschweige denn sich an diesen erinnern. Doch dafür war es nun zu spät. Bei einer flüchtigen Begegnung in der Fußgängerzone hätte sie es vielleicht geschafft, seinen Namen kurze Zeit später wieder zu verdrängen, ihn vielleicht nach einer Zeit wieder komplett aus ihrem Gedächtnis zu löschen. Doch nun, gekoppelt mit dem Anblick einer übel zugerichteten Leiche auf ihrer Arbeitsstelle ... Unmöglich.

Es war Herbert Ottmann, der Mann, den sie seit ihrer Kindheit nicht mehr gesehen und den sie mindestens genauso lange nicht in ihrem Leben vermisst hatte. Hätte man Hannah damals, vor dreißig Jahren gesagt: »Das nächste Mal, wenn du den Ottmann wiedersiehst, sitzt er grausam gefoltert und tot vor dir auf einem Sofa« – sie hätte sich an der Vorstellung ergötzt. Damals wäre es eine Befreiung für sie gewesen. Heute empfand sie nichts dabei. Oder verdrängte sie all die Emotionen, die sie haben sollte?

»Soll ich dich mitnehmen?«, fragte Frank in einer Stimmlage, die Hannah bisher nicht kannte. Er war gezeichnet von Angst und Einschüchterung. Zwei Attribute, die man bis zu diesem Tag nicht mit ihm in Verbindung gebracht hätte. Jedenfalls nicht, wenn man ihn nur oberflächlich kannte, so wie Hannah. »Harte Schale, weicher Kern«, hätte ihre Mutter jetzt gesagt, die auf unvorhergesehene Situationen immer einen Spruch oder eine Weisheit parat gehabt hatte.

»Nein danke, ich parke gleich da hinten um die Ecke ...«, lehnte sie freundlich ab, um dann nach wenigen Sekunden der Überlegung ihre Aussage zu revidieren: »Du kannst mich doch mitnehmen, es sind sicher vierhundert Meter ...«

Frank nickte.

»Bist du imstande zu fahren?«, hakte sie ohne ironischen Unterton mitfühlend nach, worauf er die zaghafte Rückkehr seines gewohnten Machoblickes aufsetzte, der aussagte: »Ich? Bitte? Ich bin in jedem Zustand imstande zu fahren!« Er kam also langsam wieder zu sich.

Als Hannah in den Wagen einstieg, bemerkte sie das Paar an der Absperrung zum Anwesen. Der Mann tippte nervös auf seinem Handy, während die Frau irritiert zum Haus herüberblickte. Kurz nachdem der Mann sein Smartphone ans Ohr geschoben hatte und am Tor auf und ab lief, klingelte Franks Smartphone. Er ging ran und antwortete nach wenigen Sekunden. »Nein, die Besichtigung ist bis auf Weiteres abgesagt. Ich melde mich bei Ihnen, wenn ...«

Er sah auf das Display. »Aufgelegt.« Das Paar verschwand und Frank rollte lautlos mit seinem Tesla dem Tor entgegen. Diese Interessenten würde man sicher nicht zu einem zweiten Termin einladen müssen. Es tat ihr um das schwule Paar leid. Gerne hätte sie die hohe Provision eingestrichen. Frank bog auf die Straße ein und verließ das Anwesen, das mittlerweile komplett polizeilich abgesperrt war. Sein Schweigen kam ihr unheimlich vor. Ihn so zu sehen und nicht zu hören, war eigenartig. Hannah hatte nur eine Frage, die sie loswerden wollte. Sie versuchte diese so unbedeutend klingen zu lassen wie möglich: »Kanntest du eigentlich den Toten?«

Frank verlangsamte das Tempo und antwortete, ohne den Blick von der Straße zu wenden: »Was ist das denn für eine Frage? Woher soll ich denn den Toten kennen? Du etwa?« Zum Glück bemerkte er nicht, wie sie vor Scham errötete. Was hatte sie sich dabei gedacht, diese Frage zu stellen?

»Nein, ich dachte nur ... Du wirkst so betroffen, als ob du ihn gekannt hättest.«

»So ein Quatsch!«

Hannah schluckte. Gut, dass ihr Wagen um die nächste Ecke stand und das Gespräch nicht unnötig in die Länge gezogen werden musste. Wenn Frank noch langsamer fahren würde, würde der Weg allerdings ewig dauern. Sie bemerkte, dass ihr Kollege sich exakt an die Geschwindigkeitsbegrenzung von dreißig Kilometern pro Stunde hielt, und wurde sich damit wieder einer ihrer großen Schwächen bewusst: Sie hasste langsame Leute. Und die Spitze des Eisberges bildeten langsam fahrende Autos.

Die peinliche Stille wurde von Frank unterbrochen, kurz bevor er hinter ihrem Wagen anhielt.

»Irgendwie kam er mir schon bekannt vor.«

Hannah brachte kein Wort heraus. Wenn nicht nur sie, sondern auch Frank Herbert Ottmann gekannt hatte, dann konnte das alles kein Zufall sein. Sie merkte, wie sie anfing, zu schwitzen. Nicht vor Hitze, sondern vor Angst.

»Also, nicht dass ich ihn persönlich kannte. Eher so, als ob er berühmt wäre. Irgendwas mit Fernsehen. Oder Politik? Keine Ahnung ... Vielleicht auch nur eine Verwechslung.«

5

1991

Es war einer dieser warmen Frühlingstage nach dem Schicksalsjahr 1990, das außerhalb von Trauertal als Zeitenwende in die Geschichte einging. Natürlich hatte man die Wiedervereinigung auch hier zur Kenntnis genommen, aber gefühlt hatte man den Aufbruch und die Freiheit der neuen Zeit nicht. Trauertal hatte seine eigene Vergangenheit und die Menschen – zumindest die älteren – waren noch immer mit den einschneidenderen Erlebnissen ihres eigenen Ortes beschäftigt. Doch der heutige Tag stand ganz im Zeichen des Zusammenkommens, des gemeinsamen Feierns und des Versuchs, die Dorfgemeinschaft zu stärken. Über die Musikanlage lief in einer miserablen Tonqualität aktuelle Musik der Charts. Jemand hatte eine Mix-CD mit dem Titel »Bravo Hits 1« eingelegt und Roxettes »Church of your heart« verbreitete eine melancholische, aber positive Grundstimmung.

Das Sommerfest der Pfarrgemeinde in Trauertal war eine alljährliche Tradition im Frühsommer und wurde von den Frauen der Kirchengemeinde ausgerichtet. Die Grundschulkinder führten meist ein Theaterstück auf, das sie mit Frau Korben einstudiert hatten. Frau Korben war eine ambitionierte Grundschullehrerin, die ihre verpasste Chance, an einem Theater mitzuwirken, durch ein außergewöhnliches Engagement und ihren Einsatz bei der Theatergruppe kompensierte. Es gab eine weniger erfolgreiche Erwachsenengruppe, deren Auftritte mangels Teilnehmer sporadisch stattfanden. Und eben die Kindergartengruppe, bei denen sie andere Mittel hatte, genügend Darsteller zu rekrutieren. Am Abend spielte eine Nachwuchsband aus einem Nachbarort. Das kleine Bürgerhaus war Umkleide, Versorgungsstation und Lager für die unzähligen Kuchen, die Freunde und Bekannte der Kirchenfrauen gebacken hatten. Alles in allem ein Fest, bei dem man unter sich war und für zwei Tage die Dorfgemeinschaft in den Mittelpunkt stellte.

Es war für viele Bewohner aus Trauertal die Gelegenheit, sich zu unterhalten, gemütlich beisammenzusitzen und das schöne Wetter zu genießen. Viele blieben bis spätabends, und die Kinder freuten sich über die Zeit, die sie später ins Bett durften. Einer nutzte das Fest aber auch, um sich zu präsentieren und zu profilieren. Bürgermeister Herbert Ottmann stolzierte von Gruppe zu Gruppe und gab sich volksnah, was er den Rest des Jahres nicht war. Er aß und trank mit den Menschen, zückte öffentlichkeitswirksam Scheine und zelebrierte den Satz »Der Rest ist für die Trinkgeldkasse. Bleibt ja schließlich alles im Ort.«.

Die wenigsten mochten Ottmann, das war offensichtlich. Doch niemand anderes wollte seinen Job machen. Ottmann war gewissermaßen Frührentner. Seit seine Fabrik geschlossen worden war, zunächst subventioniert und später für viel Geld an die Chinesen verkauft, wusste niemand genau, was er eigentlich tat. Die Vermutung war, dass er seine weitere politische Karriere vorbereitete. Man munkelte, er wolle für das Amt des Landrates kandidieren, um dies als Sprungbrett in die Landespolitik zu nutzen.

Ottmann gab bei solchen Anlässen oft den Anpacker. Ein Mann, der sich nicht zu schade war, zu helfen (zumindest dann, wenn genügend Menschen es mitbekamen).

Am Getränkestand war das Bier leer und Ottmann witterte seine Chance.

»Lasst mich das machen. Ich geh ein neues Fass holen und danach gibt's 'ne Runde auf mich«, waren seine Worte, bevor er im Gemeindehaus verschwand. In den vorderen Räumen waren die Umkleiden der Theatergruppen und Akteure. Hinter der Vorbereitungsküche lagerten die Fässer im kleinen Kühlhaus. Das alles hatte er bei den Verhandlungen rausgeschlagen. Es erfüllte ihn mit Stolz, wenn er durch das Gemeindehaus schritt, das es ohne ihn nicht gegeben hätte. Bei einer der Umkleiden stand die Tür offen und Ottmann sah ein Kind, das sich von seinem Kostüm befreien wollte.

»Na, Kleine, soll ich dir helfen?«, bot er seine Hilfe an, wohl wissend um seine Gedanken, die er bei Mädchen dieses Alters hatte, jedoch immer zu unterdrücken wusste.

Es war ein Kommen und Gehen, man war nie wirklich allein im Gemeindehaus, und das Mädchen schien seine Hilfe bereitwillig anzunehmen.

»Wer bist du denn? Dich kenne ich ja gar nicht? Wer sind denn deine Eltern?«, erkundigte sich der Bürgermeister, während er dem Kind das zu enge Oberteil über den Kopf zog.

»Ich bin die Hannah. Ich wohne erst seit letzter Woche hier. Bei meiner Tante Birgit ...«

»Ahh, ja, dann weiß ich jetzt, wo du hingehörst ...«, unterbrach er das Mädchen und spähte um die Ecke.

6

Hannah fuhr durch die Straßen der Frankfurter Peripherie und über die A60 Richtung Bingen. Hier hatte sie eine kleine Wohnung mit Blick auf den Rhein und ihre Ruhe. Der Trubel einer Stadt wie Frankfurt wäre für sie kein Dauerzustand, mal abgesehen von den Mieten. Hannah besaß zudem eine Wohnung in Luxemburg, wohin sie mit ihrer Tante vor dreißig Jahren ausgewandert war. Ausgewandert klang in diesem Zusammenhang vielleicht übertrieben, Hannah selbst hatte immer ein eigenartiges Gefühl, wenn jemand diese Formulierung wählte.

Ihr Onkel hatte ein Jobangebot in Luxemburg erhalten und die Familie zog in ein unscheinbares Appartement in der historischen Altstadt. Während der Immobilienkrise 2009 hatte Hannah dann die Gunst der Stunde genutzt und das Appartementhaus inklusive ihrer Wohnung erworben. Sie hatte das Erbe ihrer Eltern auf einem Treuhandkonto bis zu diesem Tag nicht angerührt. Auch ihre Tante, die darüber hätte verfügen können, um den Lebensunterhalt ihrer Nichten zu finanzieren, hatte das Konto nicht angetastet. Sie sah es als ihre Pflicht an, für ihre Nichten zu sorgen, als wären es ihre eigenen Kinder.

Diese Investition war dann für Hannah eine Altersvorsorge, die sich lohnen sollte. Bei einem Verkauf im Jahr 2023 wäre eine Rendite von über zwei Millionen drin. Sie dachte jedoch nicht im Traum daran, das Haus zu verkaufen. Schließlich hatte sie beruflich in einem bedeutenden Maße in Luxemburg und der Grenzregion zu tun. Der eigentliche Grund war allerdings, dass sie zwar keine wirkliche Heimat hatte, vom Gefühl her aber diese Wohnung am ehesten diesen Zustand beschreiben würde. Nach dem Tod ihrer Tante war zudem die alte Adresse der einzige Punkt, den Hannah mit ihrem Onkel Reini verband. Sie hatte ihn seit der Trennung und seinem Wegzug nicht mehr gesehen. Insgeheim hoffte sie immer, wenn sie ihren Briefkasten in Luxemburg leerte, dass eine Nachricht von ihm dabei war. Doch bis heute war das Warten vergeblich.

Als sie in die Tiefgarage ihres Appartements fuhr und den Motor abstellte, begann sie den Druck zu spüren, der plötzlich in ihr aufstieg. Eine anschwellende Panik erfasste Hannah, gegen die sie durch tiefes Ein- und Ausatmen anzukämpfen versuchte. Ihr wurde schwindelig, wie nach einem langen Arbeitstag, an dem sie vergessen hatte zu essen und zu trinken, und eine starke Unterzuckerung im Blut erreichte. Sie kannte das Gefühl dieser Panikattacken noch vage, hatte sie doch lange Zeit geglaubt, Anfälle wie diese hinter sich gelassen zu haben.

Hannah schloss die Augen und atmete regelmäßig und tief in ihre gefalteten Hände. Als sie langsam nach einigen Minuten zur Ruhe kam, war sie schweißgebadet. Das Letzte, an das sie sich erinnern konnte, war die beklemmende Autofahrt mit ihrem Kollegen Frank, der sie ein Stück mitgenommen hatte. Erinnerungen an den Nachhauseweg in ihrem eigenen Auto hatte sie keine. Oft fuhr sie in Gedanken versunken und schaltete auf Autopilot, schließlich kannte sie diese Strecke in- und auswendig. In diesem Moment konnte sie sich allerdings kein Detail ins Gedächtnis rufen. Es war wie eine Lücke in ihrem Tag, eine Stunde ohne Erinnerung. Bei dem Gedanken wurde ihr übel. Sie sah auf die Uhr am Armaturenbrett. Vor geschätzt fünfzig Minuten war sie in Mainz losgefahren. War sie etwa gerast?

Bevor sich Hannah erneut in die Ungewissheit hineinsteigern konnte, wurde sie durch ein Klopfen an der Scheibe der Fahrertür aus ihren Gedanken gerissen. Sie zuckte ruckartig zur Seite. Der Mann in einem akkurat sitzenden Anzug erschrak gleichermaßen und entfernte sich holprig von ihrem Wagen. Hannah ließ die Scheibe herunter.

»Alles okay bei dir, Hannah?«, fragte die bassige Stimme in einem sanften Tonfall.

Henrik war ein Bänker, der seit Jahren die Wohnung über ihr bewohnte. Durchtrainiert, gut gebaut und wahnsinnig zuvorkommend. Ein Mann, der perfekt für Hannah gewesen wäre, wenn dieser nicht auf Männer stehen würde. Sein ausschweifendes Sexleben bekam Hannah mehrmals die Woche zu hören. Man konnte nicht sagen, dass die Wände außergewöhnlich hellhörig waren, aber Henrik schien auf lauten und intensiven Geschlechtsverkehr zu stehen. Ständig hatte sie Bilder von ihm und anderen gut aussehenden Männern im Kopf, wenn sie sich im Flur, oder wie heute, im Parkhaus trafen.

»Jaja ... Alles gut.«

»Du siehst aber nicht nach *alles gut* aus ...«, merkte er angesichts ihrer Gesichtsfarbe zutreffend an. Hannah rieb sich mit den Handflächen über ihr Gesicht und bemerkte, dass sie Schweißperlen auf der Stirn hatte.

»Na ja ... Dafür, dass ich gerade eine Leiche gefunden habe, geht's mir eigentlich hervorragend.«

Henrik starrte sie regungslos an.

»Du hast was?«, hakte er nach, um sich zu vergewissern, ob er seine Nachbarin richtig verstanden hatte.

»Lange Geschichte ... Ich brauche jetzt erst mal einen Kaffee.«

Träge stieg sie aus dem Wagen und ging Richtung Treppenhaus. Henrik stand wie erstarrt auf der Stelle. Er wusste anscheinend nicht, was er sagen sollte. Hannah machte keine Anstalten, ihm weitere Details zu präsentieren. Dafür musste er sich aktiv erkundigen und sie hätte nichts gegen Nachfragen. Viele Dinge konnte sie mit sich allein ausmachen, ja, sie war in gewisser Weise eine Einzelgängerin, das war sie schon immer. In diesem Moment hatte sie allerdings das Bedürfnis, mit jemand Neutralem zu reden. Einen besseren Gesprächspartner als Henrik konnte sie sich in diesem Moment nicht vorstellen: Sie hatte keine besonders innige Beziehung zu ihm. Jetzt wusste er ein heikles Geheimnis aus ihrem Leben und konnte darauf vertrauen, dass sie ebenso Geheimnisse für sich behalten konnte. Ein stillschweigender Deal.

Wenige Meter vor dem Eingang zum Treppenhaus bemerkte sie seine schnellen Schritte hinter sich. Sie verlangsamte ihr Tempo.

»Warte, Hannah!«

Sie spürte, wie diese zwei Worte ein Gefühl der Erleichterung in ihr auslösten.

»Ich mache uns jetzt erst mal einen Kaffee. Komm mit mir hoch. Du solltest jetzt nicht allein sein.«

7

1991

Er sollte sich im Nachhinein immer wieder fragen, was er sich in dieser Situation gedacht hatte, was mit ihm los war? Warum war er nur so dumm? Warum so schwach? Es war eine Warnung an sich selbst: Werde nicht übermütig, reiß dich zusammen. Deine Karriere, dein Ruf, alles, was du dir aufgebaut hast, kann durch eine Aktion für immer zunichtegemacht werden.

Doch er war in diesem Moment schwach, als er, ohne nachzudenken, dem kleinen Mädchen beim Ausziehen des Kostüms half und diesen Prozess unnötig lange und intensiv begleitete.

Überrascht wurde er durch die plötzlich aufschlagende Tür am Eingang und der wenige Augenblicke später anwesenden Person im Türrahmen. Er wollte in Windeseile die Hose des Kindes anziehen, doch die Zeit war zu knapp.

Was die Tante des Mädchens vorfand, war ein halb nacktes Kind, vor dem der Bürgermeister mit dessen Hose kniete.

Jeder Versuch der Rechtfertigung wäre einer Provokation gleichgekommen. Und so trat Ottmann von dem Mädchen zurück, und ließ das Geschrei und die Vorwürfe der Tante über sich ergehen. Eine Drohung war das Letzte, was sie aussprach, bevor sie Ottmann aus dem Raum jagte: »Wenn du jemals meiner Nichte zu nahe kommst oder sonst einem Kind, dann zeige ich dich an. Ich weiß, was ich gesehen habe, und ich weiß, was du für ein widerliches Arschloch bist!«

Verstört und sauer auf sich selbst lief er zum Kühlhaus, zog ein Fünfzehn-Liter-Fass Bier aus der Reserve und pausierte kurz. Der Bürgermeister schwitzte plötzlich wie nach einem Tennismatch und schauderte durch die Kälte des Kühlaggregates. Er musste jetzt nachdenken. Was sollte er tun? Er hatte dem Mädchen nichts getan, hatte ihr lediglich geholfen. Und das, was er getan hatte, konnte niemand bezeugen. Plötzlich ging vorn die Tür auf und zwei Männer starrten ihn durch den langen Gang entsetzt an.

»Ottmann, das sind fünfzehn Liter. Davon trage ich zwei, wenn es sein muss.«

»Oder sollen wir dir einen Stapler vorbeibringen?«, ergänzte der andere hämisch.

Ottmann riss sich zusammen, hob das Fass mit einer Hand und marschierte Richtung Ausgang. »Ich hab da drin mal Ordnung gemacht. Kommt man ja nicht bei. Welcher Idiot hat die Fässer darin gestapelt?«

Nachdem er kleinlaut seine Runde ausgegeben und bezahlt hatte, verschwand Ottmann vom Fest und musste sich erst einmal wieder erden. Niemand sah ihn in den Folgetagen oder hörte von ihm. Er vermied fortan die Nähe zu Kindern und erst recht, mit Kindern allein im Raum zu sein. Seine innere Anspannung und seine Sorge waren seine heimlichen Begleiter, von denen niemand etwas ahnte. Er konnte keine Gerüchte dieser Art gebrauchen, da war ihm sein Ruf und sein

Ansehen ehrlich gesagt wichtiger als die möglichen Folgen, die sein Handeln auf das Mädchen hätten haben können. Er wusste natürlich genau, zu was das Gerede in dieser Richtung führen konnte. Aber es gab schließlich Mittel und Wege, durch äußeren Druck die Sache für immer vergessen zu machen. Dem Kind konnte man leicht drohen. Was Verlust bedeutete, wusste die kleine Hannah aus erster Hand. Und für ihre Tante würde er andere Druckmittel finden.

8

Auf dem Weg durch das Treppenhaus bemerkte Hannah, wie Henrik hektisch auf seinem Handy etwas tippte und versuchte, seine Handlung vor ihr verborgen zu halten. Er wirkte gestresst. Ihre kurze Schilderung der Ereignisse hatte ihn möglicherweise genauso aus der Bahn geworfen wie sie. Dabei kannte er noch keine Details.

»Du musst meinetwegen kein Date absagen, Henrik. Ich komme auch allein klar, wenn du verabredet bist ...«

Obwohl sie vor ihm die Treppe nach oben stieg, spürte sie, dass sie mit ihrer Einschätzung richtiglag. Die Sekunden des Schweigens verrieten seine Scham, ertappt worden zu sein. Sie grinste stumm vor sich hin.

»Aaach, Quatsch. Es gibt nichts, was nicht warten könnte ...«, versuchte er die Vermutung lapidar herunterzuspielen.

Er zog die Gesellschaft einer traurigen Bekannten, die mit den Nerven am Ende war, einem Treffen mit einem durchtrainierten, liebeshungrigen Mann vor? Das hatte wahre Größe.

Sie war über die Reinheit der Wohnung erstaunt, als sie diese betrat. Hannah hatte einen ähnlichen Zustand wie bei ihr in der Wohnung erwartet, die alles andere als bereit für Besuch war. Doch hier war es aufgeräumt und sauber wie kurz vor einem Termin eines ihrer Objekte. Nichts lag irgendwo herum, wo es nicht hingehörte. Die Flächen der Schränke und Tische waren leer und schienen wie eben ausgepackt und aufgestellt. Hannah empfand die Ordnung fast bedrückend. Sie erschrak bei dem Gedanken, dass sie in all den Jahren noch nie hier oben, Henrik aber gleichzeitig öfter bei ihr zu Gast gewesen war. Um Himmels willen, was musste er über sie denken? Ihre Wohnung war nicht mal beim Einzug in diesem perfekten Zustand gewesen. Sie erinnerte sich an das Haus eines Elektrikers, das sie mit Frank letztes Jahr vermarktet hatte. Die einzige Beschwerde der neuen Besitzer im Nachhinein war der desolate Zustand der Elektrik im Haus. »Es gibt keine schlimmere Verkabelung als die im Haus eines Elektrikers. Zu Hause gibt man sich oft keine Mühe!«, waren die Worte eines jungen Meisters, der im Nachhinein wilde Verkabelungen aus dem Dachboden neu verlegen musste. Ähnlich war es mit Hannahs Wohnung: Diese war mit Sicherheit keine Visitenkarte ihrer Arbeit.

Als ob Henrik ihre Gedanken lesen konnte, versuchte er sich zu rechtfertigen: »Heute war Svetlana da. Wenn du mal eine neue Reinigungskraft suchst, ich kann dir Svetlana empfehlen, die ist gründlicher als jeder Arzt.«

Das war ein treffender Vergleich. Auf dem Esstisch hätte man ohne Probleme operieren können.

»Neue Reinigungskraft ist gut ... Ich habe noch nie eine gehabt. Aber vielleicht komme ich darauf mal zurück. Meine Wohnung ist wirklich das Gegenteil von deiner.«

»Du hast keine Hilfe im Haushalt? Wie schaffst du das alles?«

Überhaupt nicht, hätte sie am liebsten geantwortet. Ihr Leben war das reinste Chaos, zumindest empfand sie das in diesem Moment. Hannah lächelte verlegen, da ihr keine passende Antwort einfiel.

»Setz dich erst mal, ich mache uns einen Kaffee.«

Henrik entledigte sich seines Jacketts und verschwand kurz in einem Zimmer hinter der Küche. Das musste das Schlafzimmer sein. Es lag über ihrem und passte zur Akustik, die sie manchmal abends oder nachts mitbekam. Hannah fühlte sich auf eine ihre unbegreifliche Art fast wie zu Hause. Sie und Henrik kannten sich schon lange, obwohl ihr Kontakt eher distanziert war – jedenfalls, was seine Wohnung betraf. Ihre lag immerhin auf seinem Weg, weshalb gelegentliche Plausche bei ihr stattgefunden hatten. Sie fragte sich in diesem Moment, warum eigentlich?

Die Espressomaschine heizte auf, während Henrik den Siebträger unter eine elektrische Mühle hielt. Sie beobachtete wortlos die Zubereitung. Eine Espressomaschine dieser Art stand lange auf ihrer Wunschliste, sie konnte sich aber nie für ein Modell entscheiden. Sofort erfüllte der Duft von frisch gemahlenem Kaffee den Raum und Henrik kam mit Milch, Zucker und zwei halb vollen Tassen zur Sitzgruppe. Hannah füllte ihre mit Milch auf und nahm einen Schluck. Sie unterdrückte ein genüssliches Stöhnen – dieser Kaffee war perfekt!

»So, jetzt erzähl!«, forderte er sie gespannt auf. Für einen kurzen Moment hatte sie ihren Morgen und dessen Ereignisse verdrängt. Hannah atmete einmal tief ein und aus. Sie berichtete nüchtern von dem Besichtigungstermin bis zum Fund der Leiche, die Befragung durch die Polizei und schließlich dem Nachhauseweg, an den sie sich nicht mehr erinnern konnte. Dass sie den Toten erkannt hatte, formulierte sie vorsichtig in einem Nebensatz, um seine Reaktion zu beobachten. Er hörte bis zum Schluss zu, ohne ihren Bericht zu kommentieren.

»Alter, was für ein Wahnsinn!«, brach es aus Henrik heraus. Hannah wunderte sich über die Formulierung, die sie eher einem Zwanzigjährigen zugeschrieben hätte. Dabei fiel ihr auf, dass sie nicht einmal wusste, wie alt Henrik war. Ohne den Anzug mit normalen Klamotten sah er deutlich jünger aus. Sie schätzte ihn auf Anfang dreißig – jedenfalls deutlich jünger als sie selbst.

»Und dieser Herbert ...«

»Herbert Ottmann.«

»Ja, du bist dir wirklich hundertprozentig sicher, dass du ihn erkannt hast?«, hakte er noch einmal nach.

»Dieses Gesicht vergesse ich nicht! Ich bin mir absolut sicher.«

»Wann hast du ihn das letzte Mal gesehen?«

Hannah überlegte. Sie hatte den Gedanken an ihr frühes Leben bisher erfolgreich verdrängt. Zu viele negative Erinnerungen hingen daran. Die Frage zwang sie nachzudenken und bei der Antwort wurde ihr mulmig.

»Fast dreißig Jahre.« Sie überlegte. »Im Sommer werden es neunundzwanzig Jahre.«

Für ein paar Sekunden schwiegen sie sich an. Die Stimmung war bedrückend und dennoch fühlte sich Hannah geborgen wie selten zuvor. Sie spürte eine

Nähe zu Henrik, die ihr Vertrauen und Sicherheit vermittelte.

»Willst mir davon erzählen?«

Ja, sie wollte!

9

1994

Sie hatte keine einfache Kindheit. Wäre sie mit sechzehn am Bahnhof Zoo gelandet und mit siebzehn mit einer Nadel in der Ellenbeuge auf einer versifften öffentlichen Toilette mit einer Überdosis gefunden worden – man hätte es auf ihre Kindheit geschoben. Doch selbst in den trübsten Phasen ihres Lebens – und davon war eine jetzt – wurde Hannah immer noch als fröhliches Kind wahrgenommen. Zurückhaltend, schüchtern, psychologisch ausgedrückt: introvertiert, aber dennoch fröhlich und teilhabend. Sie war interessiert. An ihrer Umgebung, an den Menschen, an der Zukunft. Und das, obwohl man ihr zurückgezogenes Desinteresse, Trübsal und Hoffnungslosigkeit zugestanden hätte. Was dieses kleine Mädchen bereits erlebt hatte, hätte viele anderen Buben und Mädchen schwer traumatisiert. Natürlich hatte sie Termine beim Kinder- und Jugendpsychologen. Frau Dr. Lorig war eine anerkannte Ärztin auf dem Gebiet von Traumata. Und auch sie bestätigte Hannahs Tante Birgit, dass Hannah eine ziemlich einfache Patientin sei, ungewöhnlich für die Umstände. Es sei mit Hannah mehr ein Gespräch auf Augenhöhe als eine Therapie. Sie interessierte sich für Literatur, die sie in der Schulbibliothek gefunden hatte. Moderne Klassiker wie J. D. Salingers »Der Fänger im

Roggen« oder Patrick Süskinds »Das Parfum«. Bücher, die für ihr Alter deutlich zu schwierig erschienen. Doch Hannah schien die einleitende Frage der Psychologin »Möchtest du über etwas Bestimmtes sprechen?« stets dazu zu nutzen, über Bücher zu reden. Passagen, mit denen sie nicht direkt einverstanden war oder zu denen sie tiefergehende Fragen hatte, musste Dr. Lorig ihr interpretieren oder erläutern. Fragen, für die ihr Onkel oder ihre Tante nicht geeignet gewesen wäre.

Aber auch zu Hause war es Hannah, die ihre Tante Birgit tröstete, wenn sie verzweifelt war und anfing zu weinen. Sie versuchte sich vor Hannah zu verstecken, ging zum Weinen oft in den Keller oder schloss sich im Bad ein. Doch das feinfühlige Mädchen hatte ein Gespür dafür, wenn bei ihrer Tante der Kummer anfing. Sie erkannte die Auslöser, interpretierte die Umstände. Es war beinahe so, dass ihre Tante daran verzweifelte, warum sie und nicht Hannah in Trauer versank.

Es machte fast den Anschein, als wäre Hannah immun gegen all das Leid und den Verlust, dem sie in ihrem jungen Leben ausgesetzt war. Oder sie saugte eben all das Schlimme in sich auf und absorbierte es wie ein Schwamm. Doch wie auch der Schwamm eine begrenzte Kapazität besaß, bevor er anfing zu tropfen, so vermutete die Psychologin, dass irgendwann alles an die Oberfläche kommen würde. Nichts bleibt schließlich für immer verborgen, irgendwann musste es raus. Und das wäre ihrer Meinung nach besser früher als später der Fall. Sonst würde sich alles auf einmal entladen. Wie ein Schwamm, der voll mit Wasser ausgewrungen wurde. Die Folgen solcher aufgestauten Wut wären nicht abzuschätzen.

Diese Vorstellung machte Birgit schier wahnsinnig und ließ sie beinahe verzweifeln. Ihr Mann, Hannahs Onkel Reini, distanzierte sich immer mehr von dem Leid des Kindes. Nicht dass er Hannah nicht genauso geliebt hätte und sie wie sein eigenes Kind behandelt hätte. Aber sein Schwamm hatte eben eine begrenzte Kapazität und er war ebenfalls der Typ »Absorbieren und nicht drüber reden«.

Die Situation war verfahren. In Birgits, Reinis und Hannahs Leben war einfach der Lack ab. Es half einfach kein Kaschieren mehr – es musste sich grundsätzlich etwas ändern. Hannah spürte schon lange, dass ihre Pflegeeltern etwas planten und irgendwann bekam sie es dann zufällig mit: Reini hatte ein Jobangebot in einem anderen Land und Birgit war ebenfalls bereit, alles hinter sich zu lassen. Sie hatte mehrere Gespräche der beiden belauscht. Es wurde fast zu einer abendlichen Routine: Reini und Birgit saßen unten mit einer Flasche Rotwein in der Küche am Esstisch und redeten über ihre Pläne. Und Hannah saß oben auf dem Absatz der Treppe und lauschte den beiden.

»Ein erneuter Umzug? Das Kind braucht jetzt einen festen Ort.«

»Wieder von vorne anfangen? Das wollten wir vermeiden.«

»Lassen wir all den Scheiß hinter uns oder laufen wir nur davor weg?«

»Wir werden hier nie zur Ruhe kommen. Und Hannah wird es auch nicht. Der Ort. Das Haus. Alles ist belastet. Und wir sind es auch ...«

So wusste Hannah bereits Wochen, bevor man es ihr schonend beizubringen versuchte, dass sie wegziehen würden. Einen Neuanfang – einen weiteren Weg aus Trauertal.

10

Hannah war bereit, sich ihrem neuen Vertrauten zu öffnen. Sie konnte sich an keine andere Person erinnern, mit der sie jemals so offen gesprochen hatte, außer ihrer Therapeutin. Sie hatte ein gewisses Misstrauen Fremden gegenüber. Offen gestanden war sie jedem gegenüber misstrauisch, sie gewährte prinzipiell selten Menschen Einblick in ihre Gefühle. Wobei Henrik kein Fremder war. Sie kannten sich seit etwa vier Jahren und waren sich im Grunde sehr ähnlich, beinahe so, wie sich Geschwister ähnlich waren. Obwohl sie keine persönlichen Erfahrungen mit dem Thema gemacht hatte, erschien ihr der Begriff *seelenverwandt* passend. Warum hatte sie nur bisher so viele Einladungen von ihm abgelehnt, warum war sie generell in der Vergangenheit so abweisend zu ihm gewesen? Ein üblicher Schutzmechanismus, niemanden zu nah an sich heranzulassen, war ihre Erklärung, wenn sie sich selbst reflektierte. Außerdem hatte sie grundsätzlich keine Zeit. Ihre Firma war mehr oder weniger eine One-Man-Show, oder richtiger ausgedrückt eine One-Woman-Show. Sie war, wie Henrik auch, kaum zu Hause, und wenn, dann nur zum Schlafen. Es fiel ihr in diesem Moment leicht, sich zu öffnen und sie spürte, dass es ihr guttat.

»Meine Eltern sind schon früh gestorben, also bin ich mit meiner großen Schwester Jette zu meiner Tante nach Trauertal gezogen. Das ist ein kleiner Ort mit nur fünfzig oder sechzig Einwohnern – der Name war Programm, wobei der Ort nach dem Fluss benannt ist, der Trauer. Dort war Herbert Ottmann Bürgermeister, oder treffender formuliert Ortsvorsteher. Das Dorf gehörte offiziell zu einer größeren Stadt namens Hellersheim. Herbert Ottmann lebte dort und hatte früher eine Firma, ein Gusswerk, das in Trauertal angesiedelt war. Soweit ich das weiß, gibt es das Gusswerk schon Jahrzehnte nicht mehr. Ich kenne das nur aus den Erzählungen meiner Tante. Ich hatte in Trauertal so gut wie keine Freunde. In meinem Alter gab es niemanden; oder doch: Ich glaube einen Jungen, der mit mir zur Schule ging. Jedenfalls kann ich mich an niemanden erinnern, mit dem ich jemals dort spielen konnte. Mein einziger Kontakt waren meine Tante, meine Schwester und ...« Hannah überlegte kurz. Wie hieß sie doch gleich? Ach ja ... »Nina. Meine Nachhilfelehrerin. Sie war ein paar Jahre älter als ich. Also eigentlich ein gutes Stück älter. Ich denke, sie war so sechzehn, etwas jünger als meine Schwester Jette. Jedenfalls hatte Nina mir Nachhilfe gegeben und gelegentlich auf mich aufgepasst, wenn meine Tante in der Stadt war. Mein Onkel Reini war ohnehin kaum zu Hause, der war immer beruflich unterwegs. Wenn ich genau nachdenke, hat sie ständig auf mich aufgepasst. Meine Tante wollte schon länger aus Trauertal wegziehen. Ich weiß noch, dass ein Verkauf des Hauses anstand.«

Während Hannah erzählte, tippte Henrik auf seinem Smartphone. Als er zu merken schien, dass Hannah dies irritierte und ihren Bericht unterbrach, erklärte er sein Tun: »»Das Trauertal-Gusswerk produzierte bis

Ende der 1980er-Jahre und wurde 1994 abgerissen«. Mehr Informationen findet auch Google dazu nicht ...«

»Im Spätsommer 1994 müssten wir weggezogen sein, soweit ich mich erinnere«, ergänzte Hannah. Ihr wurde schlagartig bewusst, dass dies alles kein Zufall sein konnte. Irgendetwas lief hier aus dem Ruder. Aber was hatte das alles mit ihr zu tun? Gab es einen Zusammenhang zwischen dem Mord an Ottmann und ihr? Oder überinterpretierte sie etwa ihre Bedeutung? Angesichts der alles andere als alltäglichen Situation wäre das keine unübliche Reaktion. Doch Hannah reflektierte für gewöhnlich ihre Gedanken, gerade in außergewöhnlichen Situationen wie dieser.

»Wieso seid ihr 1994 weggezogen?« Auch das war wieder eine logische Anschlussfrage, die sie unwiderruflich und ohne Rücksicht mit all dem konfrontierte, was damals geschehen war.

»1994 ist meine Schwester verschwunden.«

11

Henrik starrte Hannah mit offenem Mund an, als ob er einen Geist gesehen hätte. Für den Bruchteil einer Sekunde hatte sie das Gefühl, er wäre vor Schock erstarrt.

»Wie verschwunden?«

Hannah war ihrerseits erstaunt über ihre Offenheit, die sie Henrik gegenüber an den Tag legte. Nicht nur, dass sie von dem Auffinden der Leiche am Vormittag berichtete, sie hatte ihm auch von ihrer Kindheit erzählt, die sie tief im Inneren längst begraben und dort als eine dunkle Erinnerung verborgen gehalten hatte. Sie hatte nicht vorgehabt, von Jette zu erzählen, aber jetzt war es aus ihr rausgebrochen. Die Erinnerung kehrte zurück und das Bild von Jette war ihr erstmals wieder präsent. Sie hatte einen klaren Eindruck vor sich, wie sie sich mit ihren langen, rotbraunen Haaren zu ihr umdrehte. Die Sommersprossen auf der Nase. Die schmalen, rosaroten Lippen. Die stechend blauen Augen. Sie war so hübsch und sie ähnelte ihrer Mutter, die sie von dem einzigen Bild in Erinnerung hatte, das bei ihrer Tante an der Wand gehangen hatte.

»Das habe ich so noch nie jemandem erzählt«, offenbarte sie Henrik. »Das heißt, meiner Therapeutin habe ich davon erzählt. Aber sonst noch niemandem.«

Sie machte eine kurze Pause und atmete tief durch, als ob sie Anlauf nehmen wollte, diese Geschichte endlich aus sich herauszulassen.

»Es war der Sommer 1994. Jette war, wie zuvor erwähnt, meine ältere Schwester und gerade in der Ausbildung bei der Kreisverwaltung. Wenn ich mich richtig erinnere, Verwaltungsfachangestellte oder so was. Irgendein solider Beamtenjob, den sie schon von Beginn an hasste. Aber man hatte damals nicht viele Möglichkeiten. Meine Tante hatte ihr die Stelle besorgt und Jette war bereit, die Ausbildung durchzuziehen. ›Wenn ich mit der Lehre fertig bin, bewerbe ich mich irgendwo in Berlin. Dann gehen wir hier weg, zusammen‹, hatte sie mir damals versprochen. Sie hatte Trauertal ebenso gehasst wie ich. Wir sind beide dort nie angekommen. Es war unser Wohnort, aber unsere Heimat war es nicht. Im Grunde waren wir beide heimatlos, in der Hoffnung auf eine gemeinsame Zukunft in irgendeiner großen Stadt. Jette hatte immer von Berlin gesprochen. Ich glaube, es hat mit der Wende zu tun. Alle Filme spielten in Berlin, alle großen Veranstaltungen waren in Berlin und alle coolen Leute wollten dorthin. Die Stadt der Freiheit ...«

Henrik nickte zustimmend.

»Die letzten Tage vor ihrem Verschwinden war sie allerdings komisch drauf. Sie war auffallend in sich gekehrt, hatte ein Problem, das sah man ihr an. Jedenfalls spürte ich, dass etwas nicht stimmte. Sie wollte nicht mit mir darüber reden; sie wollte mich nie mit irgendwelchen Problemen belasten. Als später die Polizei da war, habe ich bei der Befragung meiner Tante gelauscht. Sie hatte behauptet, Jette sei schwanger gewesen. ›Von einem der notgeilen Jungs aus dem Ort‹. Aber es gab keine notgeilen Jungs im Ort, das war eine eigenwillige Interpretation. Sie hatte einen Freund, glaube ich, mit dem sie sich heimlich traf. Aber ich bin mir sicher, es war nicht die Schwangerschaft, die sie bedrückte. Diese Befindlichkeit war etwas anderes. Sie hatte vor irgendwas Angst und konnte es niemandem sagen. Nicht einmal mir. Jedenfalls war sie nervös, gereizt, hatte sich nach der Arbeit im Zimmer eingesperrt und ich habe mitbekommen, wie sie in ihr Kopfkissen weinte. Aber ich war erst neun Jahre alt, ich denke, die Situation hatte mich damals überfordert. Ich wusste nicht, wie ich ihr helfen sollte. Und dann kam der Tag ...«

Hannah merkte erst jetzt, dass ihre Hand zitterte. Ihr war kalt, obwohl die Wohnung eine angenehme Temperatur hatte. Sie trank einen Schluck von dem Kaffee. Mann, war der gut. Tausendmal besser als der aus ihrer Maschine.

»Jette kam einfach nicht mehr nach Hause. Am ersten Tag hatte sich unsere Tante aufgeregt. Am nächsten Tag hatte sie Jette verflucht und wütend alle Bekannten und Freunde abtelefoniert. Am dritten Tag verfiel sie in Angst und hatte völlig die Kontrolle verloren, lief hysterisch durchs Dorf und bekam Panik. Als dann endlich die Polizei nach ihr suchte, oder zumindest der Vermisstenanzeige nachging, waren mindestens vier Tage vergangen. Sie war nun mal auch kein Kind mehr. Eine erwachsene Frau, die noch dazu Probleme hatte und bei irgendwelchen Leuten angedeutet hatte, abzuhauen. So jemanden sucht man nicht wie ein kleines Kind. Es gab ja auch noch keine Handys, die man hätte orten können. Nach ein paar Wochen war klar: Jette ist weg, und sie kommt nicht einfach so wieder. Irgendwie hatte sich jeder mit dieser Begründung abgefunden –

außer mir. Ich habe nie daran geglaubt, dass sie einfach so abhaut. Sie hätte mir Bescheid gegeben oder sich zumindest gemeldet. Über zehntausend Menschen werden in Deutschland vermisst, zwei- bis dreihundert Leute werden täglich neu als vermisst gemeldet. Für die Polizei war Jette eine von denen. Jedenfalls hatte ich das Gefühl, dass man die Suche schnell aufgegeben hatte.

Und jedes Mal, wenn irgendwo in den Medien ein Vermisstenfall breitgetreten wurde, kam das Ganze in mir hoch. Ich hatte die Jahre nach dem Verschwinden immer das Gefühl, man sucht nach jedem außer nach Jette. Obwohl 1995 der Fall in einer Fernsehsendung behandelt wurde. Die Wochen nach der Ausstrahlung waren die schlimmsten für meine Tante. Sie musste Hunderten Hinweisen aus der ganzen Welt nachgehen. Man hatte Jette quasi in aller Herren Länder angeblich gesehen. Menschen hatten Fotos eingeschickt, die vor der Zeit des Verschwindens entstanden sind, nur um sich wichtigzumachen. Alle Spuren verliefen im Sande. Es waren Hunderte Fotos von hübschen rothaarigen Mädchen, aber keines davon war Jette. Auf einem Bild, ich glaube, es war in Kuba aufgenommen, war eine Person verschwommen zu sehen, die Jette sehr ähnlich sah. Wir haben das Foto stundenlang angesehen und meine Schwester in die verschwommene Person hineininterpretiert. Nach zwei Wochen und der Recherche der kubanischen Polizei war dann klar, dass es sich um eine Urlauberin aus Dänemark gehandelt hatte. Sie sah Jette in Wirklichkeit kaum ähnlich, aber meine Tante hatte sich an jeden Strohhalm geklammert, der ihr hingehalten wurde.

Schlussendlich haben wir irgendwann nach der Sendung und den vielen ›Hinweisen‹ die Suche offiziell für beendet erklärt. Meine Tante hatte das mit meiner Therapeutin besprochen und ich habe eingesehen, dass Jette einfach verschwunden ist. Verschwunden bleibt. Bis heute.«

Sie seufzte. Bei dem Gedanken an ihre Kindheit hatte sie Mitleid mit ihrem jungen Ich. Ihre Geschichte kam ihr fremd vor, sie hatte all die Jahre nicht daran gedacht, und nun wirkte ihre Erzählung wie die eines fremden Kindes.

»Als mein Onkel dann einen neuen Job in Luxemburg annahm, sind wir dorthin umgezogen. Meine Tante und mein Onkel haben sich bald darauf getrennt. Ihm wurde das alles zu viel. Das Verschwinden von Jette war für beide mehr als ein Verlust. Der Umzug in ein anderes Land war eine Flucht vor all den Erinnerungen, vor denen man allerdings nirgendwo auf der Welt sicher ist ...«

Hannah nahm den letzten Schluck aus ihrer Tasse. Sie spürte, wie mit jedem Wort ein wenig mehr Ballast von ihr abfiel. All die Jahre hatte sie geschwiegen, verdrängt, ausgeblendet. Sie hatte unterdrückt, was scheinbar tief in ihr saß und an die Oberfläche wollte. Sie spürte, dass da mehr war, dem sie auf den Grund gehen musste.

»Willst du noch einen Kaffee?«, durchbrach Henrik das Schweigen. Es war keine peinliche Stille, sondern der Raum, den sie benötigte, um ihre Gedanken zu ordnen, und er war bereit, ihr diesen zu geben.

»Unbedingt! Danke.«

Während Henrik die zweite Runde zubereitete, dachte Hannah nach, was sie jetzt tun sollte. Sollte sie nicht doch zur Polizei gehen und alles aufklären? Die Kommissarin und ihr junger Kollege wirkten umgänglich und kompetent, doch der Verdacht, dass sie im Mittelpunkt der Ermittlungen stehen würde, lag auf der Hand. Schließlich ging es bei der Suche nach einem Täter immer um Zusammenhänge. Und der direkteste war sicher der zu ihr. Es wäre keine große Kunst für die Ermittler, herauszufinden, was der Grund für den Wegzug ihrer Familie damals gewesen war. Sicherlich würde man schnell in Trauertal nach Antworten suchen und auf Zusammenhänge zu Herbert Ottmann stoßen. Vielleicht sollte sie selbst nach Hinweisen suchen? Jedenfalls konnte sie unmöglich zum Tagesgeschehen zurückkehren.

»Willst du nicht mal ein paar Tage Urlaub machen?«, unterbrach Henrik ihre Überlegungen. Gespenstisch, wie ihre Erkenntnisse und seine Vorschläge korrespondierten. Konnte er Gedanken lesen?

Er hielt ihr sein Smartphone entgegen. »In Trauertal gibt es ein Wellnesshotel, das sieht wirklich sehr schön aus.«

Hannah nahm das Smartphone entgegen. Sie hatte sich seit dreißig Jahren nicht mehr mit Trauertal auseinandergesetzt, vielleicht war es wirklich an der Zeit, nach Antworten zu suchen.

»Lebt deine Tante noch dort? Du hast erwähnt, ihr seid damals umgezogen?«

Hannah scrollte die Startseite des Hotels durch und war erstaunt über den modernen Bau direkt am Wasser. Das sah alles überhaupt nicht nach dem Trauertal aus, das sie in Erinnerung hatte.

»Ja, wir sind umgezogen. Aber weit genug entfernt, um den ganzen Berg an Trauer hinter uns zu lassen. Meine Tante ist vor zehn Jahren gestorben. Ich denke, sie hat Jettes Verschwinden nie verkraftet. Den Tod ihrer Schwester, meiner Mutter, konnte sie irgendwann akzeptieren. Aber dass Jette spurlos verschwand, hatte sie nie akzeptieren können.« Hannah machte eine kurze Pause und dachte über Henriks Vorschlag nach. »Ich denke, ich buche mir dort ein Zimmer. Irgendwann muss ich mich ja mit der Vergangenheit auseinandersetzen. Vielleicht war der Tote ja ein Wink des Schicksals ...«

Henrik starrte sie misstrauisch an. Er schien seinen Vorschlag zu bereuen. Doch Hannah war fest entschlossen, zum Ort ihrer schlimmsten Erinnerungen zurückzukehren. Es war höchste Zeit, aus den Fesseln der Vergangenheit auszubrechen.

12

1994

Der heiße Sommer 1994 neigte sich dem Ende zu, als Hannah das letzte Mal durch ihr Zuhause ging. Es war genau genommen nie ihr Zuhause gewesen, nur eine Zwischenstation in ihrem jungen Leben. Sie musste abermals alles hinter sich lassen und an einem Ort neu anfangen, von dem sie nicht mal wusste, wie man ihn schrieb. Dabei hatte sich Hannah nie wohlgefühlt in Trauertal, dem kleinen Ort, an dem alles gleich aussah. Ein Gebäude neben dem anderen. In Reih und Glied. Es machte alles den Anschein einer perfekten Siedlung. Alles war neu und modern. Viel geordneter und sauberer als da, wo sie früher gelebt hatte. Doch hier war alles nur Fassade gewesen. Sie war immer die, die ihre Eltern verloren hatte. Das Kind, das alle bemitleideten und komisch ansahen, als wollten sie sagen: »Du armes kleines Ding. Du bist aber so tapfer.«

Das Haus war ausgeräumt und der Lkw mit den Möbeln zu ihrer neuen Wohnung unterwegs. Das Ausräumen ihres Zuhauses in den vergangenen Wochen wurde von vielen Tränen ihrer Tante begleitet. Immer wieder fing sie an zu weinen und umarmte Hannah, die nicht wusste, wie sie damit umgehen sollte.

Was ihr auffiel, war ein gewisses Muster, das ihr kurzes Leben bisher prägte: Eine ihr wichtige Person verschwand von jetzt auf gleich und Hannah musste irgendwo neu anfangen. Zuerst waren es ihre Eltern, die bei einem Autounfall ums Leben kamen. Hannah war morgens aus dem Haus gegangen. Die Mutter hatte ihr die Brotdose gegeben und wie immer einen Kuss auf die Stirn. Der Vater war längst auf der Arbeit. Alles war wie immer. Am Ende der vierten Stunde kam der Direktor in ihr Klassenzimmer. Er hatte einen ernsten Blick und sah suchend durch die Klasse. Es war dieser Moment, als er bei Hannah hängen blieb und sie für den Bruchteil einer Sekunde versteinert ansah. Hannah spürte, dass sich ihr Leben mit einem Schlag ändern würde. Er drehte sich mit dem Rücken zur Klasse und flüsterte der Lehrerin etwas zu. Das Entsetzen in ihren Augen war der Vorbote der Nachricht, die daraufhin folgen sollte.

»Hannah. Kommst du mal bitte mit uns raus ...«, hatte sie mit versteinertem Gesichtsausdruck und zittriger Stimme Hannah aufgefordert, mitzukommen.

Ähnlich war die Situation vor einigen Wochen, als Jette spurlos verschwand. Morgens hatte sie sich von ihrer kleinen Schwester mit einem Kuss auf die Stirn verabschiedet. Es war das letzte Mal, dass Hannah sie gesehen hatte. Und es war der Beginn einer neuen Zeitrechnung. Ob sie jemals wieder nach Trauertal zurückkommen würde, war ungewiss.

Natürlich gaben sich Birgit und Reini die Schuld an Jettes Verschwinden. Letztlich führte diese Schuld zu der Entscheidung, den Ort zu verlassen. Und Hannah hatte keine andere Wahl, als ihr neues Schicksal anzunehmen.

13

Noch am selben Tag war die Buchung über ein Onlineportal getätigt und Hannah unterwegs nach Trauertal. »Late-Check-in bis 24:00 Uhr« sollte sie schaffen. Auf dem Weg über die Autobahn in Richtung ihrer alten Heimat wurde sie sich ihrer Spontanität bewusst. Sie war auf dem Weg in ihre Vergangenheit – ein Weg, der sich heute Morgen noch nicht abgezeichnet hatte. So widersprüchlich wie ihre Entscheidung waren auch die Ereignisse des Tages: Einerseits war da der grausame Mord an Herbert Ottmann, dessen lebloser Gesichtsausdruck sich ihr ins Gedächtnis gebrannt hatte.

Andererseits dachte sie an Henrik und die Geborgenheit, die sie bei ihm empfunden hatte.

Nach knapp zwei Stunden Fahrt erreichte sie um kurz vor dreiundzwanzig Uhr die Abzweigung zum »Hotel Trauertal Wellness & Spa«. Die Gegend kam ihr seltsam fremd vor, als ob sie noch nie hier gewesen wäre. In der Dunkelheit der Nacht wirkte der Wald gespenstisch, durch den die breite Straße zum Ort ihrer Kindheit führte. Die hohen Tannen schluckten selbst das dämmrige Licht des Mondes. Mit dem Fahrrad hatten sie früher oft einen Waldweg genutzt, um in die Stadt zu fahren. An diese Straße konnte sie sich nicht erinnern. Ein Schild am Wegrand sowie das Navigationsgerät hatten auf die einzige Route zu ihrem Ziel hingewiesen – es musste also der richtige Weg sein. Die

Straße hatte einen glatten Asphalt und frisch gezogene Mittelstreifen. Auch die Katzenaugen wirken neu. Es war nicht ausgeschlossen, dass die Straße erst kürzlich gebaut worden war.

Sie fuhr auf den kaum besuchten Parkplatz des Hotels und konnte unweit des Eingangs parken. Es war noch keine Saison, die Anzahl der Stellplätze ließ auf ein gutes Sommergeschäft schließen – und auf wenige Besucher momentan. Hannah freute sich schon bei dem Gedanken, in der Sauna und am Frühstücksbüfett nur wenige Menschen zu treffen. Je weniger, desto besser. Sie beobachtete gerne, fühlte sich in Anwesenheit von Menschen wohl; am liebsten jedoch mit genügend Abstand und ohne Verpflichtungen.

Sie parkte direkt neben einem VW T4. Der Bus, für den Hannah seit Jahren schwärmte. Aber so ein Fahrzeug würde einfach nicht zu ihr passen, dachte sie immer. Dann wiederum träumte sie davon, selbst mit einem Camper fremde Länder zu bereisen. Südfrankreich, Spanien, Marokko. Immer, wenn sie solch einen Bus irgendwo sah, war sie in Urlaubsstimmung, oder genauer ausgedrückt, packte sie das Fernweh. Als sie aus dem Wagen ausstieg, wurde sie von der Stille erschlagen. Der Wald schluckte nicht nur das Licht, sondern auch sämtliche Geräusche. Konnte das sein? War sie etwa den Lärm der Großstadt so gewohnt, dass die natürliche Ruhe ihr seltsam, ja sogar gespenstig vorkam? Oder war es die Aura des Ortes, der ihr die Gänsehaut auf den Rücken trieb? Sie schauderte, bevor sie den kleinen Rollkoffer aus dem Kofferraum zog. Zufällig fiel ihr der Zettel am hinteren Seitenfenster des VW-Busses auf. »Zu verkaufen. Bei Interesse:

0157740100821«. Sie fotografierte den Hinweis im Vorbeigehen. Man weiß ja nie. Doch jetzt hatte sie andere Prioritäten.

Beim Betreten des Hotels herrschte ebenfalls eine seltsame Stille. Sie war in der Lobby von solchen Häusern ein höheres Maß an Hektik und Geräuschkulisse gewohnt. Hier plätscherte lediglich eine seltsame Installation eines großen Steingebildes, aus dessen Mitte Wasser zu allen Seiten über den Stein in ein Gefäß lief und über eine Pumpe wieder durch den Stein nach oben geleitet wurde. Das leise Surren lag wie ein Störgeräusch über dem Plätschern des Wassers, für das diese Installation offensichtlich dort stand.

»*Leises, beruhigendes Plätschern von Wasser*«. Das klang wie der Titel einer Meditations-CD. Hannah verspürte das Bedürfnis, das Gebilde vom Strom abzuziehen. Denn nun, da sie sich mit dieser Installation und dem elektrischen Surren gedanklich auseinandergesetzt hatte, war es wie ein Ohrwurm: Sie wurde es einfach nicht mehr los.

Die Rezeption war unbesetzt und niemand war weit und breit zu sehen. Hannah sah sich um. Ein aufwendig und großzügig gestalteter Eingangsbereich. Am liebsten hätte sie den ein oder anderen optischen Störeffekt, wie die überladenen Souvenir-Vitrinen, korrigiert, oder einen Austausch der Bodenfliesen empfohlen. Gott, wer hatte nur diese Fliesen ausgesucht? Aber sie war nicht hier, um die Einrichtung des Hotels zu kritisieren oder zu verbessern. Sie hatte ein anderes Anliegen und wollte gleich morgen früh mit ihrem Plan beginnen.

»Hallo?« Zaghaft versuchte sie herauszufinden, ob sich jemand hinter der Rückwand der Rezeption aufhielt, wo sich vermutlich ein Büro oder eine Art Backoffice befand. Keine Reaktion. Sie tippte auf die Klingel am Tresen und ein schrilles Geräusch drang durch die Tür dahinter. Sekunden später erschien ein schlaftrunkener Mann und versuchte mit einer freundlichen Begrüßung zu verstecken, dass er dort eingenickt war.

»Willkommen in Trauertal. Hatten Sie eine gute Anreise?«

Er blickte auf den für Hannah versteckten Bildschirm auf seiner Theke. Das Klicken der Computermaus ließ auf eine schlechte Vorbereitung schließen. Sicherlich musste er die Buchungssoftware oder den Zimmerplan öffnen.

»Ja, danke der Nachfrage. Ich habe online ein Einzelzimmer gebucht. Harth, Hannah.«

Als sie ihren Namen nannte, schreckte der verschlafene Portier auf und starrte sie mit offenen Augen an. Es waren nur wenige Sekunden, vielleicht nur ein kurzer Moment, aber Hannah spürte, dass ihr Name bei dem Mann eine unerwartete Wirkung hervorgerufen hatte, die er durch ein schnelles Abwenden seines Blicks versuchte, zu verbergen. Kannte der Mann sie etwa? Nicht unwahrscheinlich, obwohl sie seit dreißig Jahren nicht mehr in der Gegend lebte und auch hier nur wenige Jahre verbracht hatte. Auf seinem goldenen Namensschild stand »G. Leinen«. Der Name sagte ihr nichts. Gustav, Götz, Gabriel, Georg oder vielleicht Giovanni. Sie musste schmunzeln. Wie ein Giovanni sah er nicht aus. Eher wie ein Günther. Weitere Vornamen mit G fielen ihr in diesem Moment nicht ein. Sie konnte das Bedürfnis, ihn danach zu fragen, gerade so unterdrücken, obwohl sie nicht verstehen konnte, warum nicht der volle Vorname dort stand oder man nur auf Nachnamen setzte. Das Klicken der Maus wurde schneller und durch ein hektisches Tippen auf der Tastatur ergänzt.

»Ahh, ja, hier habe ich es gefunden. Das System hängt manchmal. Eigentlich soll hier schon seit letztem Jahr Glasfaser liegen, aber wir müssen uns noch mit einem schwachen DSL vergnügen. Der W-LAN-Code und alles Wissenswerte steht übrigens hier in unserem Hausprospekt ...«, G. reichte ihr einen Klappflyer in DIN-Lang-Format. »Darf ich fragen, ob Sie sich hier in der Gegend auskennen oder zum ersten Mal hier sind?«

Hannah blickte den Mann entsetzt an. Das war eine direkte Frage. Der Mann musste sie erkannt haben. Ein seltsames Kribbeln durchfuhr ihren Körper, ein Gefühl der Panik machte sich breit. Hannah spürte ihren Herzschlag. Wenn sie schon der Nachtportier des Hotels in solche Furcht versetzen konnte, wie sollte dieser Aufenthalt nur weitergehen? G. schien ihre Beklommenheit zu bemerken, was angesichts ihres Gesichtsausdruckes kein Wunder war. Er fügte an: »Wenn Sie zum ersten Mal hier sind, dann würde ich Ihnen noch ein paar Flyer zur Umgebung mitgeben. Wir haben hier Premiumwanderwege mit tollen Steigen und atemberaubenden Aussichten, eine alte Bahntrasse, die zu einem beliebten Premiumradweg ausgebaut wurde. E-Bikes können Sie ab zehn Uhr in unserem Fahrradkeller ausleihen.«

Die inflationäre Verwendung des Wortes Premium und die blumigen Adjektive erheiterten Hannah innerlich, ohne dass sie nach außen den Anschein danach machte. Dennoch staunte sie über das Angebot und war erleichtert, dass sie die Frage missverstanden hatte. Gegen Verfolgungswahn oder Verschwörungstheorien war sie eigentlich immun, dachte sie bisher.

»Ich nehme das gerne mit. Haben Sie auch eine Übersichtskarte der Region? Ich erkunde gerne fremde Gegenden, während ich jogge.« Wenn das keine glatte Lüge war, dann zumindest eine extreme Übertreibung.

Er reichte ihr mehrere Prospekte verschiedener Aktivitätsmöglichkeiten sowie eine gefaltete Karte des regionalen Tourismusverbandes.

»Frühstück ist morgens ab sieben Uhr dreißig. Der Saal befindet sich hier rechts um die Ecke, mit Blick über den See. Zu den Zimmern geht es links. Sie können einen der Fahrstühle dort drüben nehmen und auf die »2« fahren. Zimmer Nummer 202. Bitte sehr.« Er reichte ihr eine Karte mit der Aufschrift »Schlüsselkarte. Willkommen im Hotel Trauertal«. Hannah bedankte sich und ging in Richtung Aufzüge. Beinahe wäre ihr ein »Dann weiterhin gute Nachtruhe« herausgerutscht. Ihre heitere Stimmung erfreute sie nach dem kurzen Moment des Schrecks, der sie eben vollkommen überrumpelt hatte. Angesichts der Ereignisse des Tages war das nicht verwunderlich. Wenn es stimmte, dass man im Schlaf die Dinge des Tages verarbeitete, dann musste Hannah dringend ins Bett. Sie hatte schließlich einiges zu verarbeiten. Sie hatte das ungute Gefühl, dass die Vorfälle des Tages nur die Spitze des Eisbergs waren. Eine Kleinigkeit angesichts dessen, was sie hier zu finden erhoffte.

Sie betrat das geschmackvoll eingerichtete Zimmer um kurz vor Mitternacht. Dezentes, indirektes Licht erhellte den Raum so, dass sie alles erblicken konnte. Die Müdigkeit schien sie wie eine Lawine zu überrollen. Sie schaffte es noch, sich auszuziehen, und schlief Sekunden später in ihrem unfassbar bequemen Bett ein.

14

1994

Als der kleine rote Corsa Trauertal verließ, saß Hannah mit ihrem Kuscheltier-Hasen auf der Rückbank. Während ihr Onkel gedankenversunken und stumm den Wagen fuhr, weinte ihre Tante immerzu. Wenn Hannah heute an diesen Moment zurückdachte, dann kam sie unweigerlich zu der Erkenntnis, dass ihre Tante nicht wegen des Abschiedes von Trauertal weinte. Sie weinte, weil sie die Suche nach Jette aufgegeben hatte und mit dem Wegzug ihr Verschwinden zwangsläufig akzeptierte.

Das war die Lehre, die Hannah daraus zog, und die in ihrer Therapie die Grunderkenntnis bildete. Das Credo, nachdem alle Bewältigungsstrategien ausgelegt waren: akzeptieren und abhaken. Der Vergangenheit trauerte man nicht hinterher. Man konnte nicht ändern, was geschehen war. Den Blick nach vorn richten, nicht zurück.

Dr. Lorig hatte sie seit dem Tod ihrer Eltern und dem Umzug nach Trauertal in Behandlung. Sie wurde immer mehr wie eine Art Kindermädchen, eine Amme, zu der man Hannah regelmäßig brachte, und die sich im Spiel mit ihr unterhielt. Dabei lernte sie verschiedene Bewältigungsstrategien kennen, ohne diese als solche zu benennen.

Und Hannah beherrschte diese Strategien und hatte die Grundsätze verinnerlicht. Ihre Seele war verletzt; ihr Optimismus jedoch, geprägt durch ihre kindliche Naivität, ließ sie hoffnungsvoll in die Zukunft blicken. Irgendwann, da war sie sich sicher, würde sie Jette wiedersehen. Und ihre Eltern. Es war ein Abschied, und die Zukunft mit all ihren Möglichkeiten war für sie ungewiss, lag irgendwo tief in ihr versteckt. Doch nichts blieb für immer verborgen, da war sie sich sicher.

15

Sie erwachte mit einem Schreck und war für wenige Augenblicke im Unklaren, wo sie sich befand. Die Morgensonne drang aggressiv durch das bodentiefe Fenster in ihr Zimmer. Ein Ausblick wie in einem Prospekt für ein Medikament gegen Schlafstörungen, und doch nervte sie die Helligkeit in diesem Moment unglaublich. Sie hatte das Gefühl, nicht genug geschlafen zu haben.

An der Wand gegenüber hing eine künstlerisch anmutende Uhr in Form einer goldenen Sonne – wie alles in diesem Raum indirekt beleuchtet. Sie zeigte Viertel nach neun. Hannah schreckte auf und sprang aus dem Bett. Viertel nach neun. So lange hatte sie seit Jahren nicht mehr geschlafen. Selbst sonn- und feiertags stand sie zeitig auf und versuchte nachzuholen, was sie an allen anderen Tagen aufgrund ihrer Selbstständigkeit nicht schaffte: ihre Wohnung aufräumen, Onlinebanking und Sport. Ihre sportlichen Aktivitäten wurden wie ihre beruflichen behandelt: effizient und schnell. Fitnessstudio kam für sie nie infrage – bis man dort angekommen war, sich umgezogen hatte und später wieder fertig nach Hause fahren konnte, war eine Stunde vergangen, die man gleich hätte mit Sport verbringen können. Ihre Trainingsgeräte waren Laufschuhe und ihr Anspruch an die Strecke gering.

Der Plan, sich vor dem Frühstück einen Überblick über die Gegend zu verschaffen, war angesichts der Uhrzeit hinfällig. Hannah sprang unter die gläserne Dusche in einem der modernsten Bäder, das sie je genutzt hatte: Mit Betreten des Bades ging das Licht an (natürlich waren Spiegel und Waschbecken indirekt beleuchtet). Die Dusche wurde nicht mit Armaturen bedient, sondern mit einem Touchdisplay, auf dem man neben der Temperatur und Intensität auch die passende Geräuschkulisse wählen konnte. Die warme Regendusche mit »Sommervibes« war nicht zu toppen. Und doch konnte sie die Wohlfühlatmosphäre nicht wirklich genießen. Vor halb zehn wollte sie auf jeden Fall am Frühstücksbüfett sein, alles andere wäre inakzeptabel und dreist. Doch vor wem musste sie sich rechtfertigen? Waren die Angestellten eines solchen Hotels es nicht gewohnt, Gäste erst spät zu begrüßen? Schließlich gehörte für die meisten Menschen das Ausschlafen zu einem erholsamen Urlaub dazu. Ihre innere Unruhe rührte woanders her. Die Meinung der Angestellten darüber, wie lange sie geschlafen hatte, war ihr natürlich egal. Sie hatte Dinge zu klären, und mit einer Sache musste sie direkt beginnen. Noch vor dem Frühstück.

Als Hannah aus der Dusche kam und sich mit einem der bereitliegenden Handtücher in Rekordgeschwindigkeit abgetrocknet hatte, griff sie zu ihrem Smartphone. Kein Netz und kein Telefonempfang. Na klasse. Sie erinnerte sich an das Gespräch mit G. an der Rezeption gestern Abend. »... Der W-LAN-Code und alles Wissenswerte steht übrigens hier in unserem Hausprospekt ...«

Schnell griff sie den Stapel an Prospekten, den sie gestern Abend auf dem Nachttisch abgelegt hatte. Das W-LAN-Passwort für das W-LAN »TrauertalGast« hatte den kreativen Code »321Erholungpur«. Wenigstens das funktionierte. Sie öffnete Google und tippte in die Suchleiste:

»Nina Stollberger Trauertal«

16

Auf den Fotos erkannte sie ihre ehemalige Nachhilfelehrerin sofort.

Die ersten Einträge waren ein alter Zeitungsartikel, in dem sie scheinbar genannt wurde, und ein Facebook-Profil. »Nina Popina« – ein naiver Versuch, seinen wahren Namen vor Facebook zu verheimlichen. Hannah klickte auf diesen Eintrag, worauf sich Ninas Facebook-Seite öffnete. Sie selbst nutzte dieses Medium nur zur Recherche von Kunden oder Firmen, mit denen sie zu tun hatte. Ihr letzter eigener Eintrag war von 2017, als sie ihre Profildaten aktualisiert hatte. Sie hatte die Privatsphäreneinstellungen, soweit es der META-Konzern zuließ, auf maximal eingestellt; auf Fotos verlinken konnte man sie nicht ohne ihre Zustimmung. Da solche Anfragen ohnehin kaum vorkamen, reichte es Hannah, Facebook nur sporadisch zu öffnen und eventuelle Nachrichten von Kunden zu beantworten.

Das Profil von Nina Popina war das komplette Gegenteil von ihrem eigenen: voller Informationen, haufenweise Beiträge und achthunderteinundsechzig »Freunde«. Sie war Lehrerin am staatlichen Gymnasium, was ihren Versuch, ihren vollständigen Namen zu verheimlichen, erklärte. *Das passt ja*, dachte Hannah. Letzter Eintrag von vorgestern war ein Foto von Nina, wie sie mit einer Hacke neue Tulpenzwiebeln in einem Beet einsetzte. »Frühjahrsputz im Garten. Einfach den Kopf freibekommen und für die heimischen Bienen vorsorgen ...«, stand als Bildunterschrift darunter. Sechsunddreißig Likes und achtzehn Kommentare. Das war ordentlich. Hannah dachte darüber nach, ob sie ihr erstes Selfie aus dem Hotel posten sollte. »Geschlafen bis Viertel nach neun. Jetzt geht's in den SPA. Einfach mal den Kopf freibekommen und neue Energie tanken ...« Sie lachte über sich selbst und wettete, dass der Beitrag keine fünf Likes bekommen würde. Für sie war die Selbstdarstellung von Menschen jenseits der fünfundzwanzig suspekt. Warum posteten Menschen in diesem Alter Belanglosigkeiten aus ihrem Leben? Eine Sache, die sie nie verstehen würde.

Hannah klickte auf die Kommentarspalte des Gartenselfies, in der eine beachtliche Anzahl an Frauen im gleichen Alter Herzen oder andere Emojis hinterlassen hatte. Sie scrollte durch die Timeline und stellte fest, dass Beiträge ähnlicher Machart mindestens einmal pro Woche folgten. Hannah verdrehte die Augen. Sie suchte nach Kontaktinformationen und siehe da, auch die Personeninfos waren komplett eingetragen. Wohnhaft in Trauertal. Schulstraße 15.

Wie konnte man nur so unbedacht mit seinen Daten umgehen? Hannah versuchte erst gar nicht, sich in ihre alte Bekannte hineinzuversetzen. Sie wusste, dass viele Menschen leichtfertig Dinge von sich im Internet posteten. Vielleicht versuchte Nina, damit etwas zu kompensieren. Immerhin hatte Hannah ihren Job, in dem sie Häuser und Wohnungen schöner darstellte, als sie waren. Wenn sie diesen Aspekt miteinander verglich, war sie nicht so weit entfernt von Nina.

Sie entschied, ein schnelles Frühstück zu sich zu nehmen, und so bald wie möglich in den Ort zu fahren. Das Büfett war reichhaltig und üppig, wie sie es dem ersten Eindruck nach erwartet hatte. Ein Croissant, eine kleine Schale Obstquark und ein Kaffee wurden von ihr zügig verzehrt. Hannah war beim Essen in der Öffentlichkeit stets bemüht, nicht hastig oder gar hektisch zu wirken. Zu Hause ertappte sie sich oft dabei, in sich hineinzuschlingen wie ein Schwein am Trog. Für morgen nahm sie sich vor, früher aufzustehen, eine Runde zu joggen und anschließend ausgiebig zu frühstücken. Für zweihundertfünfundzwanzig Euro pro Nacht in der Nebensaison musste man schließlich das volle Angebot ausnutzen.

An der Rezeption saßen eine junge Blondine Mitte zwanzig und eine ältere Frau mit akkurat auftoupierten schwarzen Haaren und reichlich Schminke im Gesicht. Ihre Lippen leuchteten in einem unpassenden lila-rot. Hannah schätzte sie auf Anfang sechzig oder vielleicht auch erst Anfang fünfzig mit zu viel Sonnenbank in jungen Jahren. Beide waren einheitlich gekleidet und hatten ebenfalls ein Namensschild. Hannah entschied sich, die Jüngere der beiden anzusprechen, die ihr spontan sympathischer erschien.

»Wie komme ich am schnellsten nach Trauertal, also in den Ort?«, fragte sie in der höflichsten Art und Weise, die sie an diesem Morgen imstande war, an den Tag zu legen. Hannah bemerkte im Augenwinkel, dass die alte Lederhaut sie musterte. Ein kurzer Blick zur Seite überraschte die Frau, die ihre Blickrichtung zwar gegen den Bildschirm am Tresen fixiert, die Augen aber fest auf ihren neuen Gast gerichtet hatte. Hannah spürte, dass sie ihr bekannt vorkam oder sie zumindest einen Gedanken mit ihrem Blick zu bestätigen versuchte – die gleiche Reaktion wie G. am gestrigen Abend. Warum nur hatte sie das Gefühl, beobachtet zu werden? Niemand konnte sie hier ernsthaft erkennen? Sie war fast dreißig Jahre nicht mehr in Trauertal gewesen und hatte sich doch stark zu ihrem kindlichen Ich verändert. Sie erkannte sich auf Kinderfotos ja selbst kaum wieder.

»Also mit dem Auto müssen Sie den Weg zurück nehmen und dann Richtung Stadt. Kurz vor einer kleinen Kapelle geht dann ein Weg nach Trauertal rein. Der Weg hier direkt durch den Wald ist für Autos gesperrt.« *Eine kompetente und freundliche Antwort*, dachte Hannah. Die junge Frau fügte nach einer kurzen Pause hinzu: »Schneller wäre es natürlich, Sie fahren mit dem Rad durch den Wald – oder gehen zu Fuß. Dann sind Sie direkt nach zwei Kilometern da. Sie gelangen über die Schulstraße direkt in die Ortsmitte.« Was für ein Zufall. Genau dort wollte sie hin.

»Vielen Dank, Sie haben mir sehr geholfen«, bedankte sich Hannah freundlich unter den musternden Blicken der älteren Kollegin und verschwand auf ihr Zimmer.

Keine zehn Minuten später war sie auf dem Weg nach Trauertal, mit ihren Laufschuhen und dem einzigen Outfit bekleidet, das annähernd zum Joggen geeignet war. Die frische Luft und die Ruhe im Wald waren das Gegenteil ihrer normalen Umgebung und taten ihr spürbar gut. Keine Autohupen, keine Sirenen, keine alten Lkws, die neben ihr durch das Anfahren dichte Abgaswolken produzierten. Hier war nur das leise Rauschen der Blätter zu hören. Der Geruch von frischem

Morgentau auf Kiefernholz lag in der Luft. Doch ein unbekanntes Detail störte die Idylle. Ein diffuses Gefühl der inneren Unruhe begleitete sie seit der Ankunft gestern Abend. Ein Gefühl, das sie nicht wirklich greifen, dessen Ursprung sie nicht erklären konnte. Aber es war da und es bahnte sich seinen Weg tief aus ihrem Inneren. Nach wenigen Minuten sah sie die Ortsgrenze von Trauertal. Sie schaute zum ersten Mal auf ihre Smartwatch, die automatisch im Laufen-Modus war. Puls: hundertvierzig. Ihre Kondition schien nachgelassen zu haben, obwohl sie in den vergangenen Wochen regelmäßig eine Runde von fünf Kilometern gelaufen war. Kurz bevor sie den Ort erreichte, waren an der Waldgrenze neben einer kleinen Kapelle zwei Holzbänke aufgestellt. Sie entschied sich, hier ein paar Dehnübungen einzulegen. Eine kurze Verschnaufpause, bevor sie endgültig in ihre Vergangenheit eintauchen würde. Sie konnte sich vage an die kleine Kapelle erinnern. Sicherlich war sie hier mit ihrer Tante entlangspaziert, lange, bevor das Hotel am Ende des Weges gebaut worden war. Während sie ihre Beine abwechselnd über die Rückenlehne einer der Bänke schwang und diese dehnte, kamen die ersten bruchstückhaften Erinnerungen in ihr hoch. Sie war tatsächlich früher oft bis hierher gegangen, durfte jedoch nicht weiter. Der Weg in den Wald war tabu. Sie versuchte mit aller Macht, sich den Grund dafür in Erinnerung zu rufen. Aber vergebens. Sie beendete ihre Dehnübungen und den Versuch, sich an Details von vor über dreißig Jahren zu erinnern. Zu lange hatte sie verdrängt und alles in einer sicheren Ecke ihres Gehirns abgelegt. Als sie sich langsam Richtung Ortseingang bewegte – das Tempo war mehr Gehen als Joggen –, scannte sie unauffällig die Hauseingänge. Am letzten Haus auf der linken Seite hing eine überdimensionierte 21 neben der Eingangstür. Demnach müsste drei Gebäude weiter vorn die Hausnummer 15 sein. Aus ihrer Studienzeit als Pizzafahrerin erinnerte sie sich noch gut an die Problematik der Hausnummern. In vielen, vorwiegend alten Städten war die Annahme der regelmäßigen Abfolgen von Hausnummern alles andere als sicher. Doch hier sah jedes Haus nahezu gleich aus. Ja, richtig – sie erinnerte sich genau: Die Häuser in Trauertal waren alle baugleich. Zugegeben, in den vergangenen dreißig Jahren hatte die Individualisierung der Gebäude und Grundstücke zu viel Varianz geführt. Im Grunde war aber jedes Haus gleich und das Risiko, in wenigen Sekunden an dem ihrer alten Nachhilfelehrerin Nina vorbeizulaufen, war groß. Hannah sah erneut auf ihre Smartwatch. Puls: hundertfünfundvierzig. Es war Punkt elf Uhr, als sie am Gartenzaun entlanglief, hinter dem eine schlanke, blonde Frau einen kleinen Eimer mit Essensresten auf einen Komposthaufen kippte.

17

1994

Hannah würde nichts in Trauertal vermissen. Ihre Schwester war weg. Im Gegensatz zu ihrer Tante glaubte sie nicht, dass Jette irgendwann in Trauertal wieder auftauchen würde. Hannah würde sie suchen. In Berlin. Dort wollte Jette hin und dort war sie sicher auch.

Das Haus, in dem sie seit dem Tod ihrer Eltern gelebt hatten, war im Grunde genommen nie ihr Zuhause geworden. Freunde hatte sie kaum.

Nina würde sie vielleicht vermissen. Ja, wenn sie nachdachte, dann war es niemand bis auf Nina, die sie vermisste.

Für ihre Tante hingen viele Erinnerungen an dem Ort. Auch ihre Mutter und ihr Vater – Hannahs Großeltern – hatten in Trauertal gewohnt. Hannah war oft als Kind dort zu Besuch gewesen, doch ihre Heimat war es nie geworden.

Alle hatten immer gesagt, Jette sei wie ihre Mutter: rastlos und immer auf der Flucht. Aber das stimmte nicht. Sie war nicht auf der Flucht gewesen, sie wollte nur weg aus Trauertal. Jette ähnelte äußerlich ihrer Mutter, das hatten alle stets betont, und das sah auch Hanna, wenn sie alte Fotos ihrer Mutter mit Jette verglich. »Wie aus dem Gesicht geschnitten«, hatten sie immer gesagt. Hannah hatte sich gefragt, was diese Formulierung eigentlich bedeuten sollte. Es klang jedenfalls ziemlich blutrünstig. Irritierender waren die weiterführenden Kommentare, die darauf folgten, und als Insider der älteren Einwohner unter hämischem Gelächter beigefügt wurden: »Hoffentlich hat die mehr Anstand als ihre Mutter ...« Die Art, wie unterschiedlich Männer und Frauen über ihre Mutter redeten, irritierte sie. Die Frauen waren ihr gegenüber misstrauisch und abgewandt, die Männer scharten sich um sie. Später begriff Hannah, welchen Ruf sie gehabt haben musste. Ihre Tante Birgit hatte es mal wohlwollend formuliert: »Die Mama hatte einigen Männern im Ort hier den Kopf verdreht. Das mochten die Frauen gar nicht.«

Und so hatte Jette einen schweren Stand bei den älteren Frauen im Ort – und ein gewisser Ruf eilte ihr bei den Männern voraus. Doch Jette stand über dem Gerede der Leute.

Es prallte an ihr ab. Als ob sie mit Teflon beschichtet gewesen wäre. Hannah bewunderte ihre Schwester für die Stärke, die sie ausstrahlte und ihr zu vermitteln versuchte. »Lass die Leute alle reden. Sie sind entweder neidisch oder gekränkt. Merk dir eins: Wenn sie über dich reden, hast du schon gewonnen.«

Hannah war einige Jahre jünger als ihre Schwester und bei Weitem nicht so selbstbewusst. Sie kannte niemanden, der so stark war wie Jette, und Hannah merkte sich ihre Worte.

Doch nun war sie weg. Einfach von einem auf den anderen Tag nicht mehr da. Wie vom Erdboden verschluckt. Wieder eine Redewendung, die sich Hannah grauenhaft bildlich vorstellen konnte. Ihre Schwester Jette lief nichts ahnend einen Weg entlang, als sich plötzlich vor ihr die Erde auftat, ein riesiges klaffendes Maul öffnete und ihre Schwester verschlang wie ein Raubtier seine hilflose Beute.

Auch hierüber redeten die Leute viel. Hannah bekam mit, dass alle davon sprachen, dass Jette abgehauen sei. Doch das war natürlich völliger Blödsinn. Sie würde niemals verschwinden, ohne ihrer kleinen Schwester Bescheid zu sagen.

Die Zweifel waren zwar da – konnte es sein, dass Jette woanders selbstbestimmt neu anfing und sie im Stich gelassen hatte? –, doch Hannah kam immer wieder zu dem Punkt, dass dies nicht der Fall war. Zu stark war ihre Verbindung. Zu sehr fühlte sie sich geliebt von ihrer Schwester. Niemals hätte diese sie einfach so verlassen.

Hannah kuschelte sich an ihren Hasen. Im Grunde war er jetzt ihr einziger ständiger Begleiter seit der Geburt. Bei dem Gedanken klammerte sie den verwaschenen Haufen Stoff fest an sich.

Du verlässt mich nicht, dachte sie. *Du bleibst bei mir.*

Manch einer wunderte sich später, wie wenig Schaden sie nach all dem Leid genommen hatte. Der Verlust der Eltern. Der Verlust der Schwester. Heimatlose Reise. Und doch schien Hannah glücklich zu sein. Oder hatte sie keine Vorstellung davon, was Glück bedeutete? Hatte sie all das Leid so sehr in sich vergraben, dass es sicher irgendwo tief in ihr ruhte?

Nein, es war eine Frage der Einstellung. Sie hatte nicht alles verloren. Sie trug all die Erfahrung in sich und war gewachsen und gestärkt. Mehr als jemand sein konnte, der nicht erlebt hatte, was Hannah erleben musste. Sie ließ nicht zu, das Opfer zu sein. Niemals. Und tief im Inneren begleitete sie fortan die Hoffnung, dass alles seinen Sinn hatte.

18

Hannah erkannte die blonde Frau Ende vierzig sofort. Kein Zweifel, sie hatte sich kaum verändert. Trotz der sichtbaren Falten im Bereich der Schläfen, unter den Augen und bei den Wangen, war eindeutig klar, dass Hannah ihre alte Nachhilfelehrerin vor sich hatte. Diese nickte ihr freundlich zum Gruße, erkannte Hannah aber offenbar nicht wieder. Perplex und mit der plötzlichen Konfrontation überfordert, joggte Hannah weiter. Sicherlich dachte Nina, es handle sich um eine unbekannte, sportliche Touristin. Wohl die logischste Schlussfolgerung angesichts des nahe gelegenen Hotels. Hannah hatte sich keinen Plan überlegt, wie sie Nina ansprechen sollte. Wenn sie jedoch jetzt weiterlief, ohne sich zu erkennen zu geben, wäre diese Chance vertan. Das Schicksal hatte ihr eine einfache Möglichkeit gegeben und sie ließ diese verstreichen? Abrupt blieb sie stehen und entschied sich, umzukehren. Nina bemerkte das plötzliche Manöver und sah sie kritisch an. Ohne einen Plan blieb Hannah am Zaun vor der verdutzten Frau stehen.

»Nina?«, sprach sie übertrieben erstaunt.

Die Frau starrte sie mit offenem Mund an. Scheinbar hatte sie keinen blassen Schimmer, wer sie soeben angesprochen hatte.

»Ich ... äh. Ja. Ich bin Nina.« Weitere Hilfe suchende Blicke.

»Hannah.«

Um die ausbleibende Reaktion zu überspielen, wurde sie konkreter: »Hannah Harth. Ich habe früher als Kind hier gelebt und ich glaube, ich hatte bei dir Nachhilfe.«

Der fragende Gesichtsausdruck wich einem freudigen Lächeln. Offenbar war der Groschen gefallen und Nina erkannte ihr Gegenüber und schien erfreut über die Begegnung.

»Hannah! Nein! Das ist ja verrückt. Wie lange ist das her?«

»Dreißig Jahre ... fast. Du hast dich wirklich nicht verändert. Ich habe zwar ein paar Sekunden gebraucht, aber sieh dich an: Wie gut du aussiehst.« Keine Lüge, aber zumindest eine Übertreibung.

Nina sah sie verlegen an. »Ach, komm! Ich bin schon gealtert. Wie wir alle. Aber *du* hast dich sehr verändert. Na ja, gut, du warst noch ein Kind damals. Komm mal her, lass dich drücken! Geht's dir gut?«

Sie hastete um den Zaun und fiel Hannah um den Hals. Die Nähe bedrückte sie auf eine seltsame Art und Weise. Es war wie ein Festklammern, eine Enge, aus der sie am liebsten direkt ausgebrochen wäre. Dennoch spielte sie mit.

Als Nina die Umarmung endlich löste, trat sie einen Schritt zurück.

»Jaja, mir geht's gut. Und dir? Du lebst immer noch hier? Schönes Haus, wirklich. Und der Garten ...«

Nina sah sich um, als wollte sie abklären, dass niemand in der Nähe war. Dann sprach sie leise und bedacht. »Ich denke mir oft, ich hätte damals die Chance ergreifen und Trauertal verlassen sollen.«

Wow, das hatte gesessen. In ihrer Aussage schwang viel Frust mit, Hannah war völlig erstaunt über ihre Offenheit. Diese Eigenschaft hatte ihr früher imponiert. Hinter dem Fenster zum Garten sah Hannah im Augenwinkel einen Mann die beiden beobachten. Sie erkannte sein Gesicht nicht.

»Ach was. Hier lebt man doch gut. Die Ruhe und die frische Luft ... Ich vermisse das oft.«

»Wo lebst du denn überhaupt? Ich erinnere mich nur noch, dass ihr weggezogen seid, kurz nachdem ...« Sie stockte. Beiden war bewusst, dass eine Sache immer noch wie ein Schatten über allem lag.

»Ich lebe in der Nähe von Frankfurt. Also mein Büro ist in Frankfurt, ich wohne in Bingen. Ich bin ein paar Tage im Hotel hinten, zum Ausspannen. Und um meine alte Heimat zu besuchen.«

Nina nickte interessiert, wirkte aber gestresst.

»Hör mal, Hannah, ich freu mich total, dich wiederzusehen. Sollen wir uns nicht auf einen Kaffee treffen?«

Das lief besser als gedacht, dachte Hannah. Sie behielt den Auslöser für ihren Aufenthalt für sich. Eine übel zugerichtete Leiche hätte sicher nicht zu einem offenen Wiedersehen geführt. Außerdem spürte sie, dass Nina etwas auf dem Herzen lag.

»Gerne. Also, ich habe Zeit. Wann soll ich vorbeikommen? Oder gibt es im Ort noch das kleine Café am Marktplatz?«

Nina lachte auf – nicht vor Freude, sondern vielmehr frustriert und als hätte sie einen schlechten Scherz gehört.

»Hier gibt es gar nichts mehr! Der Bäcker, der Metzger, der kleine Nahkauf ... alles längst geschlossen. Das

Café hat keine zwei Jahre überlebt! Alles, was wir brauchen, kaufen wir in der Stadt oder online. Bei uns hält jeden Tag der Paketdienst. Und meistens nicht nur mit einem Päckchen ...« Sie lachte jetzt amüsiert über ihren eigenen Frust, den sie mit Humor zu überspielen versuchte. Dann fügte sie hinzu: »Ich kann zu dir ins Hotel kommen. Die haben ein Café unten am See. Da treffe ich mich gelegentlich mit einer Freundin. Sagen wir um halb drei? Da fährt mein Mann mit den Jungs zum Fußballspiel.«

Hannah nickte freudig. »Das passt. Ich warte in der Lobby auf dich.«

Nina machte auf dem Absatz kehrt und verschwand im Haus. Ihr Mann hinter dem Fenster war verschwunden. Das Gebäude wirkte auf Hannah mit einem Mal bedrohlich und verschlossen. Wie eine schöne Fassade, hinter der etwas Rätselhaftes lauerte. Sie verwarf den Gedanken und lief weiter Richtung Ortsmitte. Nachdem sie sich an die baugleichen Häuser aus ihrer Vergangenheit erinnert hatte, fielen ihr die auffällig gestalteten Vorgärten ins Auge. Es war so, als ob man mit der Gestaltung der Gärten versuchte, sich von seinen Nachbarn abzugrenzen. Eine andere Möglichkeit gab es nicht. An der ein oder anderen Stelle waren die Häuser baulich verändert und erweitert worden. Einige hatten Mauern zur Straße, die meisten aber kleine Zäune, die dahinterliegende Büsche oder Blumenarrangements sichtbar machten. Das Dorf war wie ausgestorben, wobei *Dorf* eine Übertreibung an sich war. Es handelte sich im Prinzip nur um drei Straßen, die sternförmig auf dem Marktplatz endeten. Die wenigen Ladenlokale, in denen einst Bäcker, Metzger, Nahkauf, Café und eine

Poststelle ansässig gewesen waren, schienen zu Wohnungen umgebaut worden zu sein. Der einzige Ankerpunkt, an den sich Hannah gut erinnerte, war das Bürgerhaus und die Kapelle, die man hier gerne als Kirche bezeichnet hatte. Sie passte überhaupt nicht ins Ortsbild, wirkte wie aus einer anderen Zeit. Hannah dachte an ihre alte Playmobilstadt, in der ihr Onkel neben den bunten Playmobilhäusern eine Kirche gestellt hatte, die er wochenlang als originalgetreuen Nachbau zusammengebastelt hatte. Genau so wirkte diese Kapelle.

Hannah stoppte vor dem Gotteshaus und sah sich um. Dort, wo einst das Bürgerhaus gestanden hatte, war jetzt ein Mehrfamilienhaus. Das einzige im ganzen Ort. Ein älterer Herr mit grün-brauner Bekleidung und einer grauen Schiebermütze lief mit einem Kleinkind an der Hand die Straße entlang; eine für die Jahreszeit zu warm gekleidete Frau kehrte vor dem ersten Haus der »Webergasse« den Bürgersteig. *Rushhour in Trauertal,* dachte sie und schmunzelte über ihren eigenwilligen Humor. Etwas Gutes hatte diese Bauweise mit den klar nummerierten Häusern jedoch: Es war ein Traum für jeden Pizzalieferanten, falls überhaupt ein Pizzaservice bis nach Trauertal liefern würde. Hannah konnte sich nicht erinnern, wie weit die Stadt von hier entfernt war. Sie hatte keine Erinnerungen an Distanz und Größe. Als Kind waren das auch eher unwichtige Eigenschaften.

Sie drehte am Dorfplatz um und joggte Richtung Hotelanlage. Hannah wollte die letzten zwei Kilometer nutzen, um ihren Puls noch einmal nach oben zu treiben.

19

Nachdem sie im Restaurant des Hotels zu Mittag gegessen hatte – das Drei-Gänge-Wellness-Menü war optisch ansprechend, jedoch in spärlicher Menge serviert worden –, entschied sie sich, das Spa zu begutachten. Hier wurde im Gegensatz zum Essen dick aufgetragen: Es gab zwei Jacuzzis, einen gemütlichen überdimensionierten Kamin, ein Schwimmbecken mit Poolhaus und einen Saunabereich, in dem stündlich ein Saunameister namens Igor einen Aufguss zelebrierte. Igor kannte keine Gnade. »Ich mache Sauna heiß, wie sich gehört. Viel Spaß beim Schwitzen«, waren seine Worte, bevor er die erste Kelle von mit Minzöl angereichertem Wasser auf die heißen Lavasteine goss. Die folgenden zehn Minuten waren schmerzhaft, aber wohltuend. Hannah war neben zwei älteren Herren der einzige Gast an diesem Mittag. Als Igor unter erleichtertem Stöhnen der beiden Herren den Aufguss für beendet erklärt hatte, verließ sie die Sauna mit dem festen Vorsatz, sich am Abend von Igor noch einmal quälen zu lassen. Eine wahre Wohltat, doch in einer halben Stunde musste sie fertig in der Hotellobby sein.

Nach einer kalten Dusche hastete sie im hoteleigenen Bademantel auf ihr Zimmer. Sie liebte den Service von Handtüchern und Bademänteln und die Vorstellung, diese nicht selbst waschen zu müssen. Sie entschied sich für ein schlichtes Outfit aus Jeanshose und unauffälliger Bluse. Ihr Make-up war wie üblich dezent und schnell aufgetragen. Überpünktlich erreichte sie die Lobby, in der überraschend viele Personen auf den Check-in warteten. Auch das Personal war aufgestockt worden: Hinter dem Empfang saßen neben der jungen Blondine und der grimmigen, alten Schwarzhaarigen von heute Morgen ein großer, schlaksiger Mann, der kaum älter als zwanzig wirkte. Sicherlich ein Auszubildender. Alle waren mit Gästen beschäftigt, und doch spürte Hannah den fixierenden Blick der älteren Dame. Hannah war erleichtert, als Nina mit fünf Minuten Verspätung die Lobby betrat. Sie wirkte gestresst und dennoch erfreut über das schnelle Wiedersehen.

»Sorry, die Männer haben einfach so lange gebraucht. Wenn ich denen nicht alles vorgekaut vorsetze, würde bei uns gar nichts laufen ...« Hannah nickte verständnisvoll, obwohl sie keine Ahnung hatte, wie es ist, in einem männerdominierenden Haushalt zu leben. Bei ihnen waren Frauen stets in der Überzahl gewesen, wenn es überhaupt jemanden außer ihr gegeben hatte. Die letzten zwanzig Jahre hatte sie schließlich auf niemanden Rücksicht nehmen müssen.

Hannah folgte Nina zum »Café am See«, das lediglich dreihundert Meter vom Hotel, den Berg abwärts, lag und aus einem zweistöckigen Haus mit Rundumverglasung bestand. Sie war verblüfft über die Größe des Sees, an den sie absolut keine Erinnerung hatte. Wie konnte das sein? Waren sie früher nie hier gewesen?

»1994 seid ihr weggezogen, oder?«, fragte Nina interessiert.

»Ja, genau, im Sommer 1994.«

»Dann hast du den See noch nie so gesehen?«

Hannah blieb vor Erstaunen kurz stehen. »Ich habe mich eben gefragt, warum ich keine Erinnerung an den See habe.«

Nina lachte laut auf. »Den See gibt es erst seit Ende 1994. Das Hotel wurde Anfang 2010 eröffnet, glaube ich. Die Hälfte von Trauertal arbeitet ja hier ... Wobei von den alten Dorfbewohnern kaum noch jemand hier lebt. Die meisten sind zugezogen.«

Hannah war erstaunt über diese Neuigkeiten. 1994 war wohl ein Jahr mit vielen einschneidenden Ereignissen gewesen. Nicht alle waren positiv.

»Aber jetzt erzähl mal, was machst du so? Wie geht's dir?«, wechselte Nina das Thema. Hannah war nicht wirklich erpicht darauf, aus ihrem Leben zu erzählen. Sie war auf der Suche nach Antworten und die waren nicht bei ihr in Frankfurt zu finden. Sie erinnerte sich an den Spruch ihrer Tante: »Wer etwas will, muss auch was geben«. Also versuchte sie in aller Kürze, erst einmal von sich zu erzählen.

»Da gibt es wirklich nichts Großes zu berichten. Ich bin selbstständig als Einrichtungsplanerin. Ich richte Wohnungen und Häuser für den Verkauf ein. Tja, und das war es auch schon. Ledig, kinderlos.« Ihr Leben klang, wenn man es so nüchtern berichtete, bemitleidenswert, was Ninas Gesichtsausdruck bestätigte.

»Ach komm. Hier ist auch nicht alles Gold, was glänzt. Meine Ehe besteht zurzeit aus Alltag und Kindern. Meine Jungs sind acht und dreizehn. Wirklich schwieriges Alter. Sitzen alle nur vor ihren Bildschirmen. Der Kleine vor der Konsole, der Große am Handy. Ja, und der ganz Große – mein Mann Frederik – an seinem PC.

Kein Mensch weiß, was die da genau treiben. Wahrscheinlich hat jeder da sein virtuelles Doppelleben und ich sorge dafür, dass die Infrastruktur stimmt. Aber ich will dich nicht volljammern. Ich weiß gar nicht, warum ich dir das erzähle ...«

Hannah lächelte verständnisvoll. Sie hatte das Vertrauen schneller erlangt als gedacht und war erstaunt über die zynisch verpackte Ehrlichkeit, die ihre alte Bekannte an den Tag legte. Sie erreichten das Café, dessen Außenterrasse aus einem riesigen Steg bestand, der bis zum Wasser ging. Ein wirklich idyllischer Platz.

Sie setzten sich an einen Tisch direkt am Wasser. Außer ihnen waren zwei weitere Plätze besetzt. Ein junges Paar mit einem friedlich unter dem Tisch liegenden Labrador und eine ältere Frau, die in ein dickes Buch vertieft vor einer Tasse Tee saß. Auf der anderen Seite des Sees verlief ein Wanderweg am Ufer entlang. Mehrere Personen, meist Paare, waren dort am Spazieren. Ein Mann mit einem Dobermann traf auf eine Gruppe aus drei oder vier Personen, die der Hund kurz, aber heftig anbellte. Der Besitzer wies den Hund lautstark zurecht; eine kurze Störung der trägen Ruhe, die über dem Tal lag. Der Labrador am Tisch des jungen Paares schaute kurz interessiert auf, bevor er sich lustlos wieder niederlegte. Hannah bestellte einen Cappuccino und Nina einen Latte macchiato und zwei Aperol Spritz.

»Die gehen auf mich!«

»Auf keinen Fall«, protestierte Hannah. »Ich lade dich ein, keine Widerrede!«

»Na gut«, gab Nina sich schnell geschlagen. »Aber am Montag lade ich dich ein. Sofern du so lange hier bist ...«

Hannah überlegte. Sie hatte keine Idee, wie lange sie bleiben würde. Der nächste Auftrag stand erst für Samstag kommende Woche an. Sie hatte alles vorbereitet und würde im Notfall auch Freitagmorgen den Tag durcharbeiten bis nachts. Die Büroarbeit konnte auch mal ein paar Tage liegen bleiben.

»Ich denke, ich bleibe bis Mittwoch oder Donnerstag.«

Nina lächelte zufrieden. Der junge Kellner kam mit zwei Aperol Spritz und den beiden Kaffeespezialitäten, die Hannah auf ihr Zimmer schreiben ließ. Sie hatte das Gefühl, dass Nina sich vor irgendetwas retten wollte, das schlimmer war als ihr Alltag. Sie wirkte wie eine Gefangene auf Hafturlaub, so, als ob sie jede Minute in Freiheit genießen würde. War das Leben in einem Männerhaushalt so schlimm, oder gab es noch einen Anlass, der sie derart bedrückte, dass sie eine dreißig Jahre alte Bekanntschaft gleich zweimal in kürzester Zeit treffen wollte? Vor dem Hintergrund wirkten ihre Facebook-Aktivitäten ebenfalls wie verzweifelte Versuche, Signale nach außen zu senden. Wobei die meisten Besucher ihres Profils von einer heilen Welt ausgingen.

»Hör mal, Hannah«, setzte sie nach einem Schluck Latte macchiato erneut an. Es klang so, als ob sie eine Sache loswerden wollte. »Ich habe die ganze Zeit überlegt, wie ich es ansprechen soll ... Als du heute bei mir aufgekreuzt bist, habe ich natürlich auch über deine Schwester nachgedacht ...«

Da kam es nun mit voller Wucht und ohne Vorankündigung auf Hannah zu, wie ein Meteorit, der in sie einschlug und einen Krater hinterließ. Hannah nippte an ihrem Cappuccino, um sich Zeit für eine Reaktion zu verschaffen. War sie bereit, jetzt über ihre Schwester zu reden? Nina sprach einfach nach einigen Sekunden weiter. »Stefan hat mich kürzlich auf deine Schwester angesprochen.« Ein erneuter Meteoriteneinschlag, dieses Mal mit größerem Schaden. Hannahs entsetzten Blick deutete Nina wohl als Erinnerungslücke, welchen Stefan sie meinte. Dabei war Hannah direkt klar, um wen es sich handelte. Stefan Ludwig hatte ihr damals Klavierunterricht gegeben – einmal die Woche, bis sie aus Trauertal weggezogen waren. Die Psychologin war der Meinung, dass man diesen Part unbedingt weiterführen sollte, zumal sie auch schon zuvor Unterricht hatte. Musik sei schließlich »der Schlüssel zur Seele.« Und bei all der Veränderung eine Konstante, die Hannah dabei helfen würde, den Schmerz zu überwinden. Stefan hatte Hannah komplett vergessen, genau wie ihr mäßiges Interesse am Klavierspielen. Er war ein zurückhaltender, aber netter Junge, den sie etwas älter in Erinnerung hatte.

»Stefan Ludwig.«

Hannah nickte wortlos.

»Jette ist ja 1994 verschwunden. Ich habe eigentlich seit Jahren nichts mehr mit Stefan zu tun, obwohl er immer noch in Trauertal lebt. Aber vor ein paar Wochen hat er mich auf damals angesprochen und komische Fragen gestellt ...«

Hannah hatte sich an ihrem Cappuccino verschluckt und musste unbeholfen husten.

»Komische Fragen?«, hakte sie zaghaft nach.

»Ja, also eigentlich nicht direkt nach Jette, eher nach Michel.«

Jetzt war Hannahs Gesichtsausdruck eindeutig fragend. Michel, wer?

»Also Michel, Stefan und ich waren früher die besten Freunde. Wir haben eigentlich jeden Tag zusammen rumgehangen und waren unterwegs, im Gegensatz zu der heutigen Jugend. Stefan war eher der Ruhige, lebt heute auch komplett zurückgezogen und allein. Ich habe ihn jahrelang nur sporadisch gesehen, bis zu einer Beerdigung vor ein paar Wochen. Dort haben wir uns das erste Mal mit etwas Abstand unterhalten ...«

Sie trank den Rest ihres Latte macchiatos und wechselte dann zu ihrem Aperol. Hannah leerte ebenfalls den letzten Schluck des Heißgetränkes.

»Und Michel?«, erkundigte sich Hannah nach dem Dritten in der Runde, zu dem Nina keine weiteren Informationen gegeben hatte.

»Michel ... Der ist ja schon lange tot.«

20

Nina und Hannah nippten für einige Sekunden wortlos an ihren Cocktails. Als der Kellner kam und sich nach weiteren Wünschen erkundigte, wurde er von zwei entsetzten Gesichtern angesehen. Er verschwand folgsam nach einem stummen Abwinken von Nina.

»Wie ist er ... Ich meine, was ist passiert?«, wollte Hannah von Nina wissen, warum ein Mann, der heute Mitte vierzig gewesen wäre, schon lange tot war. Ein natürlicher Tod wäre nur durch eine Krankheit zu erklären, wobei sich Ninas Worte nicht danach angehört hatten.

»Er ist ertrunken. Vor fünfzehn Jahren müsste das gewesen sein. 2006. Ein Sommermärchen ...«

Hannah blickte sie skeptisch fragend an.

»2006, das Sommermärchen. Da war die Fußball-WM in Deutschland. Miro Klose, Schweinsteiger, Poldi ...« Sie merkte schnell, dass Hannah nichts mit Fußball am Hut und die WM 2006 keinen bleibenden Eindruck bei ihr hinterlassen hatte.

»Na ja, jedenfalls hat Italien gewonnen, Deutschland war dritter, glaube ich ... Ich bin mir ziemlich sicher: In dem Sommer, als die WM war, ist Michel hier im See ertrunken.«

»Was?«, platzte es aus Hannah heraus. »Hier im See?«

»Ja, er war zuerst tagelang vermisst, dann haben Taucher seine Leiche vorn an der Talsperre herausgezogen.

Das war wirklich ein Schock, richtig übel für das ganze Dorf. Ich war wochenlang fix und fertig. Tja, wie verhext, dieses Trauertal ...«

Hannah war überwältigt von der Flut an Informationen. Sie hatte von all dem nichts mitbekommen. Aber wie auch? Sie hatte zu niemandem Kontakt, geschweige denn ein Interesse daran gehabt, den Ort und seine Entwicklung zu verfolgen. Doch was hatte das alles mit ihrer Schwester zu tun? Warum hatte Nina erwähnt, dass sich Stefan nach Jette beziehungsweise Michel erkundigt hatte?

Nina schaute nervös auf ihr Smartphone, das bereits zweimal auf dem Tisch vibriert hatte. »Ach du Scheiße. Ich muss los!«, brach es aus ihr raus, während sie aufsprang.

»Was ist passiert?«, erkundigte sich Hannah erschrocken.

»Der Kleine ist auf dem Weg ins Krankenhaus, wurde beim Fußball gefoult. Fred, mein Mann, hat gerade geschrieben. Er weiß nichts von unserem Treffen hier. Er denkt, ich bin zu Hause am Putzen oder was weiß ich, was er denkt ...«

Verdammter Fußball, dachte Hannah. Sie kannte die Geschichten von gerissenen Kreuzbändern und verdrehten Knien von ihrer Kollegin, deren Söhne beide aufgrund mehrerer Verletzungen kein Fußball mehr spielen durften. Die Angst stand Nina ins Gesicht geschrieben. Und das Gespräch war mit einem Schlag beendet.

»Soll ich dich fahren?«, rief Hannah ihrem überstürzt aufbrechenden Gast hinterher.

»Nicht nötig. Ich melde mich bei dir.«

Sie kam noch einmal zurückgelaufen, scheinbar musste sie eine Sache loswerden, die nicht warten konnte.

»Hast du was zu schreiben? Ich sag dir meine Handynummer, dann kannst du mir texten.« Hannah zog ihr Smartphone aus der Tasche. »Schieß los, ich speichere dich direkt ein und schick dir gleich meinen Kontakt.« Nina konzentrierte sich, ihre Nummer zusammenzubekommen. Ihr Kopf stand woanders, das war klar. Hannah musste wissen, was Stefan über ihre Schwester wusste. Bevor Nina sich endgültig verabschieden konnte, startete sie einen letzten Versuch, während sie die letzten Ziffern der Handynummer speicherte.

»Nina, ich muss wissen, was er über Jette gesagt hat. Bitte, sag mir nur, was dich so verwundert hatte ...«

Nina kaute auf dem Nagelbett ihres Daumens. Sie tippelte wie ein aufgescheuchtes Huhn, völlig überfordert mit dem, was sie tun sollte.

»Stefan hat mich gefragt, ob Michel irgendwas über Jettes Verschwinden damals erzählt hat, ob ich etwas darüber weiß ...«

»Warum sollst du etwas wissen?«, hakte Hannah verzweifelt nach.

»Keine Ahnung. Ich weiß nichts!«, sagte sie und verschwand hektisch in Richtung Hotel. Hannah blieb perplex auf der Terrasse des Cafés stehen. Was hatte das zu bedeuten? Was war damals passiert? In Hannahs Kopf herrschte ein unkontrolliertes Feuerwerk an Gedanken. Ein Geheimnis lag hier im Verborgenen, und sie hatte das Gefühl, dass es an der Zeit war, all dem auf den Grund zu gehen. Einer – oder mehrere – wussten, was mit Jette passiert war. Ob sie noch lebte?

Hannah sah Nina stumm hinterher. Ein seltsames Wiedersehen, das mehr Fragen als Antworten aufgeworfen hatte. Was hatte diese Geheimnistuerei nur auf sich? Mittlerweile war sie sich sicher, dass die Leiche von Ottmann nicht zufällig in diesem Haus aufgetaucht war. Plötzlich erschrak sie von dem Geräusch eines gewaltigen Wasserplatschens hinter sich, als ob jemand in den See geschubst worden wäre. Nervös drehte sie sich Richtung Wasser um und sah, wie ein Hund nach draußen schwamm, einem kleinen roten Ball entgegen. Auf der Terrasse stand das junge Paar, das freudig erregt ihrem Labrador beim Apportieren zusah.

Sie blickte auf ihr Smartphone mit dem offenen Kontakt von Nina im Display und tippte auf »Nachricht senden«.

Der Cursor blinkte am Bildschirmrand wie ein Metronom im Takt – gefühlt eine permanente und hartnäckige Aufforderung zum Tippen. Doch ihr fiel nicht ein, was sie schreiben sollte. Schließlich schüttelte sie sich kurz, wie um sich selbst aus der Unordnung ihrer Gedanken zu befreien. Sie tippte entschlossen: *Hallo Nina, jetzt hast du auch meine Nummer. Bitte melde dich, du weißt, wo du mich findest. Hannah.*

Nachdem sie auf *Senden* gedrückt hatte, schickte sie noch eine Nachricht hinterher: *Danke.*

21

Stefan mähte den Rasen in seinem Garten. Die kleine, aber liebevoll gepflegte Grünanlage an seinem Haus entsprach nicht dem deutschen Klischee des akribisch gepflegten Grüns mit perfekt aufeinander abgestimmten Pflanzen. Vielmehr ließ er der Natur freien Lauf, wo immer es ging. Lediglich eine kleine Fläche Rasen wollte er auf üblichem Niveau halten. Schließlich arbeite er im Sommer oft draußen und sein Lieblingsplatz war die Sitzgruppe aus gusseisernen Möbeln vom Flohmarkt, die er sich unter den beiden Kastanienbäumen eingerichtet hatte. Er arbeitete als IT-Spezialist für Shopsysteme weltweit und seit einigen Jahren ausschließlich von zu Hause. Ein Laptop und schnelles Internet reichten mittlerweile aus, um seine Leistungen weltweit anbieten zu können. Und diese waren gefragt. In den ersten Coronajahren musste er beinahe täglich Aufträge ablehnen, denn seit dem ersten Lockdown interessierte sich auch der letzte Ladenbesitzer für die Möglichkeit, im Internet zu verkaufen. Mittlerweile hatte er einen freien Mitarbeiter, den Deutsch-Iraner Zian, der die Kommunikation mit Kunden und das Backoffice übernahm. Er saß in Berlin und hatte Stefan noch nie real getroffen. Eine geplante Weihnachtsfeier musste aufgrund hoher Auftragslage in das neue Jahr verlegt werden. Er hatte fest vor, seinen Kollegen im Herbst zu besuchen und auf Firmenkosten ein üppiges

Programm abzuliefern. Dabei wusste Stefan nicht, ob Zian nicht lieber anonym ohne Kontakt arbeiten wollte. Seine Enttäuschung über das abgesagte Weihnachtswochenende hatte sich jedenfalls in Grenzen gehalten. Im Grunde hatte Stefan noch nie überschwängliche Gefühlsregungen bei seinem Mitarbeiter festgestellt. Zian war ein schlaksiger, hagerer Mann Ende dreißig, der in ihren Zoom-Meetings durch die Kamera wie ein Achtzehnjähriger wirkte – seine Stimme klang allerdings fest und bestimmt. Er sprach in einem klaren Deutsch eines Radiomoderators, wie Stefan beim ersten Telefonat festgestellt hatte. Eine Stimme, die perfekt für den Telefonsupport war, obwohl das meiste per E-Mail und Chat gelöst wurde. Seine Dienste waren jedenfalls Gold wert, denn Zian arbeitete fehlerfrei und effizient. Den nervigen Teil der Arbeit hatte Stefan somit erstmals zu seiner Zufriedenheit ausgelagert.

Heute war Stefan in seine Gartenarbeit vertieft, bei der er in Ruhe nachdenken konnte. Und er hatte einiges, worüber er in Ruhe nachdenken musste. Eine Sache quälte ihn seit der Beerdigung im Frühjahr. Vor fast dreißig Jahren ereignete sich ein Vorfall, den er mit Erfolg all die Jahre verdrängt hatte. Ein Ereignis, das den Verlauf seines Lebens und das vieler anderer Menschen nachhaltig und negativ beeinflusst hatte. Er hatte die Zusammenhänge lange nicht verstanden, hatte alles um den Vorfall verdrängt. Doch eine Frage hatte ihn plötzlich sämtliche Zusammenhänge erkennen lassen. Er konnte seither an nichts anderes mehr denken. So gerne hätte er Gewissheit darüber, was damals geschehen war. Oder sollte er einfach keine schlafenden Hunde wecken?

22

Mit einem Schlag durchdrang sie ein innerer Ansporn. Sie konnte nicht warten, bis Nina wieder bereit war, mit ihr zu reden. Hannah sprang aus dem Bett und zog ihr Smartphone vom Ladekabel auf dem Nachttisch. Sie musste handeln; die Zeit war reif. Sie öffnete Google und tippte in die Suchleiste: »Stefan Ludwig Trauertal«. Insgesamt zweitausend Einträge, wobei der Algorithmus der Suchmaschine unzählige Todesanzeigen ausspuckte. Auf Seite zwei der Suchergebnisse wurde sie dann fündig: Stefan Ludwig, »IT-Lösungen & Shopsysteme, Trauertal«.

Die Homepage war für einen IT-Berater ungewöhnlich nüchtern gehalten. Es war mehr eine Seite, über die man Kontakt mit Stefan aufnehmen und sich grob über seine Spezialgebiete informieren konnte: Onlineshop-Systeme, IT-Sicherheit, Backup-Management, IT-Infrastruktur, Cloudservice, hosted in Germany.

Im Impressum fand sie eine Adresse: Webergasse 21. Wenn sie die Symmetrie des Ortes richtig einschätzte, sollte es das letzte Haus am Ende der Straße sein. Aber was war die beste Strategie? Einfach vorbeilaufen und hoffen, dass auch er sich zufällig draußen in seinem Vorgarten aufhielt? Wohl kaum. Sie entschied sich, ihm über das Kontaktformular zu schreiben, und hoffte auf eine schnelle Antwort. »Hallo Stefan, hier ist Hannah Harth, vielleicht erinnerst du dich, du hast mir früher mal Klavierunterricht gegeben ... Ich bin nach vielen Jahren zufällig in Trauertal im Hotel und mache Urlaub. Hast du Zeit für einen Kaffee?«

Sie stockte kurz. Das war vielleicht zu leger und außerdem aufdringlich und direkt, dafür, dass Stefan sich möglicherweise nicht mehr an sie erinnerte. Sie strich die letzte Frage und fügte stattdessen an: »Wenn du Zeit hast, würde ich dich gerne treffen.«

Sie ergänzte im Kontaktformular ihre Handynummer und drückte auf »Senden«.

Ob Stefan überhaupt an einem Treffen interessiert war? Wenn er sich erst kürzlich nach Jette erkundigt hatte, musste er sich mit ihrem Verschwinden beschäftigt haben.

Hannah ging zum Fenster ihres Hotelzimmers und beobachtete das Treiben auf der Terrasse hinter dem Hotel. Durch die Baumkronen sah man auf den bewaldeten Berg im Hintergrund und rechts einen Teil des Sees. Ein perfekter Platz für ein Wellnesshotel: eingebettet in die Natur, mit genügend Abstand zum Autolärm und doch zentral gelegen.

Sie dachte darüber nach, was Nina eben erzählt hatte. *»Den See gibt es erst seit Ende 1994. Das Hotel wurde Anfang 2010 eröffnet. Die Hälfte von Trauertal arbeitet ja hier ...«*

Sie musste sich unbedingt erkundigen, wann genau 1994 dieser See angelegt worden war. Und wie legte man überhaupt solch einen See an? Im Ort gab es damals ein Gusswerk, bei dem viele gearbeitet hatten, aber eine Grube der Größe wäre ihr sicher aufgefallen. Sie hatte absolut keine Erinnerungen daran, was vorher hier gewesen war. Doch alle Alarmglocken schrillten, wenn sie daran dachte, dass Jette im selben Jahr verschwand, in dem man ein abgeschiedenes Industriedorf durch eine touristische Idylle wie am Bodensee ersetzt hatte.

Hannah beobachtete, wie eine Gruppe von sechs Personen – soweit sie erkennen konnte, ausschließlich Frauen – von einem durchtrainierten jungen Mann mit Dreadlocks angeleitet Pilatesübungen machte. Oder war das Yoga? Oder eine andere neuartige Trendsportart? Vielleicht sollte sie den Hausflyer mit den Angeboten einmal genau durchlesen. Ein wenig Aktivität täte ihr sicher gut und außerdem würde es ihren Kopf frei machen. Zu viele Gedanken strömten wirr und unkontrolliert durch ihr Inneres. Hannahs Handy vibrierte auf dem Nachttisch und zwang sie, die gedanklichen Nachforschungen über die Sportart auf der Terrasse zu unterbrechen. Vielleicht war das Stefan, der sich mit ihr treffen wollte. Sie eilte zum Nachttisch und war nicht minder erstaunt über den Namen, den sie auf dem Display las. »Nachbar Henrik«. Was wollte der denn?

23

Verwundert nahm sie das Smartphone vom Nachtisch. Was wollte Henrik von ihr? War etwas in ihrer Wohnung? Ein Rohrbruch oder vielleicht stand das ganze Haus in Flammen? Völlig wirre Gedanken schwirrten durch ihren Kopf. Sie hatte zehntausend Euro Bargeld in einem Versteck unter ihrem Kleiderschrank. Die Buchhaltung der letzten drei Monate lag auf dem Küchentisch. Alle ihre Dokumente, von der Geburtsurkunde, Abiturzeugnis bis zu Versicherungspolicen – alles war im Haus und von enormer Wichtigkeit. Schnell nahm sie den Anruf entgegen, um endlich Klarheit zu haben, bevor ihre panische Vorstellung sie in den Wahnsinn trieb.

»Henrik, was ist passiert?«

»Hallo, Hannah. Wo bist du gerade?«

Seine Stimme klang leise, aber aufgeregt. Jetzt war sie sich sicher, dass etwas passiert sein musste. Henriks Ausdrucksweise war normalerweise klar und ruhig; in diesem Moment spürte sie die Angst, die sie selbst durchdrang.

»Was ist los, Henrik? Was ist passiert?«

»Hör mir zu und beantworte meine Fragen. Wo bist du jetzt genau?«

»In meinem Zimmer im Hotel Trauertal. Das weißt du doch. Jetzt sag mir endlich, was passiert ist!«

»Hör mir zu und sag nichts. Ich darf dir das nicht sagen, aber ich habe wichtige Informationen für dich. Klaus Denzig, der Eigentümer des Hotels, in dem du dich befindest, ist heute Morgen als vermisst gemeldet worden. Man vermutet, dass es einen Zusammenhang zu dem Mord an Herbert Ottmann gibt.«

Henrik machte eine kurze Pause. Hannahs Beine wurden zittrig und sie merkte, wie sie den Halt zu verlieren drohte. Sie sank auf ihr Bett und klammerte sich an dem Smartphone fest.

»Hannah?«

Sie schluckte und versuchte, eine Antwort zu geben.

»Hannah, bist du noch dran?«

»Was ... Woher ...« Etwas in ihr blockierte, die richtige Frage zu formulieren.

»Das spielt keine Rolle. Vertrau mir einfach. Und pass auf dich auf! Da ist jemand, der tötet Menschen, und zwar ziemlich brutal und abgebrüht. Dass beide Taten von ein und demselben Täter durchgeführt wurden, ist relativ sicher. Frag mich bitte nicht, warum, und erwähne bei niemandem, dass ich dir das gesagt habe. Die Ermittlungen laufen noch im Hintergrund. Aber bitte, Hannah, komm zurück. Es ist zu gefährlich für dich.«

Klaus Denzig sagte Hannah etwas, sie konnte sich aber nicht daran erinnern, was. Im Kontext des Hotels stand der Name nicht, eher mit ihrer Vergangenheit. Sie hatte jedoch weder ein Bild noch einen konkreten Anhaltspunkt, warum sie sich an irgendetwas erinnerte. Die wichtigere Frage war, warum Henrik das alles wusste, und was er damit zu tun hatte.

»Henrik, sag mir bitte nur, warum du das alles weißt. Wie kann ich dir vertrauen, wenn du mit so absurden

Behauptungen ankommst und mir nicht sagst, warum du das weißt? Du arbeitest doch in einer Bank in Frankfurt ...«

Für eine Sekunde herrschte Stille, doch Henrik durchbrach diese, bevor Hannah eine weitere Frage stellen konnte. »Ich arbeite bei keiner Bank, das ist eine Tarnung. Bitte behalte die Informationen für dich. Erwähne meinen Namen nicht und sprich mit niemandem darüber. Sei vorsichtig und mach dich so schnell wie möglich vom Acker. Spätestens morgen werden Polizisten in Zivil im Hotel sein. Hast du unter deinem Namen eingecheckt?«

»Natürlich.«

Wieder war diese kurze Pause in der Leitung, die Hannah stutzig machte.

»Okay«, fuhr Henrik fort. »Das regeln wir später. Wenn du im Hotel von Denzig eincheckst, nachdem du die Leiche von Ottmann gefunden hast, dann stehst du auf Platz eins der Verdächtigenliste. Es ist nur eine Frage der Zeit, bis sie den Zusammenhang herstellen.«

»Aber ich habe die Leiche nicht gefunden. Das war diese Frau ... Keine Ahnung, wie die hieß, aber ...«

»Hannah«, unterbrach er sie. »Du hattest Zugang zum Haus, in dem die Leiche gefunden wurde. Du kennst beide Opfer. Und du reist, nachdem man die erste Leiche gefunden hat, in das Hotel des zweiten Opfers. Hannah. Bitte sag mir, dass du nichts damit zu tun hast.«

Hannah spürte ihren Herzschlag, der laut in ihrer Brust hämmerte. Wie ein Hammer, der von innen gegen ihren Körper schlug. Was war hier los?

»Natürlich habe ich nichts damit zu tun!«, stammelte sie und merkte erst hinterher, dass ihr Tränen über die

Wange liefen. Das hier war alles sicher nur ein schlechter Witz. Eine Trumanshow, und sie war die Hauptdarstellerin. Ein Zustand, der sich wie ein Albtraum anfühlte, aus dem sie hoffentlich gleich aufwachte, und alles war gut.

»Ich muss auflegen, Hannah. Bitte, tu mir den Gefallen und komm zurück. Und sprich mit niemandem!« Henrik legte auf. Entsetzt starrte sie an die Decke. Was bitte war hier los? Ihr Smartphone vibrierte. Eine SMS von unbekannter Nummer.

Über diese Nummer kannst du mich erreichen. Bitte speichere die Nummer unter einem anderen Namen und lösche diese SMS, den Anrufverlauf und meine alte Nummer. H.

Hannah tat, was Henrik ihr aufgetragen hatte, wenn Henrik überhaupt sein richtiger Name war. Sie speicherte die neue Nummer unter »Henry« und löschte die alte Nummer. Hannah merkte, wie ihr Unterhemd ebenso wie ihre Handflächen schweißnass waren. Das Telefonat hatte all ihre Überlegungen über ihr Vorgehen in Trauertal in den Hintergrund gerückt. Ihre Gedanken kreisten um ihren Übermieter, den sie seit Jahren geglaubt hatte zu kennen und der doch jemand anderes war. Sie dachte an die Begegnung mit ihm in der Tiefgarage und im Treppenhaus. Kein Zweifel, selbst ohne seine Bestätigung hätte sie Geld darauf gewettet, dass er in Frankfurt bei einer Bank arbeitete. Plötzlich fiel ihr ein, dass sie Henrik irgendwann mal nach Feierabend im Aufzug konkret danach gefragt hatte, was er beruflich mache. Sie erinnerte sich an seine Antwort:

»Dreimal darfst du raten …« Mit seinem Anzug und der schmalen Aktentasche hatte sie wie aus der Pistole geschossen geantwortet: »Investmentbanker«. Henrik hatte gelacht und bestätigt: »Fast. Nicht Investment, ich bin bei der IT, aber Bank war schon richtig …« Er war das Klischee eines jungen Bankangestellten und vielleicht war genau das Absicht. Nach diesem Telefonat deutete für sie alles auf einen verdeckten Ermittler hin, vielleicht jemand vom BKA oder BND oder wie auch immer der Geheimdienst in Deutschland sich nannte. Sie kam sich wie in einem dieser amerikanischen Filme vor, bei dem ein völlig unbescholtener Bürger Ziel eines Geheimdienstes wurde. Aber sie war in Deutschland, und nicht in den USA, und das war ihr Leben – zugegeben, ein untypisches –, jedoch kein Film. Hannah sah erneut auf ihr Smartphone. Noch keine Nachricht von Stefan. Sie hatte keine Zeit, auf eine Antwort zu warten, sie wollte jetzt endlich wissen, welches Spiel hier gespielt wurde. Schnell zog sie sich frische Klamotten an und verließ das Hotelzimmer. Auf dem Gang roch es nach Schwimmbad, eine Mischung aus Chlor und feuchter Luft. Heute musste Igor jemand anderes quälen.

24

Hannah hatte für einen Moment überlegt, sich ein Fahrrad auszuleihen, um schneller im Dorf und wieder zurück zu sein, doch sie entschied sich erneut dafür, den Fußweg durch den Wald zu nehmen. So hatte sie wenigstens einige Minuten frische Luft und Zeit, den Kopf frei zu bekommen. Sie kannte nicht mehr viele Menschen von damals, die in ihrem Alter waren, außer einem Jungen, dessen Name ihr einfach nicht einfallen wollte. Sie hatte die ganze Zeit das Bild dieses kleinen dicken Burschen mit den blonden Stoppelhaaren im Kopf. Er war ein Jahr jünger als sie und sprach nicht viel. Wenn sie recht überlegte, konnte sie sich gut an sein Aussehen erinnern, nicht aber an seine Stimme. Dann gab es Nina, Michel und Stefan, die ein paar Jahre älter waren, 1994 ungefähr achtzehn oder maximal neunzehn Jahre. Auch in Jettes Jahrgang gab es zwei Mädchen, die Zwillinge, mit denen allerdings niemand etwas zu tun gehabt hatte. Die beiden waren für sich gewesen, ein eingeschworenes Team und nach außen sehr distanziert. Und dann war da noch dieser seltsame hellblonde Junge. Ein oder zwei Jahre jünger als Jette, vielleicht siebzehn Jahre damals. Er war ein netter Kerl gewesen, schüchtern und introvertiert, aber immer hilfsbereit. Paul oder Peter. Irgendwas mit P. Gut möglich, dass er der Einzige aus seinem Jahrgang gewesen war. Die Trauertaler Kinder waren insgesamt so wenige, dass ein kleiner Bus mit zwanzig Sitzen zum täglichen Transport zur Schule ausreichte. Sie überlegte, wer von ihnen heute noch im Ort lebte. Michel war gestorben, aber Stefan und Nina waren immer noch da. Der dicke Junge? Die Zwillinge? Der Hellblonde? Sie würde Nina danach fragen.

Hannah erreichte den Ort und spürte umgehend die seltsame Stimmung, die sie bereits am Morgen wahrgenommen hatte. Wie ein verlassener Urlaubspark lag das Dorf umgeben von Wald. Alle Häuser gleich, keine Menschenseele auf der Straße. Bevor sie Stefan persönlich aufsuchen würde, musste sie eine Sache erledigen, die ihr auf der Seele brannte. Ein Gedanke, den sie nicht zugelassen hatte, den sie versucht hatte, unter der Oberfläche zu halten. Sie spazierte in zügigen Schritten Richtung Dorfplatz und bog dann in die dritte Straße, die Kirchgasse, ein. In Trauertal gab es genau drei Straßen, wobei ihr der Name der Schulstraße seltsam vorkam. Im Ort selbst gab es keine Schule, ihres Wissens hatte es auch früher keine dort gegeben. Vielleicht vor ihrer Zeit? Aber wo sollte diese dann gestanden haben? Sie verwarf den Gedanken, der ihr ohnehin nebensächlich vorkam, denn sie kam in diesem Moment dem Ort immer näher, an dem sie ihre Kindheit verbracht hatte. Vor ihrem inneren Auge sah sie sich mit dem kleinen orangefarbenen Fahrrad die Straße entlangfahren. Es waren schöne Erinnerungen, wenn auch verblasst und bruchstückhaft. Damals kannte sie nichts anderes und die seltsame Bauweise der Häuser war für sie kein Grund zur Verwunderung. So sahen kleine Dörfer eben aus. Aus der Perspektive einer Beinahe-Vierzigjährigen, deren Mittelpunkt zwischen Frankfurt, Mainz und Wiesbaden lag, wirkte Trauertal befremdlich. Sie verlangsamte ihr Schritttempo, als sie ihr altes Zuhause erreichte. Obwohl sich im Laufe der Jahrzehnte einiges verändert hatte, erkannte sie das Häuschen direkt. Die Haustür war neu, der Zaun ebenfalls und der Vorgarten anders bepflanzt. Eine Sache war ein unverkennbarer Hinweis, der ihr gleichzeitig die vielen Jahre deutlich machte, die sie nicht mehr dort gewesen war: Der kleine Kirschbaum, den sie mit ihrem Onkel damals im Vorgarten gepflanzt hatte, war mittlerweile groß gewachsen – fast zu groß für die kleine Grünanlage zwischen Haus und Straße. Die Krone des Baumes stieß an die Hauswand und ragte über die Grundstücksgrenze hinaus. Die vielen weißen Blüten deuteten auf einen guten Ertrag hin. Hannah betrachtete den Baum und dachte an den kleinen, etwa eineinhalb Meter hohen Setzling, den sie damals dort eingegraben hatten. Sie strahlte vor Freude bei dem Gedanken an das, was aus dem kleinen Baum geworden war, und bemerkte erst einige Sekunden später den weißbärtigen Mann mit Halbglatze am Fenster des Hauses, der sie anlächelte. Hannah nickte unbeholfen; die einzige Reaktion, die ihr einfiel. Sie kam sich ertappt vor. Es musste auf den alten Mann merkwürdig wirken, dass eine ihm fremde Frau vor seinem Haus stand und den Kirschbaum anlächelte. Er öffnete das Fenster und sprach sie zu ihrem Entsetzen direkt an: »Hallo, Hannah. Erkennst du mich nicht?«

Wie die Suchmaske einer Bildabgleichs-Software in Polizeifilmen lief in ihrem Kopf der verzweifelte Versuch, das Gesicht einzuordnen. Doch es gelang ihr nicht. Der Mann schien ihre Verwunderung zu bemerken. »Ich bin's. Ferdinand. Erinnerst du dich? Dein alter Deutschlehrer.« Der Suchlauf in ihrem Kopf spuckte ein Bild einer dreißig Jahre jüngeren Version dieses Mannes aus. »Herr Geißler«, platzte es aus ihr heraus. »Ich habe Sie wirklich nicht erkannt.«

Er deutete ihr mit einer Kopfbewegung an, zu ihm ans Fenster zu kommen. Sie ging am Zaun entlang zu dem kleinen Gartentor, das beim Öffnen furchtbar quietschte. Sie versuchte, das Tor hinter sich geräuschloser zu schließen, doch ohne Quietschen ging es nicht.

»Meine Alarmanlage«, scherzte er grinsend. »Durch das Tor kommt niemand, ohne die halbe Nachbarschaft aufzuscheuchen ...«

Hannah lächelte. Gelassenheit und Humor waren Eigenschaften, die sie an älteren Menschen oft bewunderte. Davon war sie selbst weit entfernt.

»Tut mir leid, dass ich Sie nicht direkt erkannt habe. Wie geht es Ihnen?«

»Nenn mich Ferdinand. Ich bin jetzt so viele Jahre aus dem Schuldienst, und du eine erwachsene Frau, da kannst du mich ruhig duzen.«

Hannah lächelte. »Na dann eben so: Wie geht es dir?«

»Ach ja. Das Alter ist nichts Schönes ... Mir tun alle Knochen weh, aber ich will nicht jammern. Meine Kinder wollen mich schon lange in der Stadt ins Pflegeheim verfrachten. Sie denken, ich komm hier allein nicht mehr klar. Aber wie sagt man so schön: Einen alten Baum verpflanzt man nicht.« Hannah musste an die Weisheit ihrer Tante denken, die als Altenpflegerin festgestellt hatte: »Es gibt zwei Typen von alten Menschen: Die einen werden griesgrämig, gemein und sind voller Hass. Die anderen werden wie kleine Kinder: sorgenlos und grundzufrieden.« Herr Geißler gehörte eindeutig zu den letzteren.

»Aber immerhin hast du mich direkt erkannt. Deine Augen und der Verstand scheinen also tadellos zu sein ...«, merkte Hannah freundlich an.

Ferdinand lachte kurz auf. »Das täuscht, meine Liebe. Dein Auftauchen in Trauertal war heute Morgen nach der Messe Gesprächsthema Nummer eins. Der alte Hellersdorf hat erzählt, dass du gestern im Hotel eingekehrt bist und hier wohl Urlaub machst.«

»Aha«, kommentierte sie skeptisch.

»Hier bleibt nichts verborgen, meine Liebe. Wenn jemand mit dem Namen Harth im Hotel wohnt, dann weiß das am nächsten Tag das ganze Dorf.«

Hannah bekam schlagartig Gänsehaut bei dem Gedanken, dass sie Gesprächsthema unter den alten Menschen im Ort war. So viel zum Thema Datenschutz im Hotel Trauertal.

»Als du dann hier vor dem Haus gestanden und den alten Kirschbaum angelächelt hast, habe ich eins und eins zusammengezählt.«

»Ich wusste gar nicht, dass du das Haus von meiner Tante übernommen hast«, wechselte Hannah das Thema.

»Das hatte ich auch nicht. Das Haus hat ein Fremder gekauft. Ein seltsamer Mann aus Berlin. Niemand hat den je auf der Straße gesehen oder gewusst, warum er hierhergezogen war. Jedenfalls hat der noch keine zwei

Monate hier gelebt, da haben sie ihn tot aus dem See gefischt. Herzinfarkt, glaube ich. Man hat damals erzählt, er hätte sich umgebracht. Aber die Leute schwätzen hier auch viel dummes Zeug.«

Hannah wurde stutzig. Bereits der zweite Tote. Der See schien kein guter Ort zum Baden zu sein.

»Jedenfalls hatten seine Kinder das Haus danach wieder verkauft und da unser Sohn nach dem Studium zurückgekommen und auf der Suche nach einem Haus war, haben wir das hier gekauft. Meine Frau und ich. Mein Sohn wohnt drüben in der Schulstraße, da, wo wir früher gewohnt haben.«

»Wie geht es deiner Frau? Sie hat doch früher immer den besten Apfelkuchen weit und breit gebacken.«

Ferdinand lächelte wehmütig. »Das hat sie wohl. Gott hab sie selig. Sie ist vor drei Jahren gestorben. Dabei hat sie früher immer gesagt, sie überlebt mich um Jahre, wenn ich das Rauchen nicht aufgebe ... Tja, und ich rauche immer noch gelegentlich, und sie musste trotzdem früher gehen.«

»Das tut mir leid.«

»Schon gut. So ist das eben. Immer mehr Menschen gehen. Niemand kommt mehr hinzu. Besonders hier im Ort ... Aber wie geht es dir, Hannah? Was treibt dich hierher? Du machst doch sicher nicht einfach so hier Urlaub.«

Da hatte er wohl recht, der alte Herr Geißler. Vormachen konnte man ihm früher schon nichts. Das Gespür eines Lehrers für verborgene Geheimnisse oder eine besondere Menschenkenntnis? In jedem Fall hatte er recht damit, dass Hannah nicht einfach nur Wellnessurlaub in Trauertal machte. Sie entschied sich, ihm direkt die Wahrheit zu sagen. Die Zeit drängte und sie wollte endlich Antworten.

»Ich bin auf der Suche nach Jette.«

Damit hatte der alte Herr nicht gerechnet. Hannah sah die Panik in seinen Augen, die der Name Jette verursachte. Er wirkte wie ein Dolchstoß, mitten in die Brust. Sein Gesicht wurde kreidebleich.

»Jette lebt?«, stammelte er.

Hannah gab ihm keine Antwort.

»Wie lange ist das jetzt her? Dreißig Jahre?«

»Fast. 1994 ist sie verschwunden.«

»Ich bin immer noch nicht darüber hinweg. Aber was sag ich da, du vermisst sie sicher jeden Tag ...«

Das war eine riesige Übertreibung. *Du verdrängst den Verlust sicher jeden Tag*, wäre richtiger gewesen.

»Hast du irgendwas mitbekommen, damals, was mit meiner Schwester passiert sein könnte?«, bohrte sie nach, ohne auf seine Sentimentalitäten einzugehen.

»Also, das Verschwinden von Jette hat hier schon nachhaltig was verändert. Ihr seid ja dann auch ziemlich schnell weggezogen. Es hieß immer, Jette wäre abgehauen, weil sie mit ihrer Ausbildung nicht klargekommen ist. Ich glaube, der alte Denzig hat sie damals sehr unter Druck gesetzt.«

Hannah war wie versteinert. Diese Hintergründe wollte sie aber erst einmal für sich behalten.

»Wieso Denzig? Wie kommst du darauf?«

»Na, sie hat doch für Denzig gearbeitet. Der war damals Landrat und deine Schwester hat im Amt eine Ausbildung gemacht. Und da war sie unter anderem für Denzig tätig. Ich weiß das, weil ich in dem Jahr einen Ausflug mit einer Klasse dorthin gemacht habe. Ich habe Jette sofort erkannt. Es schien nicht ihr Traumjob. Sie war sonst so fröhlich und freundlich zu allen. Aber Arbeit ist eben nicht immer nur Spaß ...« Hannah stimmte ihm kopfnickend zu. Dass ihre Schwester genau dort arbeitete, war ihr allerdings neu. Wenn sie über ihren Job geredet hatte, dann dass dieser langweilig war. Genauer war sie nie geworden. Sie hatte keine Lust gehabt, in ihrer Freizeit über ihre Ausbildung zu reden. Ihre Tante hatte das oft wütend gemacht. Sie hatte andauernd versucht, etwas aus ihr herauszubekommen. Aber da war Jette stur geblieben. Oder wollte sie ihre kleine Schwester davor bewahren, neben all dem, was sie zu bewältigen hatte, mit ihrem Frust zu belasten? Es hätte jedenfalls zu Jette gepasst.

Hannah verlor sich in Gedanken an ihre Kindheit, was der alte Geißler registrierte.

»Denzig und Ottmann hatten damals diese Siedlung hier umgesetzt, als der Ort komplett umgezogen ist.«

In Hannahs Kopf fing alles an, sich zu drehen. Ottmann und Denzig. Beide Namen tauchten immer wieder im Kontext ihrer Schwester auf. Einer war tot, der andere wurde vermisst.

Ferdinand schien Hannahs fragende Blicke richtig zu deuten. »Du weißt nichts von dem alten Ort Trauertal? Okay, das war auch lange vor deiner Zeit. Ich denke, die Umsiedlung hat schon Ende der Achtziger begonnen, da hast du ja noch bei deinen Eltern gelebt. Wann bist du hierhergezogen?«

»1989.«

»Da hat ja niemand mehr im alten Ort gewohnt ...«

»Welcher alte Ort?«, hakte sie stutzig nach. Jetzt war sie völlig verwirrt.

»Trauertal war früher dort, wo jetzt der See ist. Man hat Ende der Achtziger begonnen, die Talsperre zu bauen und 1994 wurde dann geflutet.«

Der letzte Satz war wie der Tropfen, der das Fass zum Überlaufen brachte. Oder präziser ausgedrückt wie der Funke, der das Pulverfass zur Explosion brachte. Sie stützte sich an der Hauswand ab. Was war hier nur los? Immer mehr Fragen. Immer noch keine Antworten.

25

Neben der Eingangstür ihres alten Wohnhauses stand eine kleine Bank, auf der sich Hannah niederließ. Die Neuigkeiten hatten sie getroffen, das konnte sie nicht verbergen. Ferdinand Geißler kam Sekunden später an einem Spazierstock zu ihr nach draußen und setzte sich neben sie. Ihr ehemaliger Deutschlehrer war alt geworden. Sie schätzte ihn auf Anfang achtzig, fand die Nachfrage nach seinem Alter jedoch unerheblich angesichts der Gedanken, die sie in sich trug.

»Wie kann ich dir helfen?«, fragte Ferdinand frei heraus.

Hannah überlegte stumm. Was wollte sie eigentlich genau wissen? Sie hatte das Gefühl, in einer fremden Welt aufgewacht zu sein, in der sie den Großteil ihrer Kindheit gelebt hatte.

»Was ist 1994 hier passiert?«

»Um das alles zu verstehen, muss man früher anfangen. Ende der Sechzigerjahre gab es die ersten Überlegungen und Pläne zur Realisation einer Talsperre. Die Trauer war ein kleiner Fluss und sollte gestaut werden. Der Grund dafür war die Trinkwasserknappheit in der Region und die geografischen Gegebenheiten des Tals als perfektes Rückstaubecken. Außerdem war das Atomkraftwerk Mühlheim-Kärlich in Planung, das einen zusätzlichen Kühlwasserbedarf haben würde. Ende der Achtzigerjahre wurde dann mit dem Bau der

Talsperre begonnen und Pläne für eine Umsiedlung von Trauertal umgesetzt. Denzig und Ottmann waren die politischen Akteure und hatten mit dem Stromkonzern EWR ausgehandelt, dass alle Trauertaler ein neues Zuhause bekamen; das ganze Dorf würde einfach ein paar Kilometer weiter umgesiedelt werden. Niemand sollte einen Verlust haben, im Gegenteil: Allen Bewohnern wurden moderne Häuser angeboten. Durch die Pläne allein sind schon viele weggezogen aus Trauertal, haben ihre Häuser aufgegeben, eine Entschädigung erhalten, um ganz woanders neu anzufangen. Viele wollten nicht neben einem gefluteten Dorf leben. Für einige war aber auch die komplette Neuausrichtung der Region, weg von der Produktion und Industrie, hin zum Tourismus, ein Problem. Und dann war ja auch noch das Atomkraftwerk, das vielen Sorgen bereitete, obwohl es weit weg ist und nur das Kühlwasser über Rohre dort hingelangen sollte. Jedenfalls war das zu viel Veränderung auf einmal und die meisten der jüngeren Trauertaler zogen weg. Am Ende waren noch eine Handvoll Menschen da und die wurden mit Geld entschädigt. Letztlich ist das hier alles herausgekommen ...« Er zeigte mit seinem Stock von rechts nach links die Häuser entlang. »Eine unpersönliche Massensiedlung. Aus den modernen, uns versprochenen Einfamilienanwesen wurde eine Siedlung aus Billighäusern. Aber gut, was war die Alternative? Enteignung. Wegziehen. Schlussendlich hatten sich alle darauf eingelassen und die Letzten zogen 1987 hierher.«

1989 war Hannah selbst erst nach Trauertal gezogen. Sie hatte also von all dem nichts mitbekommen.

»Ja, und 1994 kam es dann zum Vollstau und der Flutung des Beckens. Da wart ihr dann schon weggezogen. Eine traurige Zeit für alle, die den alten Ortsteil noch gekannt hatten. Stück für Stück stieg das Wasser und begrub unsere Heimat. Man konnte quasi dabei zusehen, wie ein Stück Geschichte unter Millionen Litern Wasser begraben wurde. Die Häuser und Gebäude waren ja alle längst abgerissen. Die kleine Kirche wurde als Nachbau hier wiederaufgebaut. Eine schändliche Arbeit im Eilverfahren. Nur wenn man halb blind ist, erkennt man die alte Kirche in dem, was sie hier hingestellt haben. Aber das war eines der großspurigen Bonbons, die der Bürgermeister ausgehandelt hatte. Genau wie das Bürgerhaus. Nach nicht mal zehn Jahren wurde daraus das einzige Mehrfamilienhaus. Das alte Gusswerk war auch stillgelegt und wurde ebenfalls abgerissen. Alles in allem wurden wir von der Politik verarscht, wenn ich das so sagen darf. Man hat uns viel versprochen und was haben wir bekommen? Eine billig hochgezogene Kopie des schönen, alten Trauertals. Aber gut, man musste sich damit abfinden. So was wie Bürgerinitiativen oder Demos gab es damals nicht. Hier lebten einfach zu wenig Menschen. Wenn das alles heute passieren würde, mit den ganzen sozialen Medien und so, dann hätten wir vielleicht etwas erreichen können. Damals hat das kein Mensch interessiert. Die Trinkwasserversorgung war jedenfalls gesichert, die touristische Aufwertung der Region war getan. Zufällig konnte der Denzig als Einziger davon profitieren, indem er sich das beste Grundstück für sein Hotel gesichert hatte. Und die Menschen sitzen in baugleichen Häusern und vermissen ihre Heimat.«

Ferdinand atmete schwer. Die Konfrontation mit der Vergangenheit schien alte Wunden aufzureißen. Ein Motiv, die beiden zu töten, hatten einige Menschen – doch dreißig Jahre danach? Hannah konnte kaum glauben, dass all das an ihr vorbeigegangen war. Angesichts der Situation war es für ihre Tante und ihren Onkel leichter gewesen, das neue Trauertal zu verlassen. Es war ohnehin keine Heimat, die hatte man den Menschen bereits vorher genommen ... Ferdinand schien noch nicht fertig mit seiner Geschichte. Man konnte das Gefühl bekommen, er befreie sich von etwas, über das lange der Mantel des Schweigens gehangen hatte.

»Dein Onkel und deine Tante wollten schon früher weg – wie viele andere auch. Doch wir hatten ja auch alle unsere Familien hier und unsere Jobs. Als dein Onkel Reini einen neuen Job angeboten bekommen hatte, seid ihr dann auch weggezogen.«

»Ich hatte immer das Gefühl, dass ihn nichts hier gehalten hatte. Im Gegensatz zu meiner Tante. Trotzdem ist sie natürlich mit ihm gegangen. Und dann hat er uns sitzen lassen ...« Hannah sprach einfach aus, was sie in diesem Moment dachte. Sie hatte das Gefühl, Ferdinand gegenüber offen und ehrlich sein zu können, so wie gestern bei Henrik. Bereits die zweite Person, die ihr nicht wirklich nahestand, und vor der sie ihre intimsten Gedanken ausschüttete. Sie wunderte sich selbst über diese Offenheit, die bisher wenigen Personen in ihrem Leben vorbehalten war. »Meine Tante hat zu keinem Zeitpunkt von all dem gesprochen.«

Ferdinand lachte kopfschüttelnd auf. »Darüber hat nie jemand gesprochen. Es war eine Art Fluch, der wie eine riesige Welle über uns hereinbrach und alles mitriss, was da war. Keiner hatte die Kraft, sich zu wehren oder was zu sagen. Für die meisten war es auch nicht nur schlecht. Die alten Höfe ohne Wert wurden gegen moderne Einfamilienhäuser eingetauscht. Die meisten der alten Bauern hatten zum ersten Mal eine Ölzentralheizung, die alle Räume heizen konnte. Viele erhielten zusätzlich üppige Zahlungen als Entschädigung für ihre Enteignung. Junge Leute bekamen alle Jobs bei der EWR angeboten, alte hatten oft Sonderdeals oder bekamen Geld. Und der Rest – der hat einfach stillgehalten und es über sich ergehen lassen. Irgendwann haben die, die üppig entlohnt wurden, die anderen mit den Vorteilen beflügelt. Am Schluss waren einfach nur wenige dagegen. Die drei Herren wussten schon, wie sie ihre Pläne durchgesetzt bekommen ...« Hannah wurde stutzig. Drei Herren? Bisher hatte Ferdinand lediglich von Denzig und Ottmann gesprochen.

»Wer war der Dritte?«, wollte sie wissen und sah ihn stutzig an.

Der alte Mann betrachtete seine Besucherin verwundert, bevor er verstand, was sie meinte.

»Das war ein Versprecher. Ottmann und Denzig waren schon die treibenden Kräfte und Akteure vor Ort. Der Dritte, der mir immer im Zusammenhang einfällt, ist der Walter Leinebach. Er war damals Chef vom EWR. Ich bin nicht im Bilde darüber, was aus ihm geworden ist. Was mir aber in Erinnerung geblieben ist: Ottmann, Denzig und Leinebach waren alle drei im Tennisclub »TC Rot-Weiß«. Bis zu meiner Meniskusoperation war ich ebenfalls immer dienstags und freitags Tennis spielen.«

»Aha«, kommentierte Hannah gedankenversunken. Sie hatte den Namen Leinebach noch nie gehört.

»Aber wie zuvor erwähnt«, fügte er hinzu. »Ottmann und Denzig waren die zwei, die das alles geplant, beschlossen und umgesetzt haben. Leinebach war vielleicht der Mann im Hintergrund.«

»Verstehe. Das ist alles ganz schön viel Information für mich. Vor allem die Sache mit dem neuen Trauertal.«

Ferdinand lachte gequält. »Da sagst du was. Die erste Idee war, die Siedlung hier ›Neu Trauertal‹ zu nennen, wo man sich dann – Gott sei Dank – dagegen entschieden hatte. Vielleicht wäre ein komplett neuer Name ein sinnvoller Neubeginn gewesen. Man hatte sich schließlich alle Mühe gegeben, die alten Straßennamen zu übernehmen und – zumindest dem Anschein nach in der Planungsphase – es so aussehen zu lassen, als siedle man das Dorf um und errichte es in einer neueren und moderneren Version. Irgendwie war das ja auch der Fall. Glaub mir, Liebes, immer, wenn etwas nicht lange gewachsen ist oder ohne Historie aus dem Boden gestampft wird, fehlt etwas, das man nicht einfach anordnen kann. Es hat lange gedauert, bis sich hier so etwas wie eine Dorfgemeinschaft gebildet hatte. Wenn du mich fragst, ist das bis heute nicht auf die Weise passiert, wie ich es aus meiner Kindheit im alten Trauertal gekannt habe. Früher kannte hier jeder jeden. Mittlerweile ist der Großteil der Bewohner hier zugezogen. Menschen, die sich kein Haus in der Stadt leisten können oder lieber ländlich wohnen. Und die haben meistens auch kein Interesse an Gemeinschaft und Ehrenamt. Erst recht nicht, sich mit alten Männern wie mir zu unterhalten.«

Hannah kam bei den Ausführungen plötzlich ein Gedanke in den Sinn: »Deshalb heißt eine Straße auch Schulstraße. Dann gab es sicher eine Schule im alten Trauertal?«

»Natürlich. Eine Grund- und Gesamtschule gab es bis Ende der Sechziger. Heute müssen alle in die Stadt, aber ich bin noch in Trauertal zur Schule gegangen. Das Gebäude war dann später Bürohaus der Gusswerke, bis alles abgerissen wurde.«

Ferdinand schien ein Gedanke zu beschäftigen. Er verstummte und starrte nachdenklich in den Himmel. Hannah versuchte ihn nicht zu unterbrechen und keine Fragen zu stellen. Der alte Lehrer lieferte genug Input und war gerade eine ihrer wichtigsten Quellen.

»Ich glaube, die alte Schule ist das einzige Gebäude, das bei der Flutung noch stand. Es lag am tiefsten Punkt und war das älteste Bauwerk. Wenn ich mich richtig erinnere, hatte die Denkmalbehörde der Sprengung nicht zugestimmt. Ich kann mich aber auch täuschen.«

»Du meinst, das Gebäude steht noch so, wie es war, am Grund des Sees?«

»Na ja, nicht so, wie es war, schon entkernt, aber ich glaube, es war eines der einzigen Gebäude, das man nicht komplett abgetragen hatte. Und natürlich die Brücke über die Trauer, die beide Ortsteile miteinander verband. Das waren Relikte mit jahrhundertealter Geschichte. Und außerdem waren sie aus Stein und Holz. Nichts, was man hätte entsorgen müssen. Im Gegensatz zu den alten Scheunen mit Asbestdächern. Entkernt war alles bis zur Flutung, die Grundmauern dürften aber alle noch stehen.«

»Ein Paradies für Taucher«, merkte Hannah an, die sich an einen Kollegen aus der HGI erinnerte, der jeden Sommer im Urlaub zu Orten reiste, an denen Schiffe gesunken waren, um nach ihnen zu tauchen. Da hätte man ein Geschäftsmodell drum stricken können: »Das versunkene Dorf. Tauchen zum verlassenen Ort auf dem Grund des Trauertaler-Sees, wo früher Menschen lebten ...«. Ferdinand nahm ihr jedoch die wilden Fantasien: »Tauchen ist im See streng verboten!«

Gerade wollte sie scherzhaft ihr Geschäftsmodell zum Besten geben, als Ferdinand die Begründung nachlieferte: »Die Talsperre treibt ja Turbinen an, die Strom erzeugen. Mehrere Wasserleitungen versorgen die ganze Großregion mit Frischwasser. Das wäre viel zu gefährlich, heißt es. Da war lange vorher alles abgesperrt und beseitigt worden. Ich denke nicht, dass Taucher dort auf ihre Kosten kommen und irgendwelche Schätze finden ...«

Hannah hatte erst einmal genügend Informationen, die sie verarbeiten und einordnen musste. Sie verabschiedete sich von Ferdinand und versprach, ihn vor ihrer Abreise noch einmal zu besuchen.

26

Der Fußweg zurück zum Hotel glich der Autofahrt des vorherigen Tages vom Tatort zu ihr nach Hause: Sie lief ohne Wahrnehmung ihrer Umwelt durch die Kirchgasse zurück über den Marktplatz und die Schulstraße entlang zum Hotel. Ihren eigentlichen Plan, Stefan persönlich aufzusuchen, verwarf sie angesichts der Informationen, die sie zu verarbeiten hatte. Die Chance, ihn dort zufällig anzutreffen, war ohnehin gering. Sie hoffte, dass er im Laufe des Tages oder bis morgen auf ihre digitale Nachricht antworten würde.

Hannah erreichte das Hotel und hastete, ohne Notiz von der anwesenden Rezeptionsmitarbeiterin zu nehmen, zu ihrem Zimmer. Die Tür fiel ins Schloss und Hannah rücklings vor Erschöpfung auf ihr Bett. Die Flut an Informationen war auslaugender als ein Marathon. Am liebsten hätte sie die Augen geschlossen und einfach geschlafen. Doch zu viel stand für sie auf dem Spiel. Sie spürte, dass sie dem Ziel so nahe war. Jemand wusste, was mit Jette passiert war oder wohin sie geflohen war, da war sich Hannah sicher. Ehe sie für sich das Erlebte zusammenfassen konnte, vibrierte ihr Smartphone. Unbekannte Nummer.

»Hallo?«, meldete sie sich zaghaft.

»Hallo. Hier ist Stefan«, ertönte eine zittrige Stimme. Hannah antwortete nicht. »Ich habe deine Nachricht erhalten. Hast du heute Zeit?«

Zeit hatte sie, keine Frage. »Ich bin im Hotel Trauertal. Kannst du herkommen?«

Es waren wenige Sekunden, die Stefan zögerte. Doch Hannah spürte seine Bedenken. »Können wir uns woanders treffen? Das Hotel ist nicht sicher ...«

»Okay. Was schlägst du vor?«

»Auf der Talsperre. Der Wanderweg geht vom Dorf aus über die Staumauer und hinter dem See weiter.«

»Wie komme ich vom Hotel dorthin?«

»Ganz einfach: Du gehst zum Café am See runter und den Waldweg weiter. Nach ein paar Hundert Metern siehst du die Sperrmauer, auf die du direkt zuläufst. Ich warte in einer Stunde dort.« Er legte auf, bevor sie dem zustimmen konnte. Alle Alarmglocken in ihr fingen an zu läuten. Sie erinnerte sich an das Telefonat mit Henrik. *»Bitte tu mir den Gefallen und komm zurück. Und sprich mit niemandem!«*

Dafür war es nun zu spät.

Der Weg vom Strandhaus zur Talsperre schlängelte sich malerisch an der Ufergrenze entlang. Das Geschnatter der Enten zwischen dem Uferschilf passte in die Akustik der Gegend. Oberflächlich die reinste Idylle. Doch was äußerlich glänzte, hatte oft einen faulen Kern. Das wusste kaum jemand besser als Hannah. Der Chef der HGI hatte einmal auf der Weihnachtsfeier vor zwei Jahren in geselliger Runde beschrieben: »Einrichtungen von Hannah erinnern mich an eine ›Vicoria's Secret‹-Show: Die schönsten Modelle perfekt zurechtgemacht. Und innen alle komplett hohl.« Ein Lacher auf der von Männern dominierten Weihnachtsfeier. Warum das lustig gewesen sein sollte, hatte sie bis heute nicht verstanden.

Doch hier war es anders. Nach außen wirkte die Gegend wie aus dem Prospekt, doch unter der Oberfläche war nicht alles hohl. Dort wartete das Grauen. Sie wusste nur noch nicht, in welcher Form.

Kurz bevor sie die Talsperre erreichte, kamen Erinnerungen in ihr hoch. Die Weite, die sich hinter der Mauer erstreckte, kannte sie aus ihrer Kindheit. Sie war schon einmal hier gewesen, das wurde ihr in diesem Moment bewusst.

Auf dem Damm herrschte reges Treiben. Eine Gruppe Mountainbiker kam von der anderen Seite des Sees aus dem Wald geschossen. Mehrere Spaziergänger schauten hinab ins Tal. Eine Tafel am Wegrand erklärte die Schritte des Baus der Talsperre.

Eingebettet in die idyllische Hochwaldlandschaft, stellt die Trauertalsperre mit ihrem 13,9 km langen Rundweg ein Paradies für Radfahrer, Wanderer und Naturfreunde dar. 20 Mio. m³ und eine Oberfläche von ca. 3 km² machen sie zum größten Wasserspeicher der Region. Mit rund 60 m an der tiefsten Stelle ist der Stausee einer der tiefsten in Deutschland. Die Aufgabe der Talsperre ist es, überschüssige Wassermengen der Trauer zurückzuhalten, damit diese für die verschiedenen Bereiche der Wasserwirtschaft genutzt werden können. Außerdem erzeugen zwei riesige Turbinen bis zu 1000 Megawatt grünen Strom. ›Nachhaltiger Strom aus Wasserkraft ist ein Gewinn für die Region und die Umwelt!‹, so Markus Spahn, CEO des Turbinenbetreibers EWR. Die Versorgung der Bevölkerung mit Trinkwasser stand beim Baubeginn 1989 im Vordergrund der Überlegungen.

Mit keinem Wort wurde das alte Trauertal erwähnt, das auf dem Grund des Sees verborgen lag. Sicherlich wollte man niemanden auf die Idee bringen, nach einer versunkenen Stadt zu tauchen.

Die Aussicht vom Rand der Sperre war gigantisch und beängstigend zugleich. Sie hatte mit lauten Geräuschen wie bei einem Wasserfall gerechnet, doch auch hier herrschte die Ruhe der Natur. Zwei Jungs spielten lautstark Fangen und störten die Stille. Hannah stockte der Atem, als der Größere der beiden den Kleinen an der Mauer entlangjagte. Sie sah sich um, entdeckte jedoch niemanden, der allein unterwegs war und vom Alter her auf Stefan passen könnte. Hauptsächlich waren sportlich bekleidete junge Menschen und ältere Ehepaare hier. Neben ihr posierte eine dürre Frau mit wasserstoffblonden Haaren und unnatürlich dicken Lippen vor der Weite des Tals und ließ sich von einem bierbäuchigen, älteren Herrn fotografieren. Eine betagte Dame mit Walking-Wanderstöcken in beiden Händen starrte die Frau entsetzt an, bis sie bemerkte, dass Hannah sie beobachtete. Schnell wandte sie den Blick ab. Hannah war wie paralysiert von dem Treiben auf der Staumauer, als sie von hinten angesprochen wurde.

»Hannah?«

Stefan war ein hagerer, groß gewachsener Mann mit traurigem Blick. Sein Gesicht sah deutlich jünger aus, als er war. Er musste Mitte bis Ende vierzig sein, obwohl seine Haut faltenfrei strahlte. Er schien nicht viel Freude im Leben zu haben, oder war der Begriff »Lachfalten« eine beschönigende Darstellung alternder Gesichtszüge?

»Hallo, Stefan. Danke, dass du so schnell Zeit gefunden hast«, begrüßte Hannah ihren alten Bekannten. Stefan sah sich hektisch um.

»Lass uns über die Sperre zum Wald gehen, da sind weniger Menschen ...«, schlug er mit leiser Stimme vor und schritt zielstrebig voran. Hannah folgte ihm zügig.

»Du siehst gut aus, Hannah. Ich hätte dich im Leben nicht wiedererkannt ...« Das Kompliment wirkte deplatziert, angesichts seiner flüsternden, emotionslosen Tonlage. Hannah freute sich dennoch über seine Wortwahl.

»Danke. Mir geht es ebenso. Es ist viel Zeit vergangen ...«

Er nickte zustimmend. Die letzte Klavierstunde war über dreißig Jahre her. Und genau so lange hatten sich die beiden nicht gesprochen. Hannah war noch fast ein Kind gewesen, als sie aus Trauertal weggezogen waren. Selbstverständlich hatte sie sich verändert.

Als die letzten Wanderer außer Hörweite waren und sie sich im Schutz des Waldes allein auf dem Weg befanden, wandte er sich zum ersten Mal direkt seiner alten Bekannten zu.

»Du bist doch nicht zufällig hier, oder? Gibt es etwas Neues über Jette?«

Die plötzliche Offenheit und direkte Ansprache wunderte sie.

»Du hast recht. Ich bin nicht zufällig hier. Ich bin auf der Suche nach Informationen. Jette ist immer noch vermisst. Offiziell ist der Fall abgeschlossen, die Suche wurde schon lange eingestellt. Aber ich spüre, dass etwas hier verborgen liegt. Verstehst du, was ich meine? Ich muss wissen, was damals passiert ist, und niemand will so richtig rausrücken. Ich fühle, dass ihr alle etwas wisst, oder zumindest eine Vermutung habt. Warum sagt niemand was?«

Stefan blieb stehen, um seiner Antwort Bedeutung zu verleihen: »Ich weiß nicht, was damals passiert ist. Aber ich denke, ich kenne jemanden, der was weiß.«

Hannah starrte ihn mit offenem Mund an. Endlich war sie ihrem Ziel einen Schritt näher. Endlich war jemand bereit auszupacken.

27

1994

1994, ein Jahr, an das sich heute kaum jemand erinnert, denn es war ein Jahr ohne große Hoch- oder Tiefpunkte. Ein gewöhnliches Jahr in den Neunzigern, aber ein Jahr, das für jeden in Trauertal gegenwärtig war. Hier bedeutete das Jahr 1994 eine Zeitenwende. Einen Einschnitt.

Michel war mit seinen fünfzehn Jahren ein frühreifer und selbstbewusster Jugendlicher, wobei beide Attribute nur oberflächlich richtig waren. Er galt als frühreif, da seine sexuellen Erfahrungen früher begonnen hatten als bei seinen gleichaltrigen Freunden. Seine Attraktivität war nicht zu leugnen. »Ein Gesicht wie gemalt!«, sagte man in Trauertal, Michels Heimatdorf – oder in der Altersgruppe unseres Schönlings: ein richtig geiler Typ! Mit einem Meter dreiundachtzig Körpergröße und seinem »fotogenen Äußeren«, war auch die Bundeswehr stark daran interessiert, ihn als Gardesoldat für den Wehrdienst zu gewinnen – doch er lehnte ab, da ihm die Aufgabe langweilig erschien.

Die zweite Eigenschaft, sein Selbstbewusstsein, das ihm oft zugeschrieben wurde, war ebenfalls ein äußerlicher Anschein. Dieses wurde vielmehr mit einer Unbefangenheit verwechselt, die ihn in keiner Situation nervös oder introvertiert wirken ließ. Er war in aller

Selbstverständlichkeit sorglos und präsent. Dabei kam es oft zu Situationen, die seine Freunde als typisch bezeichneten: Wenn der Kellner im Restaurant fragte, ob alles in Ordnung sei, dann erzählte er von seinem Leben und verstand dies als Aufforderung an sich selbst.

Er interpretierte Sätze oft im Wortsinn und verstand nicht die Bedeutung zwischen den Zeilen.

Michel wurde aufgrund seiner Äußerlichkeiten meist für etwas Besonderes gehalten, dabei war er ein normaler Junge. Durchschnittliche Noten, durchschnittlich begabt, jedoch durch seinen Körperbau sportlich in vielen Gebieten im oberen Drittel angesiedelt. Er spielte – wie fast jeder Junge – Fußball, und das richtig gut. Doch für eine Karriere als Fußballprofi hätte es niemals gereicht. Die Selbstzweifel waren die eine Sache, der Wille die andere. Michel war integriert und überall dabei, hatte aber keinen Antrieb, bei irgendetwas der Beste zu sein. Er war glücklich, mit sich und der Welt im Reinen, und das sah man ihm an. Ein echter Sonnenschein. Er strahlte die pure Lebensfreude aus, die ein Jugendlicher ohne Schicksalsschläge, mit einer aller Voraussicht nach sorgenfreien Zukunft, ausstrahlen konnte.

Seine besten Freunde waren Nina und Stefan. Sie waren zusammen in den Kindergarten gegangen, hatten gemeinsam die Grundschule besucht und schließlich geschlossen auf das Gymnasium gewechselt. *Die drei Musketiere*, wie Ninas Vater sie anfangs oft genannt hatte, waren die einzigen drei ihrer Altersstufe aus Trauertal. Was anfänglich wie eine Zweckgemeinschaft wirkte, entwickelte sich zu einem festen Konstrukt, beinahe wie eine Dreierbeziehung: Sie verbrachten die Ferien gemeinsam, gingen Zelten. Den ersten Urlaub in Südfrankreich, eine Jugendfreizeit, absolvierten sie in gewohnter Kombination. Sie lernten für Klassenarbeiten im Team und schliefen am Wochenende reihum beieinander. Es war eine Freundschaft, die gefestigt wie eine Familie wirkte, bloß freiwillig. Auch wenn sich in der Pubertät jeder Charakter weiterentwickelte und die Gemeinsamkeiten wie eine Kugel Eis in der Mittagssonne dahinschmolzen – sie waren und blieben Freunde.

Bereits seit Langem hatten sie ein gemeinsames Spiel, das sich *Herrscher* nannte. Nina hatte aus dem Italienurlaub ein Amulett mitgebracht, das der Legende nach einem Herrscher gehört haben sollte. Dieser Monarch hatte Kraft seines Amulettes die Macht, über alles und jeden zu bestimmen. Obwohl den dreien klar war, dass diese Geschichte erfunden war und nur dazu diente, das billige Souvenir mit Emotionen aufzuladen, kaufte Nina es und war die selbst ernannte Herrscherin der Clique. Die Jungs gaben sich damit nicht zufrieden und man erfand ein Spiel: Wer der Besitzer des Amulettes sein wollte, und somit Bestimmer zum Beispiel über die Auswahl eines Filmes oder die Wochenendaktivität, der musste eine Aufgabe erfüllen. Da Stefan eher genügsam war, was die Auswahl der zu entscheidenden Themen betraf, war es meist ein Hin und Her zwischen Nina und Michel. Zu den ersten Aufgaben gehörten eklige Dinge, wie kleine Tiere oder ein rohes Ei zu essen. Später wurden Mutproben eingeschoben, bei denen man sich in der Öffentlichkeit lächerlich machte. Nina musste bei der Aufführung im Schulchor laut rülpsen,

Stefan einen Tag im Januar mit kurzen Shorts zur Schule gehen und Michel nackt mit dem Fahrrad durchs Dorf radeln. Nach außen wirkten die drei wegen skurriler Situationen wie diesen sonderbar, man tat es jedoch meist als jugendliche Flausen ab. Das Spiel war ihr Insider und schweißte die Freunde zusammen. Der triste Alltag im kleinen Ort Trauertal wurde erträglich unter dem kreativen Spiel und dem Nervenkitzel.

Es begab sich an diesem Tag im Spätsommer 1994 die Situation, die zu einer Katastrophe führen sollte.

»Leute, was machen wir heute?«, fragte Stefan gelangweilt von der Planlosigkeit der Clique.

»Michel darf bestimmen. Er muss aber erst mal laufen ...«, erinnerte Nina ihre Freunde an die Wette, die noch ausstand. »Los, Michel, ausziehen und loslaufen!«, forderte sie ihren Freund auf.

28

»Jetzt sag schon, was du weißt!«, forderte sie Stefan auf, endlich zu reden. Sie spürte, dass er etwas loswerden wollte. Etwas, das ihn seit Langem begleitete und das ihn belastete. Sie fühlte es und es gab kein Zurück mehr. Doch Stefan schwieg. Er starrte sie mit weit aufgerissenen Augen an, wie eingefroren stand er regungslos vor ihr. Vielleicht war ihr Ton zu aggressiv, doch sie hielt diese Anspannung kaum aus.

»Bitte, Stefan. Rede. Du kannst mir vertrauen. Du kennst mich! Ich will doch auch nur wissen, was mit Jette passiert ist.« Zu gerne hätte sie von all dem erzählt, was sie die letzten beiden Tage erlebt hatte, doch sie fürchtete, ihn damit nur noch mehr einzuschüchtern. Der groß gewachsene Mann stand wie ein kleiner Junge vor ihr.

»Hannah«, fing er endlich an zu reden. »Es tut mir alles so leid.« Eine erneute Pause wagte sie nicht zu unterbrechen. Sie erkannte, wie schwer es ihm fiel, sich zu öffnen, und sie kannte diese Situation gut.

»Ich weiß wirklich nicht, was mit Jette passiert ist. Aber Michel schien es gewusst zu haben.«

Sie erinnerte sich an das Gespräch mit Nina. Michel war in dem See ertrunken, der hinter ihr lag. Hatte er das Geheimnis mit auf den Grund genommen? Das konnte nicht sein Ernst sein.

»Michel hatte etwas beobachtet, das ihn veränderte. Er konnte nicht darüber sprechen. Und wir wollten nicht hören, was passiert ist.«

»Wer ist *wir*?«

»Nina und ich. Wir drei waren damals Freunde. Die Besten. Ein Dreierteam.« Hannah erinnerte sich. Die drei Musketiere waren sie genannt worden.

»Michel musste eine Art Mutprobe machen, und hat dabei etwas beobachtet. Er konnte nicht darüber sprechen. Das Einzige, was er uns gesagt hat, war, dass er Ottmann und Denzig und eine dritte Person, die er nicht erkannt hatte, bei etwas beobachtet hatte ...«

»Wobei beobachtet?«

»Ich weiß es nicht. Es war so verrückt, er hatte Nina später erzählt, er glaube, die drei hätten jemanden umgebracht.«

Hannah spürte ihr Herz in der Brust. Jeden Schlag. Wie eine Bassbox, die aus ihrem Inneren hämmerte. Sie musste funktionieren, jetzt war keine Zeit für einen mentalen Ausfall.

»Wen haben die Männer umgebracht, Stefan? War es Jette?«

»Er hat es nicht gesehen. Er wusste es nicht. Doch je länger Jette verschwunden war, desto mehr schien er zu realisieren, dass sie es sein könnte.«

»Wann war das genau?«

»Ich weiß es nicht, Hannah. Ich habe es all die Jahre verdrängt. Wir haben es verdrängt. Michel hat sich das Leben genommen. Ich weiß es. Er kam nicht klar mit all dem und er wollte sich davon befreien. Ich weiß es einfach.«

Stefan brach in Tränen aus. Hannah allerdings war nicht imstande, ihn in den Arm zu nehmen. Nun stand sie wie versteinert vor ihm und betrachtete das Häuflein Elend, das in Form eines Mannes vor ihr weinte. Sie schwankte zwischen Mitleid und Hass, wobei sie nicht wusste, welches Gefühl stärker war.

»Versuchen wir zusammenzufassen, was wir wissen«, schlug sie nüchtern vor. Er riss sich zusammen, wischte die Tränen weg und versuchte ruhig zu beschreiben, welche Informationen er hatte: »Im Sommer, bevor das Dorf geflutet wurde, hatte Michel die Aufgabe, durch das abgesperrte Gebiet zu laufen, wo jetzt der See liegt.« Hannah sah ihn stutzig an. »Wir hatten damals ein Spiel. Das waren so Mutproben, die wir einander gestellt haben. Und wir wussten, dass es streng verboten war, das alles hier zu betreten. Immerhin hatte man mit Probestaus angefangen und die Flutung stand kurz bevor. Michel sollte also einmal quer durchlaufen und wir haben oben gewartet, in etwa da, wo jetzt das Hotel steht. Er wollte durch die alte Schulstraße laufen und bis zur Brücke drüben. Und dann wieder zurück.« Hannah nickte. So weit verstand sie die Geschichte.

»Irgendwann kam Michel dann zurück und war vollkommen verstört. Er hat nicht gesprochen und normalerweise war er immer voller Euphorie, wenn er eine Probe bestanden hatte. Ich hatte zeitweise den Eindruck, er war süchtig nach dem Nervenkitzel. Das war wie eine Droge für ihn. Adrenalinkicks. Na ja, wir haben schon grenzwertige Sachen gemacht, aber das war alles nicht weiter tragisch. Aus heutiger Sicht war keine Sache dabei, die strafrechtlich hätte verfolgt werden können. Doch es waren Grenztaten. Oft ein Spiel, nicht entdeckt oder erkannt zu werden oder aufzufliegen. An dem Tag war etwas passiert, das wussten Nina und ich. Aber Michel sprach nicht darüber. Er lief direkt nach Haus. Im Dorf veränderte sich kurz darauf vieles, Jette verschwand. Ihr seid weggezogen. Das alte Trauertal wurde geflutet. Irgendwie brach alles auseinander. Ich denke mir oft: Je mehr hier alles nach außen aufgeblüht ist, desto mehr ist es innerlich zerfallen. Unsere Clique brach auch auseinander. Ich bin nach den Sommerferien auf die neue Schule gegangen. Michel hat seine Ausbildung angefangen und Nina ist aufs Mädcheninternat gegangen und hat danach Lehramt studiert. Sie ist zwar wieder nach Trauertal zurückgekommen, aber erst nach Jahren.«

»Du hast eben gesagt, er hatte drei Männer beobachtet. Wann hat er das gesagt?«

»Er hat es etwa ein Jahr später Nina anvertraut. Sie hat es mir erst dieses Jahr erzählt. Ich habe mich all die Jahre gefragt, was mit Michel passiert ist. Was ihn so sehr belastet hat, dass wir keinen Kontakt mehr hatten und was letztlich zu seinem Tod geführt haben musste.«

»Nina hat mir erzählt, dass es ein Unfall war.«

Er sah sie entsetzt an. »Jaja, Nina verschließt vor allem die Augen! Sie will es einfach nicht wahrhaben. Alles muss immer schön mit Happy End ausgehen. Sie verdrängt, dass auch sie Michel im Stich gelassen hatte. Wir hätten ihn beide ansprechen müssen, so lange nachhaken, bis er sich öffnete. Aber wir hatten alle zwei die gleiche Scheißangst davor, mit in irgendwas hineingezogen zu werden. Es war offensichtlich, dass etwas nicht stimmte. Ich habe nur keinen Zusammenhang zu Jette gesehen. Es gab keine Hinweise, dass sie irgendwas damit zu tun hatte.«

Hannah schwieg. Sie versuchte alles einzuordnen und für sich verständlich zu machen. Ottmann war tot. Denzig wurde vermisst. Wer war der dritte Mann? Sie musste dringend mit Henrik telefonieren. Es war offensichtlich, dass ein Zusammenhang zwischen den Ereignissen von 1994 und heute bestand. Es konnte gar nicht anders sein.

»Lass uns zurückgehen, Hannah. Ich will nicht, dass uns hier jemand sieht.«

»Warum? Was ist los mit euch? Wovor habt ihr alle Angst?«

Er schwieg einige Sekunden und schien seine Wortwahl zu überdenken.

»Nichts ist los. Aber das alles lastet noch immer auf dem Dorf. Es ist wie ein Fluch. Das Verschwinden von Jette, die Umsiedlung. Ich denke manchmal wirklich, der Ort hier ist verflucht.«

Hannah sah ihn stutzig an. »Was für ein Blödsinn! Hier ist gar nichts verflucht. Hier hat nur scheinbar jeder eine Leiche im Keller ... und das ist offensichtlich bei manchen sogar wörtlich gemeint.« Der ungewollte Wortwitz verhallte in der Weite des Staudamms. Stefan verzog keine Miene. Es war spät geworden, kaum noch jemand war unterwegs. Sie tauschten Handynummern und verabredeten sich für den folgenden Montag, an dem Stefan vormittags Zeit haben würde, so sein Versprechen. Er verschwand auf dem Wanderweg Richtung Trauertal, während sie am Ufer entlang Richtung Hotel ging.

Als Stefan außer Sichtweite war, zog sie ihr Smartphone aus der Tasche und öffnete ihr Telefonbuch.

29

1994

Michel war das Einlösen von Wetten gewohnt, bei denen er sich ausziehen musste. Mehrfach war der Witz bei seiner Wetteinlösung, einen Weg ohne Klamotten zurückzulegen. Wenigstens war zu dieser Zeit an diesem Ort nicht zu erwarten, dass jemand ihn dabei beobachtete. Außerdem war es einer der heißesten Sommer, die er je erlebt hatte. Es war ja nicht so, als ob er sich nicht auch bei minus fünf Grad an Heiligabend nackt von seinen Freunden mit Schneebällen hatte bewerfen lassen müssen.

Michel zog sich selbstbewusst aus, zelebrierte das, faltete seine Klamotten. Schuhe waren wegen der Verletzungsgefahr erlaubt, was eine zusätzliche Komik in die Situation brachte: Ein nackter Mann mit grasgrünen Laufschuhen sah noch eine Nummer peinlicher aus. Er stellte sich wie ein Läufer in der Startposition auf einer Laufbahn hin.

»Auf die Plätze, fertig, los!«, rief Nina und gab ihm das Signal, seine Wette einzulösen. Nina und Stefan beobachteten Michel, wie er den Schotterweg entlang ins Tal lief, das wenige Wochen später komplett geflutet sein sollte.

Michel befand sich in einem Zustand der völligen Zufriedenheit. Er liebte den Nervenkitzel, die Show und sein Leben. Das Bewusstsein, zu leben, frei zu sein und verrückte Dinge zu tun, brachte ihn auf eine andere Ebene. Seinen Enkeln später einmal zu erzählen, dass er kurz vor der Flutung noch einmal nackt durch Trauertal gelaufen war, schien ihm eine Vorstellung, für die sich solche Wetten lohnten.

Er lief über den einstigen Marktplatz und die ehemalige Schulstraße entlang. Ein letztes Mal. Vielleicht war er sogar der letzte Mensch überhaupt, der diese Straße passierte; in jedem Fall der letzte Mensch, der dies ohne Klamotten tun würde. Alles sah gespenstisch leer aus. Die Straßen waren noch da, und auch die Grundrisse der Häuser waren zu erkennen. Ansonsten war alles dem Erdboden gleichgemacht. Eine gruselige Vorstellung, konnte er sich doch noch genau an das alte Trauertal erinnern. Für ihn war der neue Ort, mit seinen modernen Häusern, kein Nachteil. Im Gegenteil: Michel liebte sein neues Zimmer, das deutlich größer war als im alten Haus. Für ihn überwogen die Vorteile der Umsiedlung, auch wenn er täglich damit konfrontiert wurde, mit welcher Wehmut und welchem Schmerz die Alten ihrem Ort nachtrauerten.

Er passierte das Haus seiner Großeltern und machte einen kurzen Abstecher durch sein altes Spielzimmer. Was für eine skurrile Situation. Trotz der anhaltenden Hitze bekam er für einen kurzen Moment eine Gänsehaut. Er stoppte für einen Augenblick und schaute sich um. Das zukünftige Flussbett des Sees sah aus wie eine Kraterlandschaft und erinnerte ihn an Aufnahmen vom Mond. Überall ragten kleine und größere Berge an Steinschutt aus der hügeligen Landschaft, die einst ein Dorf darstellten. Sein Dorf, seine Heimat. Er merkte, wie er in der prallen Sonne anfing zu schwitzen. Vielleicht würde er sich an der Stelle unter der Brücke kurz abkühlen. Früher waren sie als Kinder oft an der breiten Stelle des kleinen Flusses, vor der alten Brücke, baden gegangen. Dort war das Ufer flach und die Kieselsteine fein geschliffen. Er strahlte bei dem Gedanken an das kühle Nass und den Rückweg in der Sonne, bei dem er bis zur Ankunft bei seinen Freunden sicher wieder trocken wäre.

Doch aus seiner Idee der Abkühlung im Fluss sollte nichts werden. Die dort folgenden Beobachtungen ließen ihm sprichwörtlich das Blut in den Adern gefrieren …

30

Das Freizeichen ertönte zweimal, als sich ihr Gesprächspartner meldete.

»Hannah?«

»Hallo, Henrik. Ich habe neue Informationen, die ...«

»Bist du verrückt?«, unterbrach er sie flüsternd. »Ich habe dir doch gesagt, du sollst nach Hause kommen. Bist du immer noch in Trauertal?«

Nach Hause kommen. Seine Worte klangen wie die eines besorgten Ehemanns.

»Und du bist immer noch im *Büro?*« Sie betonte das Wort so, dass er verstand, dass sie es verbal in Anführungsstriche gesetzt hatte. Zu lange hatte er sie belogen und im Glauben gelassen, er säße in einer Bank in Frankfurt. Er ignorierte ihre Ausdrucksweise. »Hannah, bitte. Was machst du dort? Mittlerweile arbeiten zwanzig Beamte an dem Fall. Eine Soko wird morgen mit der Arbeit beginnen ...«

Dann hab ich ja noch ein paar Stunden Zeit, dachte sie und verkniff sich, durch weitere flapsige Kommentare seine Geduld herauszufordern.

»Hör zur Abwechslung mir mal zu. Wenn das alles hier vorbei ist – ich versprech's dir –, höre ich dir bei deiner Erklärung zu. Ich habe eine echte Spur zu Jette. Sie ist an dem Tag verschwunden ...«

»Ich glaube, du verstehst nicht ganz ... Es geht hier nicht um Jette. Zwei Menschen sind tot. Beide sind grausam ermordet worden und wir haben Hinweise, dass es nicht vorbei ist. Du könntest die Nächste sein.«

»Ich frag erst gar nicht, warum du all die Details weißt.«

»Bitte, Hannah. Glaub mir. Es ist zu gefährlich für dich.«

Sie sah seine Bedenken ein. Diese waren logisch, angesichts der Entwicklungen. Was Henrik nicht wusste, war der Zusammenhang der Mordopfer zu Jette. Sie hatte Informationen, die mit Sicherheit zur Erklärung beitragen würden. Es fehlten nur wenige Details. Doch zunächst musste sie Henrik beruhigen. Offenbar war er irgendwie bei der Polizei beschäftigt, und dennoch stand er auf ihrer Seite.

»Okay. Ich komme zurück. Aber vorher muss ich noch eine alte Freundin besuchen. Also keine Sorge, Henrik.«

Die Antwort ließ einen Augenblick auf sich warten. Hatte er ihre Lüge durchschaut? Hätte sie sich selbst geglaubt?

»Du bist alt genug, Hannah. Ich hoffe, du vertraust mir.«

Emotionaler Druck. Ein Klassiker. Dennoch wusste sie die Sorge um sich zu schätzen. Es war fast wie ein Gefühl von Familie. Hannah verabschiedete sich mit den Worten: »Wir sehen uns morgen. Ich melde mich bei dir. Danke, Henrik.«

Nach dem Treffen mit Stefan waren zwei Fragen naheliegend: Wer wusste noch von der Beobachtung, die Michel gemacht hatte, und wer war die dritte Person, die er nicht erkannt hatte? Hannah war sich sicher, dass Michel den Mord an ihrer Schwester beobachtet hatte. Alles andere wäre zu viel Zufall. Auch wenn das bedeuten sollte, dass Jette tot war, so wäre es zumindest die Gewissheit zu wissen, was damals passiert war. Oder hatte sich Michel getäuscht und alles falsch interpretiert? Was war der Grund, warum er niemandem davon erzählt hatte? Sie dachte an den Hitchcock-Film »Das Fenster zum Hof«. Dort beobachtete der Fotojournalist Jeff einen vermeintlichen Mord in der Nachbarwohnung. Vieles sah zunächst aus, als ob der Ehemann seine verschwundene Frau ermordet und entsorgt hatte, doch die Leiche wurde nie gefunden. Ob es am Ende ein Mord war oder nicht, wusste Hannah nicht mehr. Es war einfach zu lange her, dass sie den Film gesehen hatte. Jedenfalls konnte es auch sein, dass Michel auf die Entfernung und bei der Hitze etwas beobachtet hatte, das wie ein Mord ausgesehen hatte. Vielleicht waren seine Gedanken mit ihm durchgegangen. Es war letztlich alles Spekulation, wenn er niemandem erzählt hatte, was genau er geglaubt hatte, zu beobachten.

Es gab nur eine Person, die auf alle Fragen eine Antwort haben konnte. Sie blieb kurz vor dem Café am See im Schutz des Waldes stehen, um einen weiteren Anruf zu tätigen.

31

Nina hatte Hannahs Anruf nach dem ersten Klingeln weggedrückt. Verärgert schlenderte diese den Fußweg zum Hotel hinauf und probierte es ein zweites Mal. Sofort ertönte in einer überfreundlichen Stimme die Mailboxansage: »Hallihallo. Leider bin ich zurzeit nicht erreichbar. Hinterlasse mir doch eine Nachricht, ich rufe dich so bald wie möglich zurück.« Bevor der Piepton ertönte, beendete Hannah den Anruf. Offensichtlich wollte sie nicht mit ihr sprechen, was Hannah unter anderen Umständen akzeptiert hätte. Doch nicht in dieser Situation. Sie hatte ihr lediglich die halbe Wahrheit präsentiert, man könnte auch behaupten, sie hatte die wichtigsten Informationen verschwiegen, und Hannah wollte sie noch heute damit konfrontieren. Die Rücksicht auf ihre Familie, die sie am Morgen respektiert hatte, war ihr nun egal. Bevor sie am Hotel entlang, erneut Richtung Trauertal, laufen konnte, erblickte sie die beiden Streifenwagen, die vor dem Eingang hielten. Sie stockte kurz, wusste nicht, was sie tun sollte. In jedem Fall wollte sie vermeiden, der Polizei in die Arme zu laufen. Sicherlich hatte sie nichts zu verbergen, doch sie spürte, dass eine Befragung durch die Polizei sie selbst nicht weiterbringen würde. Bevor jemand Hannah entdecken konnte, ging sie unauffällig die Treppe neben dem Hotel hinunter und lief am Speisesaal entlang Richtung Parkplatz. Spätestens wenn die Kommissarin Lara Riedel und ihr Kollege Stark ihren Namen auf der Gästeliste sehen würde, war ein Treffen unausweichlich. Hannah musste sich eine gute Erklärung einfallen lassen, warum sie nach dem Mord an Ottmann in dem Hotel von Denzig Urlaub machte. Dass sie bis eben nicht gewusst hatte, wem das Hotel gehörte, und wie dieser im Kontext des Mordes stand, würde man ihr nicht abnehmen.

Als Hannah im Auto saß und die Tür zugezogen hatte, spürte sie, wie die Anspannung aus ihrem Körper wich. Sie fühlte sich wie in einem Schutzraum, in den niemand eindringen konnte. Einige ihrer reichen Kunden hatten solche *Panicrooms*, die mit einem Knopfdruck verriegelt und mit Wasser und Nahrung Schutz für mehrere Tage boten. Aber wovor hatte sie solche Angst? Es war ein Gefühl, als ob jemand sie verfolgen würde, doch da war niemand. Kein Polizist, der mit gezogener Waffe versuchte, sie zu stoppen. Kein durchgeknallter Serienkiller, der aus der Vergangenheit auftauchte und sie umbringen wollte. Der Parkplatz war menschenleer. Die Dämmerung setzte langsam ein und Hannah sah auf die Uhr. Kurz nach sechs. In Frankfurt begann jetzt so langsam, das Leben in die Stadt zu strömen. After-Work-Runden in Bars hasste Hannah – sie war lieber auf ihrer Couch als mit Kollegen in der Bar. Oft wurden hier jedoch wichtige Geschäfte erledigt. Wenn sie ehrlich darüber nachdachte, wurden die wichtigsten Dinge außerhalb der Firma und außerhalb der üblichen Arbeitszeit vollzogen. Die Gedanken brachten sie auf eine Idee, die in ihrem Kopf zu einer Theorie heranwuchs. Sie zog ihr Smartphone aus der Tasche, öffnete Google und tippte in die Suchleiste:

»Tennisclub Trauertal«

Auf die Suchmaschine war Verlass. Der erste Eintrag enthielt neben den Zugriffszahlen, Fotos der Halle und dem Link zur Homepage auch einen direkten Verweis zu Google Maps. Sie klickte auf das Icon und wenige Sekunden später war die Route geladen: achteinhalb Kilometer Entfernung, neun Minuten Fahrzeit bei aktueller Verkehrslage. Sie startete den Motor und machte sich auf den Weg. Auf dem Rückweg würde sie ihrer Bekannten Nina noch einmal einen Besuch abstatten.

Die Tennishalle war ein seltsames Gebilde: Ein etwa hundert Meter langes Gebäude, das wie eine riesige, halb im Boden versenkte Tonne aussah; mit einem Eingang vorn und einer verglasten Fläche hinten. Eine Leuchtreklame strahlte auf dem Dach. »Tennishalle«. Dafür hätte sie Google nicht gebraucht. Die Halle stand im Industriegebiet zwischen der Stadt und Trauertal. Hier waren neben großen Firmen auch ein Einkaufszentrum, zwei in die Jahre gekommene Autohäuser und ein Sektproduzent. Während sie auf ihr Ziel zufuhr, erinnerte sie sich an das Gebäude. Es stand schon vor über dreißig Jahren hier. Je näher sie kam, desto deutlicher wurde der marode Zustand sichtbar. Die welligen Dachplatten aus Asbest waren komplett bemoost und von der Fassade blätterte der Putz an einigen Stellen ab. Die Witterung der Jahre war deutlich zu erkennen. Hannah war auf den Zustand der Tennisplätze gespannt.

Der Parkplatz war fast komplett leer, jedenfalls standen am Eingang lediglich drei hochmotorisierte SUVs deutscher Automobilhersteller. Sie betrat die hell erleuchtete Halle und nahm sogleich den typischen Geruch solcher Einrichtungen wahr. Man konnte den Innenraum, der aus fünf Tennisplätzen bestand, größtenteils einsehen. Vorn war ein kleines Bistro, hinter dessen Tresen eine alte Frau Gläser polierte. Sie schien Hannah nicht weiter zu beachten. Lediglich ein Tennisplatz wurde von zwei Männern bespielt. Rechts ging es zu den Umkleidekabinen, links zu der langen Theke, die einsam und verlassen auf Besucher wartete. Hannahs Erinnerung kehrte zurück. Sie war sich sicher, hier schon einmal gewesen zu sein. In ihrem Gedächtnis war das hier eine gut besuchte Kneipe. Sie dachte an Männer, die Schnapsgläser und frisch gezapfte Biere vor sich stehen hatten, und volle Aschenbecher. Hinter den Umkleiden gab es eine Kegelbahn – oder zumindest hatte es früher eine gegeben. Hannah war auf einem Kindergeburtstag dort gewesen. Ohne von der Frau am Tresen bemerkt zu werden, schlenderte sie den Gang entlang und betrachtete die Pokale und Wimpel in den Vitrinen. Es waren Trophäen von Siegen des »TC Rot-Weiß« aus längst vergangenen Tagen. Was suchte sie eigentlich hier? Hatte sie ernsthaft geglaubt, hier jemanden anzutreffen, den sie nach Ottmann, Denzig und Leinebach fragen konnte? Hannah war erstaunt, dass das Ende der Neunziger nicht den Anfang der Galerie darstellte, sondern das Ende: Je weiter sie den Gang entlanglief, desto weiter zurück reichten die Urkunden und Trophäen. Der Tennisclub hatte wohl, wie die Halle an sich, die besten Jahre hinter sich gelassen. Wenn überhaupt noch eine Kegelbahn existieren sollte, dann war sie sicher auch kein Highlight mehr.

Während sie in der letzten Vitrine die Fotos betrachtete, ging plötzlich neben ihr die Tür auf. Hannah erschrak bei der Schnelligkeit, mit der ein bärtiger, dürrer Mann aus der Umkleide trat. Auch er stockte kurz und hatte scheinbar nicht mit jemandem an den alten Vitrinen gerechnet. In der Kabine unterhielten sich zwei Männer bei laufender Dusche.

»Oh, hoppla ...«, entschuldigte sich der Mann, der mit einer Sporttasche bepackt plötzlich neben ihr stand. »Suchen Sie jemanden?«

»Äh, hallo. Ja, also ich ... äh ... Ich wollte fragen, ob die Kegelbahnen hinten noch existieren. Ich suche nach einer Idee für den Kindergeburtstag meiner Nichte.« Sie errötete bei der Notlüge, die ihr spontan eingefallen war. Der Mann lachte auf.

»Die Kegelbahnen existieren doch schon seit über zwanzig Jahren nicht mehr. Obwohl. Ich glaube, die sind immer noch da, aber irgendwann war die Elektronik defekt und niemand hat sie repariert. In der Stadt ist ein riesiges Bowlingcenter, vielleicht fragen Sie dort mal nach ...«

Hannah lächelte höflich. »Ah ja, das ist eine Idee, vielen Dank.« Die Duschen wurden abgedreht und die zwei Männer betraten diskutierend die Umkleidekabine. Die unangenehme Situation in dem dunklen Gang wurde noch peinlicher, als die beiden nackten Kerle Hannah bemerkten, die nicht wusste, wohin sie schauen sollte. Der bärtige Hüne schloss zu Hannahs Erleichterung die Tür.

»Na dann, viel Erfolg ...«

»Was?«, stieß Hannah perplex hervor. »Ah, ja, danke.«

Der Mann ging in Richtung Ausgang, als Hannah einen spontanen Einfall hatte.

»Sagen Sie, sind hier noch Tennisturniere?«

Der Mann blieb stehen und drehte sich mit einem fragenden Blick zu ihr um.

»Was meinen Sie?«

»Ich bewundere hier die ganzen Pokale und Abzeichen. Sind hier immer noch Tennisturniere?«

Der Mann kam langsam zurück. »Nein, hier wird eigentlich nur noch zum Spaß gespielt. Turniere sind hier schon lange keine mehr.«

Hannah wusste selbst nicht, worauf sie hinauswollte. Der Mann sah sie fragend an. Sie hatte nichts zu verlieren, also entschied sie sich, direkt auf den Punkt zu kommen: »Ich bin auf der Suche nach zwei Männern, die hier früher Tennis gespielt haben. Klaus Denzig und Walter Leinebach. Kennen Sie die beiden zufällig?«

Der bärtige Mann trat einen Schritt näher. Für Hannah zu nah. Sie wich einen Schritt zurück und stand direkt mit dem Rücken zur Tür. Im Augenwinkel bemerkte sie die Frau am Tresen, deren Aufmerksamkeit das Gespräch geweckt zu haben schien. Sie polierte ein Weizenbierglas, während sie zu ihnen rübersah. Beruhigt, nicht allein mit dem Mann zu sein, wartete sie auf eine Reaktion.

»Ich dachte, Sie suchen nach einer Kegelbahn?«, fragte der Mann misstrauisch.

»Offen gestanden, bin ich auf der Suche nach Herrn Denzig. Ich dachte, er wäre vielleicht heute hier.«

»Ich kenne keinen Herr Denzig. Aber vielleicht ist er auf den Teamfotos …« Er deutete den Gang weiter durch. »Zwischen der Herren- und der Damenumkleide hängen die Mannschaftsfotos von früher. Ich wohne erst seit fünf Jahren hier. Kenne nur meine Kollegen von der Arbeit, mit denen ich einmal die Woche hier spiele …«

Hannah nickte lächelnd.

»Oder Sie fragen Herta.« Er sah zu der Dame am Tresen. »Die gehört zum Inventar. Kennt hier jeden.«

»Das mache ich. Vielen Dank.«

Der Mann drehte sich auf dem Absatz um und verschwand in der Dunkelheit auf dem Parkplatz.

Hannah ging an der Herrenumkleide vorbei und betrachtete die Fotos. Je älter diese wurden, desto verblasster hingen sie dort in nussbraunen Holzrahmen. Im Jahr 1991 wurde Hannah dann schließlich fündig. Die Bildunterschrift ließ keinen Zweifel: Herbert Ottmann, Klaus Denzig, Walter Leinebach, Herbert Müller und Hannes Feldmann.

Hannah fotografierte das Bild mit ihrem Smartphone. Auf keiner der jüngeren Fotografien tauchten die Herren erneut auf. Sie erschrak, als die Tür der Herrenumkleide erneut ruckartig geöffnet wurde. Die beiden Männer waren fein gekleidet und verließen das Gebäude, ohne von Hannah Notiz zu nehmen.

Sie überlegte, ob sie Hertha befragen sollte, entschied sich aber dagegen und verließ das Gebäude, nachdem die beiden Herren in ihren SUVs den Parkplatz verlassen hatten.

Von der Tennishalle aus waren es vier Minuten bis nach Trauertal. Hannah wollte den Versuch wagen, Nina persönlich anzutreffen. Das Dorf war eine Sackgasse. Durch eine Bahnunterführung gab es nur diese eine Zufahrt. Es war wie das Tor zu einer anderen Welt.

Sie erinnerte sich an den Besuch von Disneyland in Paris. Trauertal war wie Disneyland, nur ohne Glamour, Musik und Freude. Eigentlich war es das genaue Gegenteil, doch sie musste aus einem unerfindlichen Grund trotzdem an den Freizeitpark denken.

32

Hannah fuhr in mäßigem Tempo über den Marktplatz in die Schulstraße. Der Nebel lag dicht über dem Dorf, alles war wie in Watte gepackt. Die gespenstische Atmosphäre ließ Hannah erschaudern. Oder waren es all die ungeklärten Dinge, die sie mit dem Ort in Verbindung brachte? Die meisten Häuser wirkten durch die herabgelassenen Rollläden verlassen. Vielleicht waren sie es auch, oder man war einfach gerne nach Anbruch der Dunkelheit in den eigenen vier Wänden geschützt vor fremden Blicken. Sie kannte das erhöhte Sicherheitsbedürfnis von ihren Immobilien. Kaum eine Villa ließ sich heute ohne ein Sicherheitssystem vermarkten. Früher war das in Trauertal anders gewesen. Die offenen Häuser waren ihr immer noch gegenwärtig: Bei ihrer Tante konnte man Tag und Nacht ein und aus gehen. Die Hintertür, durch die man zu beiden Seiten des Gartens gelangte, stand immer offen. Zumindest war sie nicht abgesperrt. Bei den Villen in Frankfurt heutzutage undenkbar. Da war jeder Eingang mit einer eigenen Überwachungskamera und Alarmsensoren ausgestattet, gerade die Hintertüren.

Als Hannah am Haus ihrer alten Bekannten Nina vorbeifuhr, drang Licht durch die Ritzen der Rollläden. Sicherlich war die Familie gerade beim Abendessen. Sollte sie die traute Idylle stören? Oder war es angebracht, am nächsten Tag noch einmal vorbeizuschauen. Hannah war sich unsicher. Beeinflusst von der Flut an Fragen und dem inneren Antrieb, Antworten zu finden, entschied sie sich jedoch zu handeln. Sie hatte schließlich keine Zeit zu verlieren. Sie parkte direkt vor dem Eingang und wartete einige Minuten in ihrem Wagen. Ihr Smartphone hatte während der Fahrt mehrfach vibriert. Hannah kontrollierte die eingehenden Anrufe – alles unbekannte Nummern, bis auf die von ihrem Kollegen Frank Dellowere. Eine Sprachnachricht von ihm über den Messenger war ebenfalls neu. Sie öffnete diese:

Hannah. Was ist hier los? Die Bullen haben mich angerufen und ich muss morgen zum Verhör. Sie haben mich gefragt, ob ich den Toten kannte. Und dann noch zwanzig Fragen zu dir … Ob mir an dir was aufgefallen ist … Was ist hier los? Hast du was mit der Sache zu tun?

Dass die Polizei früher oder später auf den Zusammenhang kommen würde, war ihr klar gewesen. Die anderen Nummern waren sicher von der Kommissarin oder ihrem jungen Kollegen. Spätestens morgen musste sie sich dort melden, um nicht selbst in Verdacht zu geraten. Oder war das bereits der Fall? War sie möglicherweise selbst Verdächtige? Wenn das Motiv mit Jette zusammenhängen sollte, dann war ihre Verbindung eindeutig. Vielleicht wollte jemand den Verdacht auf sie lenken. Schließlich hatte sie Zutritt zu der Villa gehabt, in der die Leiche von Herbert Ottmann gefunden worden war. Die einzige Möglichkeit, sich aus der Schusslinie zu bringen, war, den Mörder zu finden.

Sie spürte, dass sie der Lösung auf der Spur war, doch irgendetwas fehlte noch. Es passte nicht zusammen und vor allem hatte sie keine Ahnung, wer hinter all dem stecken konnte. *Was ist das alles für eine Scheiße*, dachte sie. Wo war sie hier nur reingeraten? Vor Wut schlug sie mit der Faust auf das Lenkrad. Hannah erschrak bei dem Hup-Geräusch, das sie aus Versehen verursacht hatte. Ihr war bisher nicht bewusst gewesen, dass man auch bei ausgeschaltetem Motor hupen konnte. Sie wartete einen Moment und beobachtete die Umgebung, bis sie schließlich ausstieg und auf den Eingang von Ninas Haus zuging. Bevor sie sich überlegen konnte, was genau sie sagen würde, wenn Ninas Mann oder einer der Jungs öffnen würde, stand ihre alte Bekannte plötzlich im Türrahmen.

»Hast du gerade gehupt?«, fragte Nina skeptisch.

»Das war keine Absicht. Ich bin aus Versehen auf die Hupe gekommen ... Sorry ...«

»Kein Problem. Was ist los, Hannah? Das halbe Dorf hat mittlerweile mitbekommen, dass du da bist. Ist es wahr, dass Ottmann tot ist?«

Hannah erstarrte bei der Frage. Sie hatte nicht damit gerechnet, dass sich alles so schnell herumsprechen würde. Sie entschied sich, nicht um den heißen Brei herumzureden. Es hatte ohnehin keinen Zweck. Die Frage ließ erahnen, dass Nina bereits mehr wusste. Anscheinend war wenigstens Denzigs Verschwinden noch nicht öffentlich.

»Ja, er ist ermordet worden. Ich habe ihn gefunden.«

Nina entglitten die Gesichtszüge. Sie trat einen Schritt zurück, was Hannah als Vorsichtsmaßnahme verstand.

»Ich habe nichts damit zu tun, das kannst du mir glauben. Er lag tot auf dem Sofa in einer Immobilie, die ich mit vermarktet habe.«

Im Hintergrund hörte sie die beiden Jungs aufschreien. Ein lautstarker Streit zwischen Brüdern, der allerdings nicht bedrohlich klang. Offensichtlich war die Verletzung auf dem Fußballplatz nicht so schlimm, wie es sich heute Mittag angehört hatte. Nina zog die Tür hinter sich bei. Sie wirkte irritiert, jedoch nicht durch das Gezanke der Jungs, mehr durch Hannahs erneutes Auftauchen bei ihr zu Hause.

»Mein Mann müsste jeden Moment zurückkommen. Er war zum Tennisspielen ...«

Hannah sah sie kritisch an. Die Männer aus der Tennishalle waren alle deutlich älter als Nina, was nicht zwingend hieß, dass nicht einer der beiden ihr Mann gewesen sein konnte. Wenn dem so wäre, hätte er aber längst zu Hause sein müssen. Unwahrscheinlich, dass es mehrere Tennishallen in der Nähe gab. Hannah entschied sich dennoch dagegen, sie darauf anzusprechen. Eine Notlüge war sicher auch eine Schutzbehauptung. Nina schien Angst davor zu haben, ohne männlichen Schutz vor einer potenziellen Mörderin zu stehen.

»Nina, glaub mir. Ich bin auf der Suche nach der Wahrheit. Und ich denke, dass der Mord mit Jettes Verschwinden zusammenhängt. Ich habe heute Mittag Stefan getroffen ...«

Nina hielt sich am Türrahmen fest. Die Panik in ihren Augen war kaum zu übersehen. Hannah hatte dennoch keine Lust, auf ihre heile Welt Rücksicht zu nehmen, und ihre alte Nachhilfelehrerin zu schonen.

»Du hast mir heute Morgen nicht die ganze Wahrheit gesagt. Was ist damals passiert, als Michel diese Mutprobe gemacht hat und etwas beobachtet hatte? Bitte, Nina. Sag mir, was du weißt, ich muss wissen, was damals passiert ist!«

Nina sah durch den Spalt ins Haus. Die beiden Jungs hatten sich beruhigt und waren anscheinend wieder friedlich beschäftigt. Es gab kein Entkommen für Nina, sie musste jetzt reagieren, auch wenn sie offensichtlich am liebsten die Flucht ergriffen hätte.

»Warum passiert das alles jetzt?«, fragte Nina plötzlich. »Dreißig Jahre nach Jettes Verschwinden. Was hat das alles zu bedeuten? Auf einmal fragen alle nach Jette. Dreißig Jahre hat kein Mensch nach ihr gesucht und jetzt auf einmal ...«

Hannah sah Nina skeptisch an.

»Wer sind alle?«

Sie überlegte. Um eine Antwort würde sie nicht herumkommen. Hannahs Entschlossenheit, nicht lockerzulassen, war präsent wie der Nebel, der über dem Dorf lag.

»Es war auf der Beerdigung von Paul Sanders Vater. Wir haben über Michel gesprochen und Stefan hat seine Version der Geschichte erzählt. Ich wusste, dass irgendetwas vorgefallen war. Damals, als Michel durch das Tal gelaufen ist, wo jetzt der See liegt. Er hatte etwas beobachtet und war danach völlig verstört.« Nina stockte. Entweder sie wollte nicht mit der Sprache rausrücken, oder sie hatte wirklich keine Ahnung und nie nach dem wahren Grund gefragt. Und wer war dieser Paul Sander? Hannah erinnerte sich an einen Jungen, konnte sich aber nicht an sein Gesicht erinnern.

Nina erkannte wohl ihr ratloses Gesicht und versuchte, Pauls Rolle in dem Ganzen zu erläutern:

»Paul hatte ja damals nach Jette gesucht, er hat überall Suchplakate aufgehängt. Die Sache hat ihn schwer mitgenommen. Wie uns alle. Wir hatten alle eine schwere Zeit damals. Glaubst du, mich hat das alles kaltgelassen? Ich hatte jahrelang Angst und bin immer noch traumatisiert von Jettes Verschwinden. Alles ist damals den Bach runtergegangen. Das Dorf, unsere Clique, und dann Michels Tod ...«

Hannah versuchte, das Selbstmitleid zu überhören. Das Bild ihrer alten Nachhilfelehrerin, der starken und selbstbewussten jungen Nina, war dahin. Sie empfand Ekel und Wut angesichts dieses Gejammers.

»Was hat dieser Paul Sander damit zu tun?«

Nina stockte.

»Was soll er damit zu tun haben? Nichts. Er hat sich, wie wir alle, für Jette eingesetzt. Aber das ist Jahre her. Hannah, du musst Jette endlich loslassen. Lass die alten Geschichten ruhen, bitte!«

Hannah hätte ihr am liebsten Gewalt zugefügt, doch sie riss sich zusammen.

»Wo finde ich Paul Sander? Wohnt er noch in Trauertal?«

»Ja, er wohnt in der Kirchstraße, ganz durch, das vorletzte Haus auf der rechten Seite, glaube ich.«

»In seinem Elternhaus?«

»Ja. Sein Vater ist, wie gesagt, dieses Jahr gestorben. Die beiden haben seine Mutter zusammen gepflegt. Die hatte vor Jahren einen Schlaganfall und lag im Koma. Als sie Anfang des Jahres gestorben ist, hat auch Pauls Vater nicht mehr lange ausgehalten und ist ihr gefolgt.

Seitdem lebt er allein dort. Ich habe gar keinen Kontakt zu ihm. Habe ihm auf der Beerdigung natürlich kondoliert. Da habe ich auch das letzte Mal mit ihm gesprochen.«

Hannah drehte sich wortlos um und marschierte zu ihrem Auto. Sie kochte innerlich vor Wut.

»Hannah. Was hast du vor?«, rief Nina ihr hinterher. Hannah reagierte nicht. Hatte keine Lust, Ninas schlechtes Gewissen zu beruhigen. Nina fühlte sich schuldig, und das zu Recht.

»Hannah!«

Ninas Rufe verhallten im Nebel, der jetzt auch in die Straßen von Trauertal Einzug hielt. Hannah wendete unter Einbezug beider Bürgersteige und fuhr Richtung Dorfmitte.

33

Das vorletzte Haus auf der rechten Seite wirkte wenig gepflegt und hob sich von den beiden Gebäuden rechts und links ab. Seitlich wucherte Efeu um den Aufgang zur Tür. Der Garten war sicher seit dem letzten Sommer nicht mehr bearbeitet worden; von dem Zaun an der Grundstücksgrenze blätterte bereits der weiße Lack ab. Der herunterhängende Briefkasten schien darauf zu warten, durch einen neuen ersetzt zu werden. Hannah dachte an ihre Gastfamilie in den USA, bei der sie nach der Schulzeit für kurze Zeit als Au-pair gearbeitet hatte. In deren Wohnviertel hatte ein strenges System an Vorgaben bezüglich der Pflege und Ordnung der Vorgärten geherrscht, die von der sogenannten »Home Owner Association« kontrolliert wurde. War der Rasen zu hoch gewachsen, bekam man einen Zettel mit der Aufforderung, diesen zu mähen. Waren die Sträucher außer Form geraten, kam ebenfalls ein Zettel. Damals wunderte sie sich, da sie solche skurrilen Auswüchse der Spießigkeit eher in deutschen Vorstädten vermutet hätte. Der Vorgarten von Paul Sanders Haus in der Kirchstraße hätte jedenfalls einige dieser Zettel im Briefkasten.

In der zweiten Etage brannte Licht, die Zimmer im Erdgeschoss waren dunkel. Hannah stieg aus ihrem Wagen und fühlte sich beobachtet, obwohl sie niemanden erkennen konnte. Sie dachte an die Aussage von

Stefan und Ferdinand, die Andeutungen über das Gerede im Dorf gemacht hatten.

Aus der Nähe betrachtet, wirkte das Haus von Paul verlassen. Für einen Verkauf hätte die HGI sicher eine der hiesigen Gärtnerfirmen beauftragt, um »klar Schiff« zu machen. Mit einem Tag Arbeit von Profis würde man das Haus enorm im Preis steigern können. Sie sah sich nach der Klingel um und fand erst nach langer Suche einen Messingknopf unter dem Efeu an der seitlichen Wand neben der Eingangstür. Darunter war ein Schild, das, ohne grüne Blätter zu entfernen, nicht lesbar war. »Familie Sander«.

Sie betätigte den Knopf, ohne eine Reaktion wahrzunehmen. Entweder die Klingel war sehr leise oder ausgeschaltet. Nach mehreren Sekunden ohne Rückmeldung klingelte sie erneut. Durch das Ornamentglas der Eingangstür hätte sie Bewegungen wahrnehmen können, doch nichts tat sich. Sie klopfte gegen die Scheibe und drückte die Klingel ein drittes Mal, jetzt so fest sie konnte. Die Möglichkeit, dass diese eingerostet war, schien ihr nicht völlig abwegig. Das Licht in der oberen Etage könnte auch dauerhaft brennen oder extra angelassen worden sein, um möglichen Einbrechern die Anwesenheit der Bewohner zu suggerieren. Hannah sah sich um. Der Eingang war von den gegenüberliegenden Häusern einsehbar, sie konnte aber keinen neugierigen Nachbarn am Fenster oder auf der Straße erkennen. Sie entschied sich, um das Haus herumzugehen. Vielleicht konnte man von hinten die untere Etage einsehen. Ein stählernes Tor mit festen Wandelementen versperrte ihr den Weg. Sie betrachtete die stabile Konstruktion, die gar nicht zum Rest des Hauses passte.

Seitlich stand eine drei Meter hohe Hecke dicht bewachsen zum Nachbargrundstück. Die Wandelemente endeten wenige Zentimeter vor der Hecke, durch die eine alte, eingewachsene Mauer die Grenze zum Nachbargrundstück bildete. Hier gab es kein Durchkommen. Hannah schätzte die andere Seite ebenfalls als geschützt ein, sodass sie den Gedanken an den Versuch, dort in den Garten zu gelangen, direkt wieder verwarf. Vielleicht war sie einfach zur falschen Zeit hier. Gleich morgen früh würde sie den nächsten Versuch starten.

Zurück im Auto, dachte sie über die nächsten Schritte nach. Sie musste sich so lange wie möglich vor einem Verhör von der Polizei drücken. Solange man sie nicht persönlich antreffen oder telefonisch erreichen würde, sah sie keinen Grund, sich selbst bei der Polizei zu melden. Sie hatte eine automatische Abwesenheitsnotiz auf ihre geschäftlichen E-Mail-Postfächer gelegt, in der sie darauf hinwies, zurzeit im Urlaub zu sein und dass sie E-Mails und Anfragen erst in zwei Wochen beantworten würde. Sie wollte dennoch nachsehen, ob die Polizei versucht hatte, sie auch über diesen Weg zu kontaktieren. Das Postfach enthielt außer zahlreicher SPAM- und Werbenachrichten keine ernsten Anfragen und erst recht keine Nachricht der Polizisten. Anfragen der HGI bekam sie ohnehin über den Kalender im Intranet, den sie ebenfalls die kommenden zwei Wochen blockiert hatte. Sicherlich hatte Frank den Leichenfund ausführlich und theatralisch jedem erzählt, der ihm in der Firma über den Weg gelaufen war. Und solche Geschichten verbreiteten sich ohnehin von allein bis zum letzten Kollegen. Dabei kam ihr der Gedanke, dass sie keine Tageszeitung oder sonstigen Nachrichten mitbekommen hatte. Dafür war in den vergangenen Tagen einfach keine Zeit gewesen. Sie öffnete die Google-Suche und tippte ein: »Mord Herbert Ottmann«.

Sie fand zahlreiche Einträge, aber keinen, der alle drei Schlagworte enthielt. Scheinbar war noch nichts an die Presse vorgedrungen. Dann hatte sie einen weiteren Gedanken und löschte die Schlagworte aus der Google-Suchleiste. Sie tippte neu: »Henriette Harth Trauertal«.

Das Ergebnis überraschte Hannah. »Einige Ergebnisse wurden möglicherweise aufgrund der Bestimmungen des europäischen Datenschutzrechts entfernt. Weitere Informationen«. Die Worte »Weitere Informationen« waren blau hinterlegt und führten über den Link zu einer Erklärung, nachdem Google sich an ein Urteil des Europäischen Gerichtshofes halten musste, laut dem jede Privatperson das Recht auf Vergessen im Internet zustand. Doch wer hatte den Antrag auf Löschung gestellt und warum? Hannahs Herz fing plötzlich an zu pochen. Hatte Jette selbst Daten über sich löschen lassen? Lebte sie möglicherweise unter einem anderen Namen irgendwo? Die Chance war gering, aber nicht ausgeschlossen. Im Hotel wollte sie Näheres über dieses Gerichtsurteil herausfinden. Sie wendete in der Einfahrt von Pauls Haus und sah, dass zwischen der Garage und dem Nachbarhaus, wie zuvor vermutet, ebenfalls ein Zaun mit Sichtschutzelementen den Weg und die Sicht in den Garten versperrte. Das Haus hatte, wie die meisten in Trauertal, eine Garage auf der linken Seite und einen schmalen Pfad zum Garten. Warum war es nur so abgeschirmt und geschützt? Das Haus von Ferdinand und Nina hatte, soweit sie sich erinnern konnte, keine Zugangsbeschränkungen dieser Art.

Langsam fuhr sie die Kirchstraße zurück. Am Marktplatz kam ihr ein schwarzer Volvo Kombi entgegen. Sie erkannte den Fahrer aufgrund des dunklen Innenraums zunächst nicht, doch das orangefarbene Licht der Straßenlaternen ließ für einen kurzen Moment das Gesicht des Fahrers erkennen. Sie glaubte, an seinen Lippen ablesen zu können, was er scheinbar entsetzt aussprach: »Hannah«.

34

Hannah trat auf die Bremse und stand mit laufendem Motor mitten auf der Straße. In Frankfurt wäre spätestens eine Sekunde später jemand hinter ihr wütend am Hupen. Sie atmete schwer, stand immer noch mit einem Fuß auf der Kupplung und mit dem anderen auf der Bremse. Der Fahrer, der ihr gerade entgegengekommen war, bog in die Schulstraße ein. Die Straße, die sie gerade verlassen hatte. Sie hatte ihn erkannt. Und dieser auch sie, das war so sicher wie das Amen in der Kirche. Hannah hatte ein Talent dafür, anderen Menschen von den Lippen abzulesen, was sie sagten. Zumindest einzelne Worte. Und der Fahrer des entgegenkommenden Wagens hatte ihren Namen laut ausgesprochen und dabei wie ein Gespenst ausgesehen. Jetzt erst fiel ihr ein, wer Paul Sander war. Sie hatte kein Bild zu ihm gehabt, hatte sein Gesicht verdrängt und auch seine Rolle in Trauertal. Aber die Gesichtszüge, der Ausdruck, die Augen. Es passte alles. Der seltsame Paul. Ein Junge, der älter als Hannah gewesen war, zu dem sie und in ihrer Erinnerung auch sonst niemand wirklich Kontakt gehabt hatte.

Sie wendete auf dem Dorfplatz, ohne auf ihre Umgebung zu achten. Hannah befand sich gedanklich in einem Tunnel. War der Mann wirklich Paul oder täuschte sie ihre Erinnerung? Warum hatte er sie in dem kurzen Moment erkannt, wo alle anderen erst, nachdem sie ihren Namen gesagt hatte, gewusst hatten, wer vor ihnen stand? Sie waren nie befreundet gewesen, hatten nicht viele Berührungspunkte in der Zeit gehabt, in der Hannah in Trauertal gelebt hatte. Wie konnte jemand, der Hannah lediglich aus der Erinnerung als Kind kannte, nach dreißig Jahren ohne Kontakt so schnell auf ihren Namen kommen?

»Pass doch auf, du verdammte ...« In ihren Gedanken hatte sie die Spaziergänger übersehen und nur knapp verfehlt. Sie war so nah an dem Paar vorbeigefahren, dass sie den Mann fluchen hörte. Sie entschuldigte sich mit einem demütigen Gesichtsausdruck und einem lauten »'tschuldigung!«, was die beiden jedoch nicht davon abhielt, ihr wütend hinterherzuschauen.

Hannah sah noch gerade, wie der dunkle Volvo in die Einfahrt von Paul Sanders Garage einbog. Die letzten Zweifel waren ausgeräumt. Sie beschleunigte das Tempo und hielt an der Stelle, an der sie wenige Minuten zuvor geparkt hatte. Paul stand hinter seinem in der offenen Garage abgestellten Wagen, als ob er sie bereits erwartet hätte. Er starrte sie durch das Fenster der Beifahrerseite an. Hannah stieg langsam aus ihrem Auto und ging auf ihn zu.

»Hallo, Paul.«

»Hallo, Hannah. Schön, dich zu sehen.«

Schön, dich zu sehen? Eine Formulierung, die sie angesichts der Fremde und Distanz nicht gewählt hätte.

»Ich dachte, ich hätte einen Geist gesehen. Eben hatten wir noch von dir gesprochen. Und dann fährst du auf einmal an mir vorbei«, erzählte Paul mit aufgesetzter Lockerheit, während er den Kofferraum öffnete. Ein alter *Golden Retriever* sprang schwerfällig aus dem

Wagen und trottete in die Garage. Hannah traute der lockeren Art nicht. Sie glaubte, eine Anspannung in seiner Stimme zu erkennen. Paul ließ den Hund durch eine Tür an der Hinterseite der Garage in den Garten. Obwohl er kurz hinter dem Wagen verschwand, redete er einfach weiter zu Hannah: »Wolltest du zu mir?«

Hannah ignorierte seine Frage mit einer Gegenfrage: »Mit wem hast du über mich geredet? Und wieso?«

»Ach, nichts von Bedeutung. Ich habe den alten Fellner im Supermarkt getroffen. Ich weiß nicht, ob du den noch kennst. Der Griesgram war damals der letzte Großbauer in Trauertal. Er hat seinen Hof und die Tiere aufgegeben und ist seit dem Umzug hierher noch unausstehlicher als vorher. Na ja, jedenfalls hat er gefragt, ob ich auch schon gehört hätte, dass du im Ort bist.«

Er schien mit seiner Geschichte am Ende zu sein, doch Hannahs fragender Blick machte ihm klar, dass sie die Frage des alten Fellners auch aus seiner Perspektive beantwortet wissen wollte.

»Nein, hatte ich nicht. Ich wusste nicht, dass du hier bist. Woher auch? Das Gerede der Leute hat mich noch nie interessiert.«

Das glaubte Hannah ihm sofort. Er wirkte nicht wie der Typ, der etwas auf dummes Geschwätz gab.

»Und dieser Fellner ...«, hakte sie nach. »Was wollte der noch so wissen?«

Hannah wurde das Gefühl nicht los, dass ihr Auftauchen nach all den Jahren mehr als nur neugieriges Geschwätz hervorgerufen hatte. Vielleicht war der ein oder andere hier wirklich besorgt darüber, dass Hannah etwas aufdecken könnte, was besser weiter verborgen bleiben sollte.

»Nichts. Nur ob ich etwas davon mitbekommen hätte und was wohl deine Intention wäre, hier aufzutauchen ...«

Das war eine diplomatische Wiedergabe für die Formulierung, die der alte Fellner gewählt hatte. Wenn sie den richtigen Mann zu dem Namen in Erinnerung hatte, dann waren seine Worte sicherlich vulgär und abwertend gewesen. »Alter Griesgram« war definitiv eine beschönigende Beschreibung dieses Menschen.

Hannah war nicht in der Stimmung, lange um den heißen Brei herumreden. Eine Frage wollte sie jetzt endlich beantwortet haben und Paul war ihr Hoffnungsschimmer. Er wirkte deutlich sympathischer und offener, als sie ihn aus seiner Jugend in Erinnerung hatte. War er nur in ihrer Wahrnehmung ein Außenseiter gewesen oder hatte er sich einfach gewandelt? Er war nicht bloß höflich und gesprächig, sondern sah auch außergewöhnlich gut aus. Pauls Anspannung schien wie aufgelöst. Er wirkte zufrieden und lächelte sie freundlich an.

»Man hat mir erzählt, du hast damals besonders intensiv nach meiner Schwester gesucht.«

Sein Gesichtsausdruck wechselte von freudig zu skeptisch.

»Ja? Und weiter?«

»Also hast du geglaubt, dass sie abgehauen ist? Oder denkst du auch, ihr ist etwas zugestoßen?«

Paul überlegte. Ohne zu antworten, kramte er auf der Rückbank seines Wagens herum. Niemand rückte mit der Sprache raus. Vielleicht wäre es doch besser, zur Polizei zu gehen, und diese auf professionellen Wegen Ermittlungen führen zu lassen.

»Ich glaube, jemand hat sie umgebracht.«

Hannah wurde plötzlich speiübel. Die Aussage traf sie wie ein Schlag in die Magengegend. Vielleicht war Paul doch der richtige Gesprächspartner. Vielleicht hatte sie ihn falsch eingeschätzt.

»Wie kommst du darauf?«

»Es ist nur so ein Gefühl. Als Jette damals verschwand, haben alle geglaubt, dass sie abgehauen ist. Es lag auch nahe, denn jeder wusste, dass sie Stress auf der Arbeit hatte und in Trauertal nicht alt werden wollte. Sie war jung und hübsch und irgendwann wurde ihr alles zu viel und sie ist auf und davon ...«

»Niemals!«, unterbrach ihn Hannah. »Niemals wäre sie einfach gegangen, ohne mir Bescheid zu sagen. Das ist einfach nicht möglich!«

»Ich sage ja auch nicht, dass ich das denke ...«, versuchte er, versöhnlich ihrer ansteigenden Aggression entgegenzuwirken. »Das Dorf war damals in einer Art Schockstarre. Es passiert nicht alle Tage, dass einfach so jemand verschwindet. Ich habe selbst Suchplakate in der Schule kopiert und überall verteilt. Ich konnte es nicht fassen, dass sie einfach so, ohne was zu sagen, verschwinden würde ...«

Hannah sah ihn skeptisch an.

»Hattet ihr was miteinander zu tun?«

»Wir waren befreundet. Ich mochte sie«, berichtete er mit leiser Stimme.

Die beiden standen sich einige Sekunden lang schweigend gegenüber, bis Hannah das Wort erneut ergriff: »Nina und Stefan glauben, es könnte mit einem Vorfall zusammenhängen, den Michel damals beobachtet hatte ...«

»Ich habe davon gehört.«

»Glaubst du, sie wurde hier getötet?«

»Ich weiß es nicht. Ich würde alles dafür geben, zu wissen, was damals passiert ist. Aber es gibt einfach keine Spur.«

Hannah sah sich nervös um. Sollte sie ihm von Ottmann und Denzig erzählen? Konnte sie Paul vertrauen? Ihre anfängliche Skepsis war möglicherweise unbegründet. Paul wirkte aufrichtig und mitfühlend.

»Du weißt doch etwas, Hannah. Du wärst nicht hier in Trauertal und würdest Fragen stellen, wenn du nicht irgendeine Erkenntnis hättest! Du kannst mir vertrauen. Ich verspreche, dir zu helfen ...«

Er ließ ihr einige Sekunden Zeit, bis Hannah sich entschloss, zumindest Bruchstücke ihrer Erkenntnisse mitzuteilen.

»Ich habe die Leiche von Herbert Ottmann gefunden. Und ich weiß aus sicherer Quelle, dass Denzig verschwunden ist. Die beiden Fälle hängen miteinander zusammen.«

Paul fasste sich mit beiden Händen an den Kopf. »Wo hast du die Leiche von Ottmann gefunden?«

»Er lag übel zugerichtet in einem Anwesen, das ich mit einem Kollegen vermarkte. Es kann aber kein Zufall sein. Es gibt Hinweise, dass Ottmann meine Schwester ermordet haben könnte, und dann wird er mir ermordet vor die Nase gesetzt.«

»Wie wurde er getötet?«

Hannah verstand die Frage nicht ganz. »Was heißt ›*Wie wurde er ermordet?*‹ Ich habe die Leiche nur kurz gesehen. Er hatte blutunterlaufene Augen, war an Händen und Füßen gefesselt ...«

»Wurde er erschossen? Oder gab es sonst Anzeichen, auf welche Art er ermordet wurde? Ich meine, woher weißt du, dass er nicht Selbstmord begangen hat?«

»Warum fragst du mich das? Ich bin kein Rechtsmediziner. Aber warte ... Er war auf jeden Fall komplett weiß und aufgedunsen. Und von Kopf bis Fuß nass, so als ob er aus einem ...« Sie stockte.

»... aus einem See gezogen wurde?«

Hannah nickte. Sie starrte Paul entsetzt an. Darüber hatte sie nicht nachgedacht. War das etwa ein Hinweis? Und wenn, dann würde nur jemand ihn verstehen, der die Zusammenhänge aus Trauertal kannte.

»Hannah, hör mir mal zu. Ich habe oft darüber nachgedacht, dass zwei Dinge hier miteinander zusammenhängen könnten. Deine Schwester ist verschwunden und kurz darauf wird das alte Trauertal geflutet. Es gab nie Ermittlungen in die Richtung, weil die Flutung letztlich Wochen nach dem Verschwinden von Jette war. Und man einen Abschiedsbrief gefunden hatte ...«

»Warte, warte. Man hatte einen Abschiedsbrief gefunden?«

»Davon wusstest du nichts?«

»Nein! Sonst ...« Sie überlegte. War das möglich? Wieso gab es einen Abschiedsbrief und sie wusste nichts davon?

»Du kannst als Angehörige doch Akteneinsicht beantragen. Der Brief müsste nach meinem Empfinden bei den Beweismitteln asserviert worden sein.«

»Das werde ich gleich morgen machen. Ich wusste nichts davon. Aber was meintest du mit dem Zusammenhang der Flutung und des Verschwindens? Welcher Zusammenhang?«

»Also wenn die Polizei und auch sonst fast jeder davon ausging, dass Jette abgehauen ist, freiwillig verschwunden, dann hätte jemand ausreichend Zeit gehabt, ihre Leiche dort zu verstecken, wo niemand mehr Zugang hatte: Nach der Flutung gab es kaum noch eine Möglichkeit, sie dort zu suchen. Was am Grund des Sees liegt, bleibt für immer verborgen ...«

Hannah dachte über seine Worte nach. Eine ziemlich erschreckende Theorie, aber sie fand auf die Schnelle keine Gegenargumente.

»Wir müssen nach ihr tauchen!«, platzte es aus Hannah heraus.

Paul sah sie mit weit aufgerissenen Augen an. »Du weißt, dass Tauchen im See verboten ist?«

Ohne Worte beantwortete ihr Blick seine Frage.

35

1990

Paul Sander war kein normaler Jugendlicher. Er war nicht wie all die anderen im Dorf, die es kaum erwarten konnten, wegzuziehen. Jeder seiner Freunde hatte eigene Pläne, wollte raus in die Welt, zum Studieren nach Berlin, zum Reisen nach Neuseeland, zum Wohnen in die Stadt. Egal was, Hauptsache raus aus Trauertal.

Natürlich dachte auch Paul über seine Zukunft nach und diese war, wie bei allen in dem Dorf, in dem nur noch knapp sechzig Menschen lebten, klar: Eine Zukunft in Trauertal würde es nicht geben. Seine Freunde, oder besser gesagt die wenigen, die trotz aller Umstände hier lebten, hatten ihre Wurzeln längst abgestoßen. Sie waren auf der Flucht, wie in einer Wohnung, in der man zur Zwischenmiete wohnte. Ein Zuhause auf Zeit, mit der Hoffnung auf eine bessere Zukunft. Und sicherlich hatten sie alle recht. Arbeitsplätze in Trauertal waren nicht in Aussicht. Keine Kneipe. Kein Kino. Kein Einzelhandel. Ein mit öffentlichen Geldern finanzierter Bus am Morgen und einer am Nachmittag für die Schulkinder, das war alles, was noch geblieben war. Trauertal wurde schon lange von der Politik ignoriert, lag wie ein schwarzer Fleck auf der Landkarte, den man früher oder später nicht mehr einzeichnen würde. Einziger Treffpunkt und gepflegte öffentliche Fläche war der kleine Park vor der Kapelle. Und doch hatte Paul etwas in sich, das ihn mit diesem Ort verband. Vielleicht waren es seine Vorfahren, die alle aus Trauertal stammten. Obwohl einiges hier seltsam war. *Der Fisch stinkt vom Kopf her*, war ein altes Sprichwort, das auch auf Trauertal passte. Der Kopf bestand aus einer Person, dem Ortschef. Herbert Ottmann. Ein Mensch, den niemand hier leiden konnte, und doch war er Bürgermeister, oder besser gesagt, Ortsvorsteher, denn der rasende Schwund an Bürgern ließ auch den Einfluss seiner Position dahinschwinden. Doch um dessen Verbleib musste man sich hier am wenigsten Sorgen machen. Als das ganze Desaster eskalierte, hatte der Bürgermeister bereits andere lukrative Posten außerhalb der Ortsgrenzen angeboten bekommen.

Das ganze Debakel hatte seinen Ursprung allerdings lange vor seiner Geburt, nämlich im Jahr 1969. In dem Jahr, in dem ironischerweise ein kleiner Schritt für die Menschen, aber ein großer Schritt für die Menschheit gegangen wurde: Während in dem kleinen Dorf Trauertal weitreichende Entscheidungen getroffen wurden, betrat der erste Mensch den Mond.

Doch der Reihe nach: Der Anfang vom Ende für Trauertal wurde Ende der 1960er-Jahre besiegelt, als der Abriss des alten Spritzgusswerkes und parallel dazu der Bau eines Atomkraftwerks beschlossen wurden. Das Gusswerk diente vielen Trauertalern als Arbeitsplatz. Hier wurden Facharbeiter und Bürokaufleute gleichermaßen gebraucht. Normalerweise wurden jedes Jahr mindestens zehn Auszubildende eingestellt. Doch das Interesse sank so schnell wie die Nachfrage an teuren

Gusselementen »Made in Germany«. Zunächst hatten die Chinesen den Markt durch billigere Fertigungsstrecken erobert und schließlich Anteile am Werk gekauft. Zerstörung von außen und innen, hatte das sein Onkel Friedhelm genannt, der bis zum Schluss die Fahne im Werk hochhielt. Mit dem Beschluss des Verkaufs der Maschinen und Einstellung der Produktion wurde – welch ein Zufall – der Bau eines Atomkraftwerks im nahe gelegenen Bettenbach beschlossen. Eine Investition, die der ganzen Großregion zugutekommen sollte. Neue und zukunftsorientierte Arbeitsplätze mit einer Technologie, die nicht so schnell von den Chinesen ersetzt werden konnte. Es passte alles, der Plan schien aufzugehen: das Aufstauen der Trauer zu einem riesigen See, der das nötige Kühlwasser liefern konnte und der gleichzeitig ein touristischer Hotspot werden sollte ... Eine Lösung für alle Probleme. Doch die Sache hatte einen Haken, dessen Tragweite zu diesem Zeitpunkt niemand erahnte.

Jedenfalls wuchs die Skepsis der schnellen und einschneidenden Ereignisse unter den alten Trauertalern. Hin- und hergerissen von der Tragweite der Entscheidungen einerseits und der staatlichen Subventionen andererseits. Einerseits verloren sie alles, andererseits wurde ihnen eine rosige Zukunft in neuen Häusern und mit besseren Jobs angepriesen.

Unberührt davon war die Jugend in Trauertal, der das Ausmaß der Veränderungen nicht bewusst war.

Einer davon war Paul, 1990 sechzehn Jahre alt, und der Sommer seines Lebens stand kurz bevor. Während alle über die Zukunft des Ortes diskutierten und die allermeisten über einen Wegzug nachdachten, verliebte sich Paul in diesem Sommer. Es war eine kurze Liebe, die aber, so konnte man schon in diesem Jahr feststellen, sein weiteres Leben nachhaltig beeinflussen würde.

36

Hannah erwachte schlagartig, als das Telefon auf ihrem Nachttisch klingelte. Nach wenigen Augenblicken zur Orientierung nahm sie den Hörer ab.

»Ja, bitte?«, stammelte sie im Halbschlaf. Von draußen drang das grelle Licht der Sonne ins Zimmer. Sie war am gestrigen Abend von Paul aus zum Hotel gefahren und konnte trotz körperlicher Erschöpfung nicht einschlafen. Noch lange hatte sie über die Erlebnisse der letzten Tage nachgedacht und verschiedene Theorien durchgespielt. Vermutlich hatte sie noch um drei Uhr in der Nacht wach im Bett gelegen.

»Portier Leinen hier, von der Rezeption. Bitte entschuldigen Sie die Störung, Frau Harth. Hier sind zwei Beamte der Polizei, die mit Ihnen sprechen wollen.«

Adrenalin schoss durch ihren Körper und Hannah war schlagartig wach.

»Sie wollen gleich mit Ihnen sprechen. Ich soll Sie höflichst bitten, sich zeitnah in der Lobby einzufinden.«

Hannah stimmte dem zu und legte auf.

In einem für sie unüblichen Tempo zog sie sich an und machte sich im Bad zurecht; eine schnelle Version des Fertigmachens. Sie atmete zweimal tief durch, bevor sie ihr Zimmer Richtung Lobby verließ. Der Zeitpunkt für ein Treffen mit der Polizei war eigentlich genau richtig. Sie war bereit, sich den Fragen zu stellen und Informationen über den Ermittlungsstand einzuholen.

Es waren die Kommissarin Riedel und ihr jüngerer Kollege Stark, die in der Lobby saßen und mit einem Tablet in der Mitte des Tisches leise über etwas diskutierten. Beide hatten einen Kaffee vor sich. Als Lennard Stark Hannah erkannte, klappte er die Hülle des Tablets zu.

»Guten Morgen, Frau Harth. Wir versuchen Sie seit gestern zu erreichen. Sie gehen nicht an Ihr Handy ran«, begrüßte Lara Riedel freundlich, ohne dass es vorwurfsvoll klang. Der Vorwurf war aber ohne jeden Zweifel gewollt platziert.

Hannah nickte den beiden freundlich zur Begrüßung zu und setzte sich in den dritten freien Sessel zwischen die beiden. Die übrigen Tische der Lobby waren unbesetzt, obwohl an der Rezeption ein reges Treiben herrschte. So hatte das Personal auch genug zu tun, und konnte nicht ihrem Gespräch lauschen.

»Im Urlaub schalte ich gerne mein Handy aus. Die letzten Wochen waren stressig, und dann die Leiche. Ich musste erst einmal zur Ruhe kommen.«

»Ihr Handy war die ganze Zeit an«, konterte Lara.

»Sie haben mein Smartphone geortet? Dürfen Sie das überhaupt?« Hannah war entsetzt, versuchte aber ruhig zu bleiben und unaufgeregt zu sprechen.

»Grundsätzlich ist die Handyortung nur mit der Einwilligung des Besitzers zulässig. Es sei denn, es geht um das Auffinden von Vermissten, die Verfolgung von Straftaten oder zur Abwehr von Gefahren für Leib oder Leben.«

Hannah wusste nicht, was sie darauf antworten sollte. Ihre aufgesetzte Lockerheit war sicher so unauthentisch wie die übertriebene Mimik von untalentierten Theaterschauspielern. Hannah vermied es zu antworten, sie wusste ohnehin nicht, was sie Sinnvolles sagen sollte.

»Wir haben Sie natürlich nicht geortet. Wir haben lediglich versucht, Sie zu erreichen. Das Freizeichen ist ein sicherer Indikator für ein eingeschaltetes Handy.«

Hannah schmunzelte, obwohl ihr nicht nach Scherzen zumute war.

»Okay, wie auch immer. Wir haben noch ein paar Fragen an Sie. Und die erste ist die nach Ihrem gewählten Urlaubsort. Wieso sind Sie hier?«

»Ich habe früher in Trauertal gelebt. Ich wollte schon längst in dem Wellnesshotel Urlaub machen, hatte nur nie Zeit dazu. Jetzt schien mir der richtige Moment. So kann ich noch ein paar alte Bekannte besuchen ...«

Lara nickte und hielt festen Blickkontakt zu ihr, während sich Lennard Stark auf seinem Tablet Notizen zu machen schien.

»Wen denn zum Beispiel?«

»Gestern habe ich mich mit meiner alten Nachhilfelehrerin Nina im Café unten am See getroffen. Sie ist nur ein paar Jahre älter als ich, hat mir aber damals oft mit den Hausaufgaben geholfen. Stellen Sie sich vor, sie ist heute Lehrerin an unserer alten Schule. Das passt so zu ihr, sie war früher schon der Typ Lehrer. Also das soll jetzt nicht abwertend klingen, aber manchmal passt es einfach, wenn man hört, was Jugendfreunde später von Beruf machen ...«

»Wie ist der Name dieser Nina genau? Können Sie uns auch ihre Adresse aufschreiben?«, unterbrach Lara ihre Ausführungen, die sie scheinbar wenig interessierten.

»Nina Stollberger, sie wohnt in der Schulstraße 15 hier in Trauertal. Sie ist verheiratet, vielleicht heißt sie auch anders, mittlerweile.«

Der stumme Polizist notierte die Adresse und den Namen mit.

»Okay, wir werden das überprüfen. Zu meiner nächsten Frage: Kannten Sie den Toten?«

Hannah merkte, wie sie rot wurde. Auf die direkte Frage war sie nicht vorbereitet gewesen, obwohl sie unausweichlich gewesen war. Jetzt musste sie spontan reagieren. Meistens hatte sie dann nicht die schlechtesten Einfälle.

»Ich hatte eine Vermutung.« Sie atmete tief ein und aus. »Ich habe die ganze Zeit gedacht, dass mich der Mann an jemanden erinnert. Ich war mir nur nicht sicher. Ist es dieser ... Ottmann?« Ob die Kommissarin ihre gespielte Ahnungslosigkeit durchschaute?

»Verstehen Sie jetzt, warum es uns sehr ... sagen wir: überrascht hat, als wir im Zuge der Ermittlungen die Gästeliste des Hotels durchgesehen haben und Ihren Namen dort gefunden haben? Einen Tag nach dem Mord an Herbert Ottmann.«

»Ich wollte keine falschen Behauptungen aufstellen und auch nicht in Panik verfallen.«

»Sie hätten uns trotzdem informieren müssen, auch über den Verdacht.«

»Entschuldigung, ich weiß. Es war dämlich, ich habe auch ein echt schlechtes Gewissen gehabt. Wie ist er eigentlich gestorben?«

»Was meinen Sie damit?«

»Na ja, er war nass, so als ob er ertrunken wäre. Aber dann hätte man ihn ja wohl kaum auf das Sofa gesetzt ...«

Lennard und Lara sahen Hannah mit verstörten Blicken an. Das war vielleicht etwas zu viel nach Informationen gefordert ...

»Wie kommen Sie darauf, dass er ertrunken sein könnte?«

Hannah zuckte mit den Schultern und setzte einen ahnungslosen Blick auf.

»Keine Ahnung, das war nur so dahergeredet. Ich habe eben lange darüber nachgedacht, warum er nass war. Er sah aus wie eine Wasserleiche, so wie man das aus Filmen kennt, wenn jemand aus dem Rhein gezogen wird.«

Lara starrte sie weiter an, während Lennard mit kritischem Blick auf seinem Tablet hin und her wischte.

»Wir haben dann noch eine letzte Frage: Kennen Sie Klaus Denzig?«

Hannah tat so, als ob sie überlegen würde, während Lara und Lennard sie anstarrten wie einen Autounfall. Sie ließ sich extra Zeit mit der Antwort und sagte dann mit voller Überzeugung: »Der Name kommt mir bekannt vor, ich komme aber nicht darauf. Wer soll das sein? Hat er was mit dem Mord an Ottmann zu tun?«

Zum ersten Mal klinkte sich der junge Polizist in das Gespräch ein.

»Denzig ist der Besitzer dieses Hotels. Sie sind gewissermaßen sein Gast.«

»Ach wirklich? Das wusste ich nicht. Und was hat er jetzt mit dem Tod von Ottmann zu tun?«

Lara erhob sich aus dem Sessel. »Wir haben dann alles geklärt, was wir wissen wollten«, bedankte sie sich, ohne auf Hannahs Frage einzugehen. »Bitte halten Sie ihr Handy angeschaltet und speichern Sie unsere Nummern. Wir haben sicher noch weitere Fragen. Es wäre schön, wenn wir diese telefonisch klären könnten und Sie uns zurückrufen, wenn Sie einen verpassten Anruf sehen.«

Hannah nickte.

»Das mache ich.«

Lennard reichte ihr die Visitenkarte, die sie bereits in der Villa in Mainz von ihm bekommen hatte. »Nur zur Sicherheit. Da stehen unsere Handynummern und die Büronummer drauf. Sie können sich auch jederzeit bei uns melden, wenn Ihnen noch etwas einfällt.«

Hannah lächelte ihn freundlich an und verharrte in der aufgesetzten Mimik, bis die beiden Beamten das Hotel verlassen hatten.

Das war ein wirklich missglückter Auftritt von ihr, dachte sie. Die beiden hatten ohne jeden Zweifel durchschaut, dass sie mehr wusste, als sie zugab. Und eigene Informationen konnte sie aus dem Gespräch nicht herausziehen. Lediglich der Zusammenhang zwischen Denzig und Ottmann wurde von den beiden Polizisten als Spur verfolgt, das war angesichts ihrer Nähe kaum verwunderlich. Der Kommentar des jungen Polizisten war einfühlsam und wirkte auf Hannah wie ein Angebot. Sie hatte gespürt, dass er ihr die Chance lassen wollte, sich zu melden. Er hatte sie durchschaut. Vielleicht würde sie ihn einweihen. Die Enttäuschung über die Polizeiarbeit vor dreißig Jahren bei Jettes Verschwinden beeinflusste ihre Meinung der Polizei gegenüber noch immer. Jeder hatte eine zweite Chance verdient. Schließlich sah Lennard Stark aus, als sei er noch von Mutters Brust genährt worden, als die Polizei vor dreißig Jahren im Fall »Jette Harth« komplett versagt hatte.

37

Paul hatte Hannah einen Treffpunkt vorgeschlagen, zu dem sie um zwölf Uhr mittags verabredet waren. »Um diese Uhrzeit sind die wenigsten Wanderer unterwegs. Alle möchten zur Mittagszeit irgendwo einkehren und essen«, hatte Paul ihr erklärt. Und tatsächlich war es seltsam ruhig, der Weg wirkte verlassen. Es war fast windstill und die Luft angenehm warm. Sie dachte über all die alten und neuen Gesichter nach, die sie in den vergangenen Tagen getroffen hatte. Nina, Ferdinand, Stefan, Paul. Sie hatte das Gefühl, dass irgendjemand fehlte. Doch sie war auf einem guten Weg, obwohl sie eine Möglichkeit ausgelassen hatte, an wichtige Informationen zu kommen. Das würde sie jetzt nachholen. Hannah zog ihr Smartphone aus der Tasche und wählte Henriks Nummer.

»Hallo, Untermieterin.«

»Hallo, Übermieter. Ich brauche deine Hilfe!«

Henrik schwieg einen Moment zu lange. Hannah glaubte, einen tiefen Atemzug wahrzunehmen und erklärte sich lieber direkt, bevor er mit Nachfragen antworten konnte: »Ich bin nicht in Schwierigkeiten. Keine Sorge. Ich brauche nur eine Auskunft, genauer gesagt jemanden, der etwas für mich herausfindet ...« Sie nahm das erleichterte Stöhnen wahr.

»Vielleicht erzählst du mir erst mal, was passiert ist.«

»Ich brauche Akteneinsicht in die Ermittlungsunterlagen zum Fall meiner Schwester Henriette. Und zu den sichergestellten Asservaten. Weißt du, wie ich da rankomme?«

Henrik überlegte einen Moment.

»Das ist eigentlich nicht schwer: Du brauchst lediglich einen Anwalt. Paragraf 475.

Auskünfte und Akteneinsicht für Privatpersonen und sonstige Stellen. Kann ein Rechtsanwalt für dich anfordern.«

Hannah stockte kurz. Ihr Verdacht wurde erneut bestätigt. Das war nicht das Wissen eines Investmentbankers und auch nicht eines normalen Informatikers. So langsam wurde ihr Freund ihr unheimlich. Doch ihr Bauchgefühl sagte ihr, dass sie ihm vertrauen sollte.

»Kannst du mir einen Anwalt besorgen?«

»Okay, ich nehme an, deine Priorität liegt auf einer schnellen Akteneinsicht. Du brauchst nicht den besten, sondern den schnellsten. Ich schaue nach, welcher Anwalt hier Zeit hat. Ich melde mich bei dir.«

»Danke, Henrik.«

»Jaja, schon gut. Du lässt dich ja eh nicht davon abhalten. Mir ist lieber, du hältst mich auf dem Laufenden, als allein zu recherchieren. Es wird aber in jedem Fall einige Tage bis Wochen dauern. So etwas geht nie von heute auf morgen, jedenfalls nicht auf dem offiziellen Wege ...«

Hannah glaubte, einen Unterton herausgehört zu haben.

»Auf welchem Wege wäre es denn noch möglich?«, hakte sie in dem gleichen geheimnisvollen Unterton nach.

»Lass mich mal nachsehen, was ich tun kann. Bitte melde dich bei mir, wenn du irgendwas vorhast. Du musst wirklich vorsichtig sein. Es tötet jemand Menschen aus deinem Umfeld. Das kann alles kein Zufall sein.«

Sie bedankte sich und legte auf. Ihre Hoffnung lag bei dem alternativen Weg, den Henrik ihr eröffnet hatte. Sie musste wissen, in welche Richtungen die Polizei damals ermittelt und ob sie überhaupt eine andere Theorie wie die der freiwilligen Flucht verfolgt hatte. Hatte Jette möglicherweise auch etwas beobachtet und war deshalb geflohen? Erneut musste sie an all die Geschichten denken, bei denen Menschen im Zeugenschutzprogramm von heute auf morgen verschwanden. Doch zu welchem Anlass? Was konnte sie beobachtet haben, was ein solches Programm rechtfertigen würde? Und falls diese Theorien nicht zutreffen sollten, dann kam sie, bei allem Für und Wider, zu dem Entschluss, dass Jette unfreiwillig verschwunden war. Möglicherweise – im schlimmsten Fall – war sie ermordet worden. Bei dem Gedanken wurde ihr schlecht, während sie den Weg der Talsperre Richtung Wald entlangging. Hannah sah auf die Uhr ihres Smartphones. Elf Uhr fünfzig. In zehn Minuten sollte sie am Treffpunkt sein. Es war keine Angst, sondern eine gewisse Form der Sorge, die sie zu spüren glaubte. Vielleicht hätte sie Henrik von dem Treffen erzählen oder ihm eine Standortverfolgung über den Messenger schicken sollen. Konnte sie Paul vertrauen? Immerhin war er der Erste, der sie zu verstehen schien und ihr seine Hilfe angeboten hatte. Weder Nina noch Stefan waren aufrichtig. Sie hatten alle ein Geheimnis, da war Hannah sich sicher.

Scheinbar war hier niemand so, wie er im ersten Moment vorgab zu sein. Oder war das ihre eigene Paranoia, die sie öfter bei Menschen verspürte, denen sie zu nahe kam? Bei Henrik war ihre Skepsis immerhin begründet. Er war alles andere als der, für den er sich ausgegeben hatte. Oder hatte sie ein Bild von ihm in ihrem Kopf, das sie sich so zurechtgebogen hatte? Der nette, schwule Nachbar von nebenan, hilfsbereit, intelligent und immer ein offenes Ohr, wenn sie jemanden zum Reden gebraucht hatte? Hatte sie ihm nicht Unrecht getan? Sie hatte sich nie für seine Belange interessiert, nahm sich aber vor, das nach all dem hier nachzuholen. Irgendwie gab Henrik ihr die nötige Sicherheit, die sie hier nicht vollkommen durchdrehen ließ. Er war das Backup, der Mann im Hintergrund, der sich um sie Sorgen machte und scheinbar die Gefahrenlage besser einzuschätzen wusste als sie selbst.

Hannah kam an die Stelle, zu der Paul sie geordert hatte. Sie lag gegenüber dem Hotel auf der anderen Seite des Sees. Man konnte nicht direkt am Ufer stehen, denn hier ragte eine Felswand etwa drei Meter aus dem Wasser. Der Weg führte mit leichtem Anstieg um den Felsvorsprung herum. Hannah musste das kleine Stück hochklettern, um auf die Anhöhe zu gelangen. Von hier aus hatte man den besten Blick über den leicht gekrümmten See, der sich von der Talsperre aus etwa drei Kilometer zurückstaute. Am Ende war eine bewachsene Insel am breitesten Teil des Gewässers zu sehen. Das Wasser schimmerte blaugrün in der Mittagssonne; eine traumhafte Kulisse aus reiner Natur, ohne ein

Boot oder Badegäste. Sicherlich hätte der See unzählige Besucher mehr in die Region gezogen, wenn man hier einen künstlichen Strand angelegt oder das Gewässer für Boote freigegeben hätte. Doch Energiegewinnung und Wasserversorgung waren damals das primäre Anliegen gewesen, als dieser See angelegt wurde. Sie schloss die Augen und atmete tief ein und aus. Hannah spürte, wie sich ihre Lungen mit frischer Luft füllten, ein befreiendes Gefühl der seltenen Einheit mit der Natur. Kein Autolärm, kein Presslufthammer und kein Kindergeschrei. Sie war die Ruhe gar nicht mehr gewohnt.

»Meditierst du oder kannst du im Stehen schlafen?«, machte sich eine Stimme hinter ihr lustig.

»Und du schleichst dich wohl immer langsam an Leute ran, was?«

Paul grinste verschmitzt. Sie spürte eine Nähe zu dem Mann, zu dem die Erinnerungen langsam wiederkamen. Paul war damals ein Einzelgänger gewesen, schüchtern und zurückhaltend, aber stets freundlich. Er war ein hübscher Junge gewesen, schlaksig und groß gewachsen, mit stechend blauen Augen. Daran konnte sich Hannah erinnern. Auch dreißig Jahre später entsprach er zwar nicht dem typisch männlichen Schönheitsideal, strahlte aber eine Anziehungskraft aus, die Hannah wohlig in ihren Bann zog. Sie erwiderte sein Lächeln.

»Wolltest du mich zu dem romantischsten Platz am See, mit der schönsten Aussicht führen, oder hat dieser Ort auch etwas mit unserem Anliegen zu tun?«

Paul wurde ernster und wandte seinen Blick Richtung Hotel.

»Von hier aus sieht man jeden Punkt des Sees und ich kann dir erklären, wo das alte Trauertal gelegen hat. Dort, wo das Hotel jetzt steht, war die Zufahrt zum Dorf. Der einzige geteerte Weg, der in den Ort führte. Es gab noch einen zweiten Weg, aber der endete hinter dem am Werk und verlief am Fluss entlang. Diese Zufahrt wurde als Wirtschaftsweg für die Fabrik genutzt, man musste quasi das Gelände überqueren. Hier direkt vor uns führte die Brücke über den Fluss. Brücke ist vielleicht etwas hochgegriffen. Sie war vor mehr als zweihundert Jahren aus Schiefersteinen gebaut worden. Die Brücke war einspurig und kaum länger als zehn Meter, aber die einzige Möglichkeit, nach hier oben zu gelangen.«

»Aber hier ist doch nichts, wozu benötigte man die Brücke?«

Paul sah sie mit hochgezogenen Augenbrauen an.

»Dazu muss man etwas weiter ausholen. Trauertal – also das Original – existierte bis 1994. Seit Anfang der Neunziger-Jahre wohnte aber niemand mehr hier. Das Wirtschaftswunder nach dem Zweiten Weltkrieg hatte das alte Gusswerk noch mitgenommen, bevor es langsam bergab ging. Die Produktion solcher Teile wurde ins Ausland verlagert, der Standort war nicht der beste. Aber man benötigte eine Menge Holz zum Feuern und nutzte den Weg über den Berg, den es heute noch gibt. Die schnellste Route Richtung Frankreich. Die Brücke war früher die Hauptschlagader des Ortes und bis zum Schluss das älteste Bauwerk. Der Ort lag hinter der Trauer bis etwa zweihundert Meter vor dieser Insel dort hinten.« Er zeigte auf die kleine Ansammlung an

Bäumen und Sträuchern, die aus dem See herausragten. Hannah nickte und hörte interessiert zu. »Von den alten Gebäuden haben sie alles abgerissen oder entkernt. Asbest und andere Materialien wurden entsorgt. Nur Teile der alten Schule und die Brücke stehen noch.« Er wirkte traurig, als er von der Umsiedlung sprach. Hannah überlegte, wie alt Paul gewesen war, als man das Dorf umgesiedelt hatte. Seine Kindheit hatte sich im alten Trauertal abgespielt, im Gegensatz zu ihrer. Hannah hatte keinen wirklichen Ort, den sie als Heimat bezeichnete. Sicherlich, Bingen, Frankfurt, Mainz waren die Orte, an denen sie in den vergangenen Jahren gelebt hatte, aber sie könnte genauso gut in Berlin, Leipzig oder Potsdam wohnen und arbeiten. Die Orte, an den sie ihr Leben verbracht hatte, waren alle mehr oder weniger Zufall. *Sie ist gestrandet, wo sie das Schiff des Lebens an Land abgesetzt hat*, hatte sie einmal den Satz in einem Roman gelesen. Bei ihr war es eher ein Floß oder das Rettungsboot eines gekenterten Schiffes. Sie spürte bei Paul Wehmut, die aus einer Art Heimweh herrührte. Ein Gefühl, das sie selbst keinem Ort gegenüber verspürte. Natürlich kannte sie die Bilder von anderen Umsiedlungen aus den Medien. Interviews der Anwohner, wenn ganze Dörfer für den Braunkohleabbau umgesiedelt wurden. Man beraubte die Menschen ihrer Heimat, ihrer Wurzeln und nicht zuletzt ihrer Identität. Sie war sich nicht sicher, was schlimmer war: kein Gefühl von Heimat zu verspüren oder ihrer beraubt zu werden. Jedenfalls klangen Pauls Ausführungen nicht danach, dass er, wie viele andere aus Trauertal, mit der Umsiedlung abgeschlossen hätte.

»Ich will dich nicht mit Kleinigkeiten nerven, aber es gibt einen Grund, warum ich dir das alles erzähle und wir uns hier getroffen haben.« Sie sah ihn gespannt an. Ob er bemerkt hatte, dass sie in Gedanken abgeschweift war?

»Ja ...«, forderte sie ihn interessiert auf, weiterzusprechen.

»Ich habe die halbe Nacht über das nachgedacht, was du gestern erzählt hast. Die Beobachtung von Michel kurz vor dem Verschwinden von Jette. Der Tod von Ottmann. Wenn das alles in einem Zusammenhang steht, dann muss irgendjemand wissen, was passiert ist.«

»Ottmann kann uns nicht mehr weiterhelfen ...«

»Aber glaubst du, er hat es allein gemacht? Michel hat ja noch weitere Personen erkannt.«

»Ottmann, Denzig und noch eine unbekannte Person. Sie waren zu dritt, wenn die Aussage von Stefan stimmt.«

»Dann ist wohl die einzige Möglichkeit, Denzig auf den Zahn zu fühlen. Er muss wissen, was passiert ist und wo.«

Hannah bekam plötzlich eine Gänsehaut. Denzig war verschwunden, was scheinbar noch nicht öffentlich war. Die Theorie könnte stimmen. Hatte jemand zunächst versucht, durch Ottmann die Wahrheit herauszufinden? Und dann über Denzig an Informationen zu gelangen? Das Vorfinden der Leiche könnte auch auf Folter hindeuten. *Waterboarding* war eine verbotene, aber effektive Methode, aus Menschen Informationen herauszufoltern. Hannah haderte mit sich, ob sie Paul von dem Verschwinden des Hoteleigentümers erzählen sollte. Sie hätte es ihm nicht erklären können, ohne ihre Quelle zu benennen. »Mein Übermieter, ein schwuler Investmentbanker, verfügt über geheimes Wissen und versorgt mich mit Informationen«, wäre eine wenig glaubhafte Aussage. Langsam bekam Hannah den Eindruck, selbst die wahrscheinlichste Verdächtige zu sein.

Sie musste plötzlich an eine Sache denken, die völlig aus ihrem Fokus gerückt war. Hannah zog ihr Smartphone aus der Tasche und suchte in ihren Fotos. »Vielleicht gibt es noch eine andere Möglichkeit …« Paul sah sie gespannt an. Sie öffnete das Bild der Tennismannschaft, das sie gestern in der Ahnengalerie abfotografiert hatte.

»Sieh mal hier. Ich war gestern bei dem alten Geißler. Ein netter Mann, ich mochte ihn früher schon als Lehrer. Jedenfalls hat er mir erzählt, dass es früher ein Dreigespann gab, bestehend aus Ottmann, Denzig und …« Sie zoomte an eine dritte Person in der Mitte zwischen den beiden vorher Genannten heran. Paul starrte mit offenem Mund auf das verpixelte Bild.

»Walter Leinebach«, flüsterte er. »Der Chef vom EWR.«

»Die drei haben früher nicht nur zusammen Tennis gespielt, sondern auch den Deal mit der Umsiedlung ausgehandelt. Jedenfalls war Leinebach Chef vom EWR, bis …«

Sie blickte ihn an wie ein Quizmoderator seinen Kandidaten.

»1994?«, antwortete er fragend.

»Richtig. Jedenfalls steht das so auf der Homepage des EWR. Mehr habe ich darüber nicht herausgefunden. Auch nicht, was er heute macht. Er muss bereits über achtzig sein. Es gab also damals einen privaten Zusammenhang der drei, und ein gemeinsames berufliches Interesse: Ottmann war Bürgermeister von Trauertal, Denzig war Landrat und besitzt heute das Hotel. Und Leinebach war Chef vom EWR, dem Konzern, der Kühlwasser für das Atomkraftwerk benötigt, der die Turbinen hier betreibt. Alle drei profitierten massiv und vor allem finanziell von der Umsiedlung und der Talsperre. Und gemeinsam konnten sie die Weichen dafür stellen.«

Paul schüttelte fassungslos den Kopf. »Das passt alles zusammen ...«

»Wir müssen Leinebach ausfindig machen und ihn damit konfrontieren. Er war der dritte Mann damals, oder meinst du nicht?«

Paul nickte. »Du könntest recht haben. Und wenn sie Jette umgebracht haben, dann haben sie deine Schwester sicher hier irgendwo gelassen. Und dann kam die Flutung. So konnte sie niemand finden. Wir müssen nach ihr tauchen!«

Jetzt war Paul vollends auf ihrer Linie. Seine Verwunderung und Anteilnahme waren authentisch und er war bereit, mit ihr die Suche fortzuführen.

»Wie willst du das anstellen? Du weißt nicht, wo es passiert ist. Du kannst nicht den ganzen See abtauchen.«

»Mir kommt da eine Idee«, merkte Paul an. »Kannst du mir das Foto vom Tennisverein schicken? Vielleicht machst du dich auf die Suche nach Leinebach, ich prüfe derweil noch was anderes ...« Hannah sah ihn skeptisch an. Paul lächelte sie an und fügte hinzu: »Ich habe einen ehemaligen Kollegen, der war bei der Bundeswehr

Kampftaucher. Heute ist er Tauchlehrer und betreibt eine Tauchschule. Er hat eine Ausrüstung und geht jedes Jahr tauchen, von Indoor-Pools bis zur Südsee.«

Hannah war nicht wohl bei dem Gedanken. Ihr neuer Mitstreiter gab ihr jedoch ein Gefühl der Sicherheit, das ihr bis eben gefehlt hatte.

38

Informationen über Fremde einzuholen, war für Hannah Routine. Niemand ging spurlos durchs Leben, und nichts blieb für immer verborgen. Bisher hatte sie über jeden potenziellen Käufer etwas online herausgefunden. Die meisten Menschen waren über Google oder die gängigen sozialen Netzwerke aufzufinden und man erfuhr mehr über deren Vorlieben und Geschmack, als manchem recht war. Sie war in ihrem Job nur so gut wegen ihrer Recherche. Doch Leinebach schien vor der Digitalisierung den Rückzug aus der Öffentlichkeit angetreten zu sein: kein Profil bei Facebook, keine Funktion in Ehrenämtern oder Auszeichnungen, die in der lokalen Presse zu finden gewesen wären. Aber auch keine Todesanzeige, die jedenfalls schnelle Klarheit über die Sache gebracht hätte. Hannah hatte die digitale Recherche nach einer knappen Stunde beendet. Sie präzisierte ihre These: Zumindest jeder, der sich Luxusimmobilien ansah, hinterließ Informationen, die sie leicht recherchieren konnte.

Ihre letzte Hoffnung sah sie in der realen Welt, im Ort Trauertal und bei ihrem alten Lehrer Ferdinand Geißler. Dieser war sogar leichter zu finden, als sie dachte: Das gute alte Telefonbuch war jetzt eine Internetsuchmaschine und hatte einen Eintrag mit Festnetzanschluss. Von ihrem alten Lehrer erhielt sie die Information, dass Leinebach sich in einem Altersheim namens

»Ruhewald« befand, falls er noch lebte. Keine Todesanzeige bedeutete natürlich nicht automatisch, dass der Mann nicht doch bereits lange unter der Erde lag, aber die Chance war hoch, und Hannah nutzte sie ohne Umschweife.

Sie erreichte das Altersheim »Residenz Ruhewald« nach zwanzig Minuten mit dem Auto. Ruhe und Wald passten zu der Einrichtung. Altersheim wäre allerdings die unpassendste Bezeichnung für das Anwesen, das Hannah abgeschieden und eingefasst in einem Forst vorfand. Das historische Gebäude ähnelte mehr einem Schloss als einer Einrichtung. Es war ein altes Château mit allerlei Türmchen und Bogenfenstern und erinnerte Hannah an die kleinen Schlösser in Südfrankreich. Vor dem imposanten Eingang thronte ein Steinbrunnen, umrundet von weißem Kies. Hinter dem Haus erstreckte sich rechts und links ein Gebäudeflügel, der scheinbar nachträglich angebaut worden war. Hannahs professioneller Blick ließ auf eine nachträgliche Umnutzung zur jetzigen Einrichtung schließen. Eine so alte Villa, sei sie noch so groß, war sicher nicht geeignet, beeinträchtigte Menschen komfortabel unterzubringen. Eingebettet in ein Meer aus rosa Blüten, führte eine Allee aus blühenden Pfirsichbäumen zu dem Anwesen, das etwa fünf Kilometer außerhalb der nächsten kleinen Ortschaft lag. Abgeschieden und ruhig, wirkte es mit der parkartigen Bepflanzung wie eine hochpreisige letzte Unterkunft. Um das Haus herum strahlte der Rasen in einem satten Grün. Insgesamt eine Überdosis an Farbenpracht, die sich vor ihr aufbaute. Eine Farbintensität, wie sie nur ein Filter auf Instagram schaffte. Oder ein warmer Frühling wie dieser.

Hannah dachte daran, was es kosten musste, diese Parkanlage über einen trockenen Sommer zu erhalten. Es gab sicherlich schlechtere Orte in Deutschland, in denen man auf seiner letzten Reise wohnen konnte.

Langsam und voller Sorge, mit ihrem Wagen Spuren in dem weißen Kies zu hinterlassen, fuhr sie auf das Anwesen zu. Es herrschte ein reges Treiben an Menschen. Je näher sie kam, desto mehr wurde ihr bewusst, dass die meisten Menschen Gärtner waren oder zumindest keine Bewohner. War sie hier richtig? Vereinzelt entdeckte sie alte Menschen an Gehstöcken und eine Frau im Rollstuhl. Unmittelbar vor dem Anwesen parkte kein Auto, sie kam sich vor wie auf einer Bühne; und das Publikum sah bei ihrer Show zu.

Hinter einer Wand aus Hortensien erblickte sie dann einen Parkplatz und war erleichtert.

Es waren nur noch wenige Plätze frei, scheinbar waren heute viele Besucher vor Ort. Es kam ihr vor, als wollte man hier nicht bloß die Autos verstecken ...

Hannah ging durch das Tor und wartete vor einer Glasscheibe, hinter der eine alte Frau auf einer Tastatur tippte. Buchstabe für Buchstabe hackte sie mit ihren ausgestreckten Zeigefingern auf die Tasten.

»Hallo?«, machte Hannah leise auf sich aufmerksam. Keine Reaktion. Sie wiederholte etwas lauter und bestimmter als zuvor: »Hallo?«

Die Frau stoppte abrupt, auf die Tasten einzuhacken, und blickte sie direkt an.

»Ich habe Sie gesehen, Fräulein. Aber ich muss das hier noch fertig machen. Wenn ich das nicht speichere, ist alles wieder weg.« Sie blickte Hannah mit aufgerissenen Augen an.

»Okay, kein Problem.«

Hannah sah den Gang entlang und bewunderte den Innenraum der Villa. Hier ließ es sich wirklich aushalten. Der Platz kostete sicherlich ein Vermögen. Wer hier wohnte, konnte sich darauf verlassen, unter seinesgleichen zu landen. Nach einer gefühlten Ewigkeit merkte Hannah am Ausbleiben der Tastaturgeräusche, dass die betagte Dame nun bereit war, sich ihrem Anliegen zu widmen. Sie blickte Hannah an und wartete auf eine Frage.

»Äh. Guten Tag. Ich bringe im Auftrag meiner Tante Helga Unterlagen zu meinem Großonkel. Es geht um Immobiliensachen, da muss der liebe Walter noch ein paar Unterschriften leisten ... Können Sie mir die Zimmernummer sagen?«

Die Dame lächelte aufrichtig. »Wie heißt denn Ihr verehrter Onkel mit Familiennamen? Walters gibt es hier einige.«

»Ach so, das habe ich ganz vergessen. Bitte entschuldigen Sie. Ich bin so überwältigt von der Einrichtung. Wissen Sie, ich bin das erste Mal hier. Wirklich bezaubernd. Onkel Walter, also, er heißt Leinebach, Walter Leinebach.«

Die Frau zog die Augenbrauen hoch. »Na da wird der Walter sich aber hoffentlich freuen. Zuerst hat er Monate keinen Besuch, jetzt schon der dritte, der ihn aus der Familie besucht. Ihr Bruder war ja letzte Woche auch schon da ... Wohnung 2-2-3. Sie gehen den Gang entlang und dann in den Westflügel linker Hand. Im Anbau finden Sie eine Wegbeschreibung.«

Hannah wusste nicht, was sie antworten sollte. Überfordert mit der Situation, bedankte sie sich und verschwand in dem Gebäudekomplex, der von innen noch größer war, als er von außen wirkte. Sie lag mit ihrer Vermutung richtig: Das alte Château war eine Art repräsentativer Eingang mit Lobby und diente als schöne Kulisse für das, was dahinter kam. Schilder mit der Aufschrift »Kinosaal«, »St. Johann's Kapelle«, »Poolzimmer« und »Lesesaal« deuteten auf den spaßigen Teil der Anlage hin. Als Hannah das Haupthaus verließ und den Westflügel betrat, befand sie sich in einem hochmodernen Anbau, der mehr einem Krankenhaus als einer französischen Villa glich. Weiße Wände und Glaselemente standen im Gegensatz zu alten Ölgemälden, die im Abstand von zwei Metern in barocken Goldbilderrahmen an den Wänden hingen. Vielleicht hatte man dadurch versucht, das Alte und das Neue miteinander zu verbinden. Es war ihnen nicht gelungen. Die Bilder wirken fehl am Platz und waren noch dazu billige Kopien. *Es ist eben doch nicht alles Gold, was glänzt*, dachte Hannah und musste über ihr niveauloses Wortspiel schmunzeln. Vielleicht sollte sie der Hausleitung ein Angebot schicken. Ihr fielen spontan einige Dinge ein, die hier mehr Leben reinbringen würden. Oder war vielleicht das gerade nicht erwünscht?

Sie fand dank der unübersehbaren Beschilderung schnell die Wohnung von Leinebach. 223. Sie klopfte und trat ein, nachdem sie sich vergewissert hatte, dass niemand auf dem Gang war, der sie beobachtete. Hannah erschrak ein wenig, als sie die Größe des Raumes realisierte. Die Deckenhöhe war mindestens drei Meter, wenn nicht höher; das Fischgrätenparkett aus Echtholz und auf Hochglanz poliert. Die Einrichtung war Geschmacksache, da war auf jeden Fall Optimierungsbedarf, aber für ein Zimmer in einem Altersheim war das, was sie vorfand, purer Luxus. Auf der rechten Seite stand eine große Flügeltür einen Spalt weit offen. Hannah erkannte ein Bett und eine Schrankwand. Eine weitere Tür mit der Aufschrift »WC« führte offensichtlich zu einer Toilette. Vor drei übergroßen Sprossenfenstern stand ein Ledersessel, in dem der Kopf einer Person zu erkennen war. »Herr Leinebach?«, rief sie vorsichtig in den Raum. Der Mann reagierte nicht. Langsam ging sie auf den Sessel zu und wiederholte ein weiteres Mal: »Herr Leinebach?«

Ihr Herz pochte. Für einen Moment bildete sie sich ein, dass Leinebach blutüberströmt mit einem Messer in der Brust dort saß. Die Beweislast wäre erdrückend, und das Motiv könnten mehrere Menschen vor Gericht mitliefern. Zwei gewaltsam ermordete Männer fand niemand zufällig innerhalb von zwei Tagen. Vorsichtig blickte sie um die hohe Rückenlehne des Sessels und erschrak bei dem Anblick des Gesichtes von Leinebach: Er starrte sie mit weit aufgerissenen Augen und offen stehendem Mund an. Für den Bruchteil einer Sekunde dachte sie, er wäre tot. Ganz ohne Blut und Gewalt. Ein altersbedingter Herzinfarkt vielleicht. Jedenfalls eine Situation, die man später mit »Er ist friedlich eingeschlafen« bezeichnen würde. Doch ein tiefer Atemzug und ein unverständliches Grummeln machten schnell deutlich, dass Leinebach zwar nicht mehr wirklich am Leben teilnahm, aber alles andere als tot war. Hannah trat ein paar Schritte zurück und nuschelte reflexartig »Entschuldigung, Entschuldigung« vor sich her.

»Transischämische Attacke und eine ausgeprägte Demenz. Antworten kann er nicht mehr ...«, nahm sie eine piepsige Stimme aus dem Türrahmen wahr. Eine Frau Mitte zwanzig mit weißer Hose, hellrosafarbenem Poloshirt und weißen Crocs lächelte sie an. »Ich bin Tanja, betreue Herrn Leinebach hier.«

»Hallo, ich bin Hannah. Sagen Sie, wie lange ist er in dem Zustand?«

Tanja schien zu überlegen, was angesichts ihres Dauergrinsens skurril wirkte. Vielleicht war sie einfach eine Frohnatur, oder sie freute sich so sehr darüber, jemanden hier anzutreffen, der nicht fünfzig Jahre von ihr entfernt war. »So drei, vier Monate. Seine Demenz hat schon letztes Jahr angefangen. Er spricht, seit er hier ist, davon, dass seine Frau gleich vorbeikommt, obwohl die seit über fünf Jahren tot ist. Na ja, Anfang des Jahres hatte er dann einen leichten Schlaganfall. Er kann noch selbstständig essen und trinken, aber sprechen klappt nicht mehr wirklich.«

Sie wurde von dem stöhnenden alten Herrn im Sessel unterbrochen, der sich scheinbar bemerkbar machen wollte. Es wirkte auf Hannah, als wollte er protestieren. Tanja kam näher und streichelte ihm über die Schultern. »Alles gut, Herr Leinebach. Alles gut.« Der Mann beruhigte sich schlagartig.

»Sagen Sie, die nette Dame am Empfang hat mir erzählt, dass er in letzter Zeit öfter Besuch hatte ...«

Tanja lachte laut auf. Es gab also noch eine Steigerung ihres fröhlichen Gesichtsausdrucks. Hannah musste unweigerlich mitlachen.

»... nette Dame am Empfang«, wiederholte Tanja und kicherte. »Das hört man selten über Gaby. Die meisten bezeichnen sie als unfreundliche Kuh. Aber ich mag sie auch irgendwie.« Das glaubte Hannah ihr direkt. Tanja sah nicht aus, als ob sie irgendjemanden auf dieser Welt nicht mochte.

»Ja, aber sie hat recht. Da war ein Mann die Tage da, der war vorher noch nie da. Und ein Mann, den habe ich schon mal gesehen. Der bringt Leinebach immer heimlich eine Zigarre mit. Er glaubt, ich merke das nicht, aber die zwei paffen auf dem Balkon und im Anschluss stinkt das ganze Zimmer danach. Na ja, er hat ja sonst nichts mehr. Da gönn ich ihm seine gelegentliche Zigarre. Ich weiß nicht, wie der Mann heißt, er dürfte Jahre jünger sein als unser alter Herr hier, aber er ist noch richtig fit.«

Hannah hatte eine Idee. Sie öffnete das Foto vom Tennisteam und zeigte es Tanja.

»Ist es vielleicht der hier?«, fragte sie und zeigte auf Denzig.

»Jaa, das ist sein alter Freund. Das Foto ist ja schon ein paar Jährchen alt, aber man erkennt Leinebach sofort. Und der Mann daneben, das ist sein Freund mit den Zigarren.«

Hannah wollte das Smartphone wieder einstecken, als Tanja ein nachdenkliches Gesicht aufsetzte. »Darf ich das Foto noch mal sehen?«

Hannah öffnete das Bild erneut und zoomte an Leinebach und Denzig heran. Die junge Pflegerin nahm das Smartphone an sich und zoomte auf den Mann am rechten Bildschirmrand. Sie betrachtete das Foto genau, schien sich auf etwas zu konzentrieren. »Das ist der Herr, der letzte Woche hier war.«

Hannah blieb die Luft weg.

»Sind Sie sich da sicher?«

»Jaja, Leinebach war nach dem Besuch richtig aufgeregt und unruhig. Aber der Mann auf dem Foto war definitiv hier. Ist auf dem Bild natürlich deutlich jünger, aber ich bin mir sicher. Der war ja früher noch hübscher. Ein wirklich attraktiver Mann. Also für sein Alter, meine ich ...«

Tanja wurde rot, aber Hannah war in Gedanken längst woanders. Anhand der Bildunterschrift wusste sie, dass der Mann auf dem Bild Hannes Feldmann hieß. Der Name sagte ihr etwas, sie kam aber nicht darauf, wer dieser Hannes Feldmann war.

Als sie in ihrem Wagen saß, schrieb sie Paul eine Nachricht.

Wer ist Hannes Feldmann?

Sie überlegte, während sie auf ihr Handy starrte. Irgendetwas hatte sie übersehen. Sie spürte, dass sie kurz davor war, den entscheidenden Hinweis herauszufinden. Sie war sich sicher: Er war direkt vor ihr, sie erkannte ihn nur nicht.

Die drei tanzenden Punkte im Chat deuteten an, dass Paul bereits antwortete.

Als die Antwort aufpoppte, bekam sie Gänsehaut.

Hannes Feldmann ist der Vater von Michel. Wieso fragst du?

Sie überlegte kurz. Konnte das sein? Es passte alles zusammen. Sie tippte:

Ich denke, wir haben den Mann, den die Polizei sucht, gefunden!

39

Hannah versuchte, unbemerkt in ihr Hotelzimmer zu gelangen, was ihr nicht gelang. Vor dem Hotel drehte sich der Gärtner so auffällig um, dass es fast an Belästigung grenzte. Stalker verhielten sich jedenfalls in ihrer Vorstellung unauffälliger. An der Rezeption saß die geballte Ladung der Trauertaler Dorftratsch-Liga: die wie ein Paradiesvogel bemalte Lederhaut und ihr männlicher Kollege G., der scheinbar jetzt auch Tagschicht hatte.

Sie ignorierte die Blicke und hastete zu ihrem Hotelzimmer. Als die Tür ins Schloss fiel, löste sich ihre Anspannung. Das Zimmer hatte wirklich eine beruhigende Wirkung, oder war es die Sicherheit, die ihr der Raum bot?

Paul hatte am späten Abend Zeit, sich mit Hannah zu treffen. Bis dahin wollte sie etwas Energie tanken und ihre Gedanken sortieren. Zu viele lose Enden hingen in ihrem Kopf und fanden nicht zueinander.

Jemand versuchte mit aller Gewalt, ein Geheimnis zu lüften, und ging dabei über Leichen. Doch Hannah war sich nicht mehr sicher, ob es dabei um ihre Schwester ging, oder um den verstorbenen Michel Feldmann. Michels Tod könnte im direkten Zusammenhang zu Jettes Verschwinden stehen. Vielleicht wollte Ottmanns Mörder Antworten auf den Tod von Michel erhalten. Vielleicht hatte Michels Vater, Hannes Feldmann, von dem

Ereignis erfahren, das seinen Sohn in den Tod getrieben hatte. Oder war Michels Tod kein Unfall gewesen? Hatte man ihn vielleicht getötet, bevor er seine Beobachtungen öffentlich machen konnte? Sie hatte keine Berechtigung, die Ermittlungsakte seines Todes anzufordern, das konnte lediglich ein Angehöriger oder die Polizei. Sollte sie vielleicht den Vater kontaktieren? Wenn er der Mörder war, dann würde sie ihn besser nicht allein aufsuchen. Ihr kam ein Gedanke, der ihr direkt logisch erschien. Sie erinnerte sich an das Gespräch mit Nina über Michels Tod und an Pauls Idee, nach Jette zu tauchen. Vielleicht wollte Michel ebenfalls nach Jettes Leiche tauchen. Er wusste, wo sich die Szene abgespielt hatte, die er kurz vor dem Verschwinden von Jette beobachtet hatte. Vielleicht wollte er selbst Klarheit über das, was er glaubte, dort gesehen zu haben. Doch sicherlich war es unmöglich, den Ort zu rekonstruieren, an dem er ins Wasser gestiegen war. Das wäre auf jeden Fall ein Hinweis, wo man heute mit Tauchern den Einstieg finden würde. Alles andere wäre buchstäblich, die Nadel im Heuhaufen zu suchen. Nur dass die Nadel durch eine dreißig Jahre alte Leiche und der Heuhaufen durch ein Wasserbecken aus dreißig Millionen Kubikmeter Wasser dargestellt wurde. Gab es irgendeinen Hinweis, warum Michel damals hier baden oder warum er ertrunken war? Warum gab es keine weitreichenden Ermittlungen? Sicher hatte es die gegeben, aber wenn man zu dem Entschluss gekommen war, dass es ein Unfall gewesen war, dann wurde die Akte schnell geschlossen.

Sie wählte die Nummer von Paul, während sie im Zimmer auf und ab lief. Nach dem fünften Klingeln meldete er sich leise.

»Hallo, Paul. Ich bin's, Hannah. Kannst du mir mal deinen Kontakt zu deinem Taucherkollegen schicken?«

»Was hast du vor? Lass uns zusammen ...«

»Keine Panik, ich will nicht allein im See tauchen. Auf keinen Fall! Ich will nur etwas klären, das mich beschäftigt. Man hat die Leiche von Michel doch an der Talsperre gefunden. Ich will von einem Experten wissen, ob es irgendwie möglich ist, herauszufinden, von wo aus Michel damals ins Wasser gegangen ist. Vielleicht hatte er die gleiche Idee wie wir und wollte nach der Leiche von Jette tauchen. Vielleicht wollte er sich selbst Klarheit verschaffen. Vielleicht hat er auch einen Zusammenhang zwischen ihrem Verschwinden und der Szene gesehen. Oder vielleicht hat er den Mord beobachtet, hat nur niemandem erzählt, dass es Jette war ...«

»Jetzt mal langsam«, stoppte Paul sie. »Darüber habe ich auch schon nachgedacht. Ich habe auch einen Bekannten bei der Polizei, der aber leider nicht an die Akte herankommt. Dort steht bestimmt drin, wenn es dazu Erkenntnisse geben würde. Er ist einfacher Schutzpolizist, hat mir gesagt, die Akten liegen im Zentralarchiv.«

Für einen Moment herrschte Stille. Hannah bemerkte, dass sie wie eine Wahnsinnige im Zimmer auf und ab ging. Sie setzte sich auf ihr Bett und seufzte. Paul ergriff erneut das Wort. »So wie du die Akte von Jette einsehen kannst, könnte Hannes die von Michel einsehen. Nur das dauert sicher Wochen. Ich ...«

Paul stoppte abrupt.

»Was ist los?«, wunderte sich Hannah.

»Ich rufe dich gleich zurück. Ich hab eine Idee ...«

Er legte auf und verschaffte Hannah die zähesten fünf Minuten ihres Lebens.

Als ihr Smartphone vibrierte, drückte sie noch während des ersten Summens auf »annehmen«. Es war Paul.

»Wir treffen uns bei Ferdinand Geißler. Komm sofort!«, forderte er Hannah auf.

Sie stimmte zu, ohne nach dem Hintergrund zu fragen, und machte sich umgehend auf den Weg.

40

Hannah hatte sich ihr sportlichstes Outfit angezogen und war so durch die Lobby gehüpft, dass jeder sich denken konnte, was ihre Intention war. Vor dem Hoteleingang machte sie einige Dehnübungen und tippte auf ihre Smartwatch. *So, jetzt könnt ihr all euren neugierigen Freunden schreiben, dass ich Joggen gehe. Vielleicht mache ich ja doch nur Sporturlaub oder bin hier, um etwas Ruhe und Fitness in meinen stressigen Alltag zu bringen.*

Hannah lief los und erreichte nach einer Viertelstunde die Ortsgrenze. Sie zog ihre Kapuze über den Kopf, sodass nicht jeder direkt ihr Gesicht sehen konnte. Ninas Haus sah verlassen aus. Vielleicht war sie mit ihrem Mann und den Kindern zum Einkaufen in die Stadt gefahren. Oder sie spielten als Familie ein Tennismatch in der Halle. *#GemischtesDoppel #Familienband.*

Sie lief weiter, ohne sich umzudrehen und erreichte nach weiteren drei Minuten das Haus ihres ehemaligen Lehrers Ferdinand Geißler. Hannah war außer Atem und merkte, wie schnell sie atmete. Sie ging durch das offene Tor auf die Tür zu, die einen Spalt weit offenstand. Ihr Herz raste, nicht von der Anstrengung des Laufes, sondern von der Angst, die mit dem Betreten des Hauses von ihr Besitz ergriff. Das letzte Mal, als sie durch diese Tür gegangen war, war ihre Tante fürchterlich am Weinen gewesen. Es war ein Abschied für immer gewesen, das war allen damals klar. Und doch trat sie in diesem Moment erneut über die Schwelle. Das Haus war seltsam still und niemand war zu sehen.

»Hallo?«, flüsterte sie.

Keine Antwort.

Rechts ging eine Treppe nach oben in die zweite Etage. Hannah erinnerte sich, wie die Raumaufteilung war. Unten befanden sich das Wohnzimmer, Küche, Vorratsraum und Abstellraum mit Durchgang zur Garage. Oben die Schlafzimmer und ein zweites Bad. Soweit sie das einsehen konnte, war baulich nichts verändert worden. Langsam schlich sie die Treppe nach oben – die Dielen der Holztreppe knackten immer noch bei jedem Schritt. Ab dem letzten Drittel sah sie die obere Etage ein und rief erneut: »Hallo? Ist hier jemand?« Irgendwas stimmte hier nicht! Sie nahm ihr Smartphone in die Hand und rief Henriks Kontakt auf, ohne direkt die Nummer zu wählen. Im Notfall würde ihr das auch nichts helfen, aber es beruhigte sie. Vielleicht sollte sie einfach nach draußen und ... Ihre Gedanken wurden durch ein lautes Krachen und anschließende dumpfe Stimmen unterbrochen. Die Geräusche kamen von unten aus dem Keller. Hannahs spürte ihr Herz pochen, sie verharrte in Schockstarre wie ein Reh, das von Scheinwerfern geblendet dem sicheren Tod entgegensah. Als die Stimmen aus dem Keller die erste Etage erreicht hatten, erkannte Hannah, um wen es sich handelte. »Hallo? Paul?«, rief sie erleichtert und stieg die Treppe hinab.

»Wie siehst du denn aus? Hast du einen Geist gesehen?«, fragte Paul, der mit zwei Kartons beladen hinter dem alten Mann die Treppe heraufstiefelte.

»Wohl eher ihr altes Kinderzimmer ...«, ergänzte Ferdinand.

»Das tut mir leid. Es war nicht meine Absicht, einfach im Haus herumzuschnüffeln. Die Tür stand offen und ich habe gerufen.«

»Wir waren unten im Heizungskeller. Da habe ich die Kisten mit den alten VHS eingelagert. Paul war so freundlich ...« Hannah erinnerte sich an den alten Heizungskeller mit der schweren Stahltür. Keine zehn Pferde hätten sie als Kind da allein hineingehen gelassen, ohne die Tür mit dem Stopper offen zu halten. Außerdem roch es da unten immer muffig warm und nach Heizöl.

Paul ging an Geißler vorbei und stellte die Kisten im Raum nebenan ab. Hannah und Ferdinand folgten ihm in das gemütliche Wohnzimmer. Die Einrichtung wirkte, als wäre das Haus mit dem Bewohnerwechsel gealtert. Scheinbar hatte Geißler die Einrichtung aus seinem alten Haus mitgenommen. Es war alles ordentlich und sauber, jedoch völlig überladen: Die Schränke und Regale waren bis auf den letzten Zentimeter mit Büchern gefüllt. Die Wände hingen voll mit unzähligen Bildern. Die Sammlung eines ganzen Lebens. Hannah überlegte, was sie alles am Ende ihres Lebens angesammelt haben würde. Scheinbar fiel es dem alten Geißler schwerer als ihr, sich von Erinnerungen und Dingen zu trennen.

»Was habt ihr vor? Kann mir mal jemand sagen, was ihr mit dem Kram da machen wollt?« Hannah blickte sie ahnungslos an, während Ferdinand und Paul jeweils in einer Kiste die Rückenetiketten der VHS-Kassetten durchsahen.

»Setz dich, mach's dir gemütlich. Paul hat mich eben angerufen und nach dem Bericht von »Verbrechen ungelöst« gefragt ...«

»Der Sendung im Ersten? Gibt's die noch?«, fragte Hannah verwundert.

Ferdinand lachte auf. »Nein, schon lange nicht mehr. Aber ich habe den Beitrag über Trauertal damals aufgenommen ...«

Paul fügte hinzu: »Ich habe mich daran erinnert, als du von den Tauchern gesprochen hast. Da war das Interview mit dem ...«

»Ich hab sie!«, unterbrach Ferdinand seinen Gast und hielt eine VHS triumphierend in die Luft. »Ich habe damals alles aufgenommen, was später irgendwie noch mal interessant sein könnte. Oder Sachen, die meine Frau oder jemand in der Nachbarschaft sehen wollte. Damals gab es keine Mediatheken oder so was wie das Internet. Ich war einer der Ersten, der einen VHS-Rekorder besaß ...«, berichtete der alte Mann voller Stolz.

Hannah lauschte den Ausführungen, während Paul die VHS in den alten Rekorder schob und versuchte, das Band zum Abspielen zu bringen. Hannah fühlte sich in ihre Kindheit zurückversetzt. Ihre frühste Erinnerung an Videokassetten war die Horrorfilmsammlung des Nachbarsjungen. Woher auch immer, aber er besaß unzählige Horrorfilme und so war Hannahs erstes Video auf VHS Steven Kings' »ES«. Ein Trauma mit sieben Jahren, denn sie bekam heute noch panische

Angst, wenn irgendwo ein Clown auftrat. Komischerweise hatte sie kein Trauma von dem Film, den besagter Junge versteckt hinter Büchern seiner Eltern gefunden und als wirklich spektakulären Stoff angepriesen hatte. Und tatsächlich wurden vier unschuldige Kinder im Alter von fünf bis neun Jahren durch einen französischen Softporno auf einer schlecht versteckten VHS aufgeklärt. Hannah war sich sicher, dass die Jungs sich den Film im Anschluss öfter zusammen angesehen hatten. Sie blieb fortan aber fern, wenn es vom Nachbarn hieß: »Die Eltern sind weg, kommt zum Video-Gucken rüber«. Hannah verdrängte ihre Erinnerung an die alten Zeiten. Langsam wunderte sie sich, welche Geschichten ihr dieser Tage in den Sinn kamen, von denen sie gedacht hatte, sie lange vergessen zu haben – oder war es nur ein Verdrängen?

Paul war endlich so weit und startete die VHS. Auf dem Fernseher erschien das Bild im 4:3-Format mit schwarzen Balken an den Seitenrändern.

»... Und nun zu den Kurzmeldungen. In Trauertal, im Landkreis Hochwald-Eifel, machten Spaziergänger am vergangenen Samstag eine grauenhafte Entdeckung: Die Leiche des vermissten Michel Feldmann wurde aus dem Staubecken der Trauertalsperre gezogen. Der Junge, der seit Donnerstag vermisst wurde, ist offenbar im See ertrunken. Da es für die Behörden vor Ort völlig unklar ist, wie es zu dem Todesfall kommen konnte, bittet die Staatsanwaltschaft um die Mithilfe der Bevölkerung ...«

Im Bild wurde der zuständige Staatsanwalt, ein älterer Mann mit Halbglatze und dem lustigen Namen »Dr. Kurt Kullmar«, eingeblendet.

»Der Fund der Leiche wirft für uns viele Fragen auf: Wie konnte es zu dem tragischen Tod kommen? Waren eventuell andere Menschen am Unfallgeschehen beteiligt oder haben eine Beobachtung gemacht, die uns bei der Klärung der Umstände weiterhelfen kann? Bis heute hat sich leider kein Zeuge gemeldet. An einer abgelegenen Stelle des Sees wurden eine Geldbörse und die Kleidung des Jungen gefunden. Der Vater des Jungen ist völlig ratlos und kann sich nicht vorstellen, dass es sich um einen Unfall handelt.«

Die Kamera schwenkte auf den Vater, Hannes Feldmann, der sich emotionslos mit traurigem Blick an den Zuschauer wandte: »Mein Junge war ein guter Schwimmer. Er hatte schon mit zwölf Jahren den Jugendrettungsschwimmerschein. Er wäre nie allein in den See gegangen.« Die Kamera schwenkte wieder auf den Moderator.

»An dem Tag seines Verschwindens waren viele Wanderer in der Region unterwegs. Wenn Sie sachdienliche Hinweise zum Verschwinden haben, wenn Sie etwas beobachtet oder Personen getroffen haben, die sich auffällig verhalten haben, dann melden Sie sich bitte bei den zuständigen Polizeidienststellen. Alle Kontaktdaten und die Karte, wo sich das mögliche Verbrechen ereignet hat, blenden wir jetzt ein. Michel Feldmann war einen Meter vierundachtzig groß und von schlanker Statur. Er war sportlich und trug am Tag seines Verschwindens eine blaue Jeans der Marke MUSTANG, rot-weiße Turnschuhe der Marke ADIDAS und ein hellgrünes T-Shirt mit der Aufschrift der Band Nirvana. Auf der Luftaufnahme ist der Ort Trauertal eingezeichnet sowie der Auffindeort der Leiche und der Fundort seiner Geldbörse sowie der Kleidung. Für Hinweise wählen Sie ...«

Paul drückte auf Stopp und fror die Abbildung mit der Karte ein.

Alle drei gingen näher an den Fernseher, auch wenn dadurch das Bild nicht besser wurde. Im Gegenteil: Die Pixel ließen auf die Distanz wenigstens ein konsistentes Ganzes erkennen.

»Das ist interessant: Siehst du, Hannah, wo die Klamotten von Paul gefunden wurden?« Hannah nickte. »Genau dort, wo wir uns getroffen haben.« Sie überlegte einen kurzen Moment. »Stand damals schon das Hotel?«.

Die beiden sahen Ferdinand an. »Nein, ich glaube, es war geplant, aber gebaut wurde es kurz danach; vielleicht ein Jahr später.«

»Du hast gesagt, an der Stelle im See liegt die alte Brücke?«, spielte Hannah auf das Gespräch mit Paul an. Er nickte zustimmend.

»Wie tief liegt die Brücke im Wasser? Was meinst du? Kann man danach tauchen?«

Ferdinand und Paul sahen Hannah an. »Du meinst ...«

»Ich überlege nur. Wir wissen, dass Michel etwas beobachtet hat, kurz vor der Flutung. Möglicherweise einen Mord. Und laut dem Bericht von Stefan lief er die alte Schulstraße entlang und wollte einmal bis zur Brücke und zurücklaufen.«

»Um Himmels willen!«, schreckte Ferdinand auf. »Was war das bitte?«

»Michel hat beobachtet, wie drei Männer mit jemandem Streit hatten. Wir wissen nicht genau, was passiert ist, und nicht wo. Aber Michel wusste es und vielleicht wollte er dem Geheimnis auf den Grund gehen. Vielleicht hat er es nicht mehr ausgehalten.«

»Aber wieso ist er nicht direkt zur Polizei gegangen? Wieso hat er das nicht gemeldet? Wir haben irgendwas übersehen ...«

»Zu dem Zeitpunkt wusste er noch nicht, dass Jette verschwunden war und nicht mehr wiederkommen sollte. Vielleicht kam ihm die Idee erst später, dass die Männer, mutmaßlich Ottmann, Denzig und Leinebach, meine Schwester ermordet haben. Oder er hat sie mit den Männern gesehen und erst hinterher geschlussfolgert, dass sie Jette möglicherweise getötet haben.«

»Um Gottes willen!«, stöhnte Ferdinand auf, der völlig überrumpelt von den Theorien seiner Gäste war.

»Aber man hat doch sicher an der Stelle getaucht? Wenn man von einem Verbrechen ausgegangen ist und das so groß in den Medien war ...«

»Man ist nicht wirklich davon ausgegangen«, fing Ferdinand an zu erzählen und setzte sich in den alten Sessel neben dem Couchtisch. Die ganze Sache schien dem alten Mann mehr zu belasten, als die beiden vermutet hatten.

»Geht's dir gut?«, erkundigte sich Hannah. Besser, sie verschwieg den Mord an Ottmann und das Verschwinden von Denzig. Ferdinand nickte und atmete einmal tief durch. »Jaja. Alles okay. Das geht mir nur sehr nahe gerade. Also man ging damals nicht wirklich von einem Verbrechen aus. Eher von einem Unfall oder sogar einem Selbstmord. Aber Hannes wollte das natürlich nicht wahrhaben. Er hat ans Fernsehen geschrieben und sich an die Presse gewandt. Ist doch klar, dass die auf so etwas anspringen. So ein hübscher Kerl, den man in der Blüte seines Lebens als nackte Leiche aus dem See zieht ... Das kann auch mutmaßlich ein Verbrechen sein. Die Ermittlungen wurden jedenfalls schnell eingestellt, Hinweise auf ein Verbrechen gab es überhaupt keine. Der Mensch braucht für alles eine Erklärung, aber hier war die Einfachste eine, die Hannes nicht akzeptieren wollte. Sein Sohn hatte sich das Leben genommen, oder es war ein dummer Unfall. Da kann man noch so gut schwimmen. Es ist in einem offenen Gewässer dieser Art nicht ohne Grund verboten, zu schwimmen oder zu tauchen. Das wurde nach dem Auffinden von Michels Leiche noch mal von Leinebach verschärft: Auf das Schwimmen oder Tauchen im See wurde ein Bußgeld von zweihundertfünfzig Euro verhängt.«

Hannah und Paul sahen sich skeptisch an.

»Ich werde meinen Bekannten bitten, an der Stelle zu tauchen. Hab eben schon mit ihm telefoniert, er hat morgen Zeit. Ich denke, er freut sich darauf, und außerdem schuldet er mir noch was ...«

Hannah stimmte kopfnickend zu. »Wir brauchen eine Genehmigung, oder wie möchtest du das anstellen?«

»Zweihundertfünfzig Euro Bußgeld ... Das sollten wir bereit sein zu zahlen, falls ihn jemand dabei erwischt. Es wird uns nicht in den Ruin treiben und wir sind es Jette schuldig. Und Michel.«

Hannah grinste. Bei all der erschöpfenden Erkenntnis und der Tragik der Sache gab Paul ihr die nötige Erdung, die sie so sehr benötigte.

»Eine Sache noch«, fügte Hannah an. »Auf dem Bild hier ist noch ein fünfter Mann. Herbert Müller. Kann der vielleicht auch etwas damit zu tun haben?«

Ferdinand lachte auf. »Das werdet ihr von ihm wohl nie erfahren ...« Hannah und Paul sahen sich verwundert an und Ferdinand löste auf: »Er ist seit Langem tot. Herzinfarkt auf dem Friedhof. Ist so was zu glauben? Auf der Beerdigung der alten Friedweiler ist er umgekippt und war tot. Da kam noch ein Krankenwagen und die haben den versucht zu reanimieren ...«

»Okay, dann fällt Herbert Müller raus. Konzentrieren wir uns auf Hannes Feldmann und die Umstände von Michels Tod«, fasste Hannah zusammen. Für sie war die Sache klar: Sie mussten dem Ganzen auf den Grund gehen. Im wahrsten Sinne des Wortes.

41

Die Nacht zuvor

Zwölf Stunden waren vergangen, in denen er im Versorgungsraum seines Hotels gefesselt und geknebelt festsaß. In seinem Mund steckten geschätzte dreitausend Euro in Hunderteuroscheinen; schwarzes Panzertape war mehrfach um seinen Kopf gewickelt. Er spürte eine eingekrustete Flüssigkeit an seinem Hinterkopf und befürchtete, dort eine Wunde zu haben, konnte sich jedoch nicht daran erinnern. Er durfte sich nicht anstrengen, denn das Atmen allein durch seine Nase fiel ihm schwer genug. Jeder Versuch, das Tape durch Reibung seiner Wangenknochen zu lösen, brachte den alten Herrn in eine Situation kurz vor der Atemnot. Gleichzeitig musste er versuchen, nicht an den Geldscheinen zu ersticken. Seine Beine und seine Arme waren mit Kabelbindern an einem Rohr fixiert, von dem er nicht wusste, wozu es diente. Irgendwas mit der Zuleitung des Schwimmbades? Es war zwar sein Hotel, das er sich selbst als Abschiedsgeschenk von der politischen Bühne gemacht hatte, subventioniert von Steuergeldern und EU-Fördermitteln – doch allein wäre er unfähig, hier etwas zu tun. Er wusste weder, wie die Buchungssoftware funktionierte, noch die Namen aller Bademeister, die für ihn arbeiteten. Was er wusste, war, wie viel Kilowatt das Schwimmbad an

Heizkosten verursachte und wie produktiv die Servicekräfte waren. In diesem Moment, als er dort an ein Rohr gefesselt und geknebelt saß, schämte er sich zum ersten Mal. Wenn ein Mitarbeiter ihn hier finden würde, wäre die Wahrscheinlichkeit hoch, dass man ihn nicht als den Eigentümer dieses Hotels erkennen würde.

Der Raum war dunkel und die Pumpen der Wasseraufbereitungsanlage surrten ununterbrochen. Die stickige Luft roch nach Chlor. Er hasste bereits nach wenigen Minuten diesen Geruch. Was bis zu diesem Tag für Erholung, Auszeit und Wellness stand, würde ihn ab sofort an die schlimmsten Stunden seines Lebens erinnern, wenn es nicht sowieso seine letzten gewesen wären.

Während er in den ersten Stunden getrieben durch seine Wut versucht hatte, sich zu befreien, waren die letzten Stunden geprägt von Verzweiflung, Angst und innerem Zerfall, begleitet durch unsägliche Schmerzen. Schmerzen an seinen Hand- und Fußgelenken, Schmerzen im Rücken, einem leeren Magen und einem Durstgefühl, das ihn beinahe in den Wahnsinn trieb. Klaus fühlte, wie er innerlich austrocknete und seine Körperfunktionen versagten. Er hatte sich bereits zweimal eingenässt, was ihn in diesem Moment wenig störte. Im Gegenteil, er spürte beim Entspannen seiner Blase den kurzen Moment, bei dem er die Gegenwart von Flüssigkeit, seinem Urin, als angenehm empfand. Was hätte er dafür gegeben, die geringe Menge an Wasser zum Trinken zur Verfügung zu haben? Warum kam niemand, der ihn rettete? Warum war er hier?

42

Hannah hatte sich bis zum nächsten Morgen, an dem das geplante Treffen mit dem Taucher stattfinden sollte, eine Zwangspause auferlegt. Zeit, um ihrem Körper Ruhe und Erholung zu gönnen. Sie stand seit Tagen unter Strom, einem Dauerfeuer der Emotionen. Ständig in Alarmbereitschaft. Doch den Abend wollte sie sich Zeit nehmen, um etwas abzuschalten. Es gelang ihr nur mittelmäßig. Aber immerhin: Sie nutzte den warmen Frühlingsabend, um den Rundweg um den Stausee zu gehen. Hannah wollte den Kopf freibekommen, doch drehten sich so oder so alle Gedanken um ihre Schwester. Für sie gab es jetzt nur ein Ziel, und das war die Aufklärung der Umstände um Jettes Verschwinden. Und solange es keine Leiche gab, oder niemand einen Mord oder sonst etwas gesehen und glaubhaft bestätigen konnte, so lange ging sie davon aus, dass ihre Schwester am Leben war. Es war mit Sicherheit Wunschdenken, eine falsche Illusion, die sie krampfhaft versuchte zu erhalten. Ihr Verstand sagte, dass die Wahrscheinlichkeit gegen null ging, ihre Schwester jemals lebend wiederzusehen. Und dennoch: Die Hoffnung war da.

Ein erneutes Wiedersehen mit Igor ließ sie zumindest für die Zeit eines zehnminütigen Aufgusses in der Sauna jeden Gedanken an ihre privaten Ermittlungen vergessen. Igor machte keine halben Sachen, was genau nach Hannahs Geschmack war. Sie schlief zehn Stunden, wachte am folgenden Morgen mit Kopfschmerzen auf und fluchte mit einem Kloß im Hals. Das war immer das Gleiche: Wenn sie sich anfing zu entspannen, versagte ihr Körper. Ihre Tante hatte früher immer gesagt: »Dein Körper holt irgendwann nach, was du ihm vorenthältst!« Hannah wurde grundsätzlich krank, sobald sie Urlaub oder Erholung in ihrem Kopf zuließ. Doch heute war keine Zeit dafür, in zwei Stunden wollte man sich am See treffen und Hannah musste mit klarem Verstand und freiem Kopf dabei sein. Sie kramte in ihrer Tasche und fand schließlich, wonach sie suchte: eine Schachtel Aspirin Komplex und eine kleine Dose, die ihre Freundin Sandy ihr jedes Jahr aus den Niederlanden mitbrachte. »Die sind so krass, die sind in Deutschland verboten!«, war der Hinweis, auf den eine lange Liste an Symptomen folgte, für die Vitaminpräparate als Allheilmittel galten. Sämtliche Erkrankungen der Atemwege, Kopf- und Gliederschmerzen sowie jedwede Art an Unwohlsein gehörten dazu. Hannah mochte ihre Freundin Sandy, obwohl sie überzeugt davon war, dass, wenn überhaupt etwas an der Heilwirkung dran war, dann der Placeboeffekt. Aber auch den konnte man ignorieren und mit Aspirin verschleiern. Der übliche Mix aus zwei Packungen Schmerzmittelgranulat und fünf Kapseln der Vitaminpräparate sollte die anfänglichen Krankheitssymptome schnell wieder unter Kontrolle bringen. Schnell zog sie sich an, um vor dem Treffen stressfrei frühstücken zu können. Die Ambivalenz ihres Aufenthalts zwischen purem Stress und Erholung konnte kaum größer sein. Ähnlich wie beim gestrigen Saunagang von Igor: Nach zehn Minuten bei über Hundert Grad folgte das Eisbad.

Hannah frühstückte und ging los Richtung Treffpunkt, der genau dort war, wo vor knapp fünfundzwanzig Jahren Michels Klamotten gefunden worden waren. Hannah kam plötzlich eine Idee. Henrik war in die Ermittlungen involviert. Irgendwie. Er wusste zumindest über die Ermittlungsschritte der Kommissare Bescheid. Irgendwie musste sie es schaffen, dass die Kommissare die Ereignisse mit Jettes Verschwinden in Verbindung brachten. Vielleicht sollte sie einen anonymen Brief schreiben. Oder sie könnte direkt zu Feldmann gehen und ihn mit ihrem Wissen konfrontieren! Sie stockte kurz. Wenn wirklich Hannes Feldmann verantwortlich war, war vielleicht bei dem Versuch, Informationen aus seinen ehemaligen Tennisfreunden herauszuprügeln, etwas schiefgelaufen? Aber wenn dem so wäre, und er hätte gemerkt, dass aus Walter Leinebach nichts Sinnvolles mehr herauszubekommen war, dann würde er jetzt nicht weiterkommen. Alle Beteiligten wären tot – außer Jette.

Hannah wollte ihr Smartphone aus der Tasche nehmen, um mit Henrik zu telefonieren. Sie musste ihm alles erzählen, ihre Theorie und was sie gemeinsam mit Paul herausgefunden hatte. Ihr Übermieter hatte sicher eine Lösung, er war schließlich auf ihrer Seite. Sie suchte alle Taschen ab und stellte dann fest, dass sie ihr Smartphone im Hotel vergessen hatte. Oder war es beim Frühstück? Nein, es lag auf dem Nachttisch am Ladegerät. Verärgert stöhnte sie vor sich hin, sodass eine Frau mit Walkingstöcken sich nach ihr umdrehte.

»Alles okay«, entschuldigte sich Hannah, während sie vor Scham gerötet weiterging. Dann musste das warten.

Als sie an der besagten Stelle ankam, bemerkte sie einen Geländewagen, der am Rand des Weges parkte. Auf der Motorhaube war das Konterfei eines Tauchers mit Folie aufgezogen. Pauls Bekannter war offensichtlich bereits vor Ort. Sie kletterte den Anstieg hinauf und lief den beiden Herren direkt in die Arme.

»Hallo zusammen«, begrüßte sie Paul und den unbekannten Mann, der etwa im gleichen Alter war wie dieser. Er hatte lockige blonde Haare und sah eher aus wie ein Surfer als wie ein Taucher. Er trug einen dunkelblauen Neoprenanzug, der seinen schlanken Körper vom Hals abwärts verdeckte. »Wie seid ihr hier mit dem Auto hingekommen?«

»Die Brücke, von der ich dir erzählt habe«, erklärte Paul. »Über die ist man aus dem Ort hier durch den Wald gelangt. Quasi die zweite Zufahrt. Heute endet der Weg hier, weil der See ja die Zufahrt versperrt. Er wird nur noch als Wirtschaftsweg genutzt. Oder zu illegalen Tauchgängen.« Er grinste hämisch.

»Hallo, Hannah. Ich bin Olli«, stellte sich der schlaksige Mann im Neoprenanzug vor.

»Olli ist Tauchlehrer und ein echter Profi«, ergänzte Paul.

Sein Bekannter wackelte verlegen mit dem Kopf. Obwohl der erste Anschein das Gegenteil hatte vermuten lassen, war der Mann bescheiden, was seine Darstellung betraf.

»Ich tauche schon seit dreißig Jahren, das ist alles. Und ich gebe im Schwimmbad gelegentlich Tauchkurse ...«

»Interessant, im Schwimmbad kann man tauchen?«

»Ist natürlich auf Dauer langweilig, aber man kann es dort lernen. Unter Bedingungen, die man sonst nie wieder hat. In der Karibik ist das Wasser zwar klar, aber gechlortes Wasser, ohne Riffe und Meeresverschmutzung, ist eine andere Nummer. Andererseits: Wo sonst sollte man tauchen lernen?«

Hannah stimmte kopfnickend zu. »Und du hilfst uns bei dieser illegalen Aktion«, flüsterte sie, als ob sie einen kriminellen Plan ausplaudern würde. Illegal war die Aktion zwar laut Beschilderung, aber eine Strafe hatte er sicher nicht zu befürchten, und wenn, dann würden Hannah und Paul das Bußgeld übernehmen, das wusste Olli offensichtlich. »Ihr zahlt die Strafe, ich tauche endlich mal im größten Gewässer meiner Heimat.« Eine ehrliche Aussage und gute Einstellung, fand Hannah.

»Aber ist es nicht gefährlich? Ich meine: Wir sollten kein Risiko eingehen. Soweit ich das weiß, ist Tauchen hier verboten, weil es zu gefährlich ist, oder?«

Paul blickte sie mit skeptischem Blick an. Olli war jedoch voller Tatendrang und schien sich über die Risiken bewusst zu sein: »Tauchen ist grundsätzlich eine gefährliche Angelegenheit. Wasser verzeiht keine Fehler. Aber es ist nicht gefährlicher als jeder andere Tauchgang. Ich bin schon in ähnlichen Kaltwasserseen getaucht. Der Sylvensteinsee, der die Isar staut, ist ähnlich wie der Trauertalsee: wunderschönes Bergpanorama und glasklar ab zehn Metern Tauchtiefe. Da darf man aber komischerweise auch legal tauchen. Ich denke mal, der Grund für das Tauchverbot hier sind die Ablasseinrichtungen der Turbinen. Die sind aber so weit vorn, da besteht keine Gefahr. Ansonsten gibt es hier keine Strömung. An der digitalen Anzeige auf der Dammkrone und im Internet auf der Seite des Betreibers wird der Betrieb der Turbinen angezeigt: Zurzeit sind diese eh abgeschaltet. Ich filme mit der Unterwasserkamera und ihr könnt euch das später ansehen.«

Hannah nickte und hatte doch ein unwohles Gefühl. Rechtfertigten die Vermutungen und Indizien dieses Manöver? Es musste eine verdammt wichtige Sache gewesen sein, mit der Paul seinem Freund geholfen hatte. Vielleicht hatte er ihm Geld geboten?

»Wir steigen dort vorn ein, da ist das Ufer flach und ich kann mich langsam herantasten«, erklärte der drahtige Mann, während er sich die Geräte anzog.

»Ich werde etwa zwanzig Minuten unten sein und, wie besprochen, alles abfilmen, was hier auf dem Grund liegt. Paul und ich haben eben darüber gesprochen, wie tief die Brücke liegen könnte. Eventuell muss ich einen Sicherheitsstopp beim Aufstieg einplanen. Aber maximal 35 Minuten bin ich unten.«

»Etwa hier müsste auch die Brücke sein, die damals über die Trauer führte«, ergänzte Paul. »Die wurde nicht vor der Flutung gesprengt. Vielleicht findest du da einen Hinweis ...«

Sobald Olli unter Wasser war, wollte Hannah Paul fragen, ob er seinem Freund die wahren Hintergründe der Suche erzählt hatte, oder ob dieser im Glauben war, nach etwas anderem zu suchen. Wenn man es offen aussprach, dann war er auf der Suche nach einer dreißig Jahre alten Leiche, oder einem Hinweis auf einen Mord. Ein Grund, den viele von dem Vorhaben abgehalten hätte.

In dem Moment, als Olli in die Tiefen des trüben Nasses eingetaucht war, erblickte Hannah auf der gegenüberliegenden Seite des Sees die Blaulichter, die in Form mehrerer Polizeiwagen am Hotel vorfuhren. Paul und Hannah sahen sich ungläubig an, während vor ihnen die letzten Blasen der Druckluftflasche im See aufstiegen.

43

Hannah verlangsamte das Tempo, als sie in Sichtweite des Hotels angelaufen kam. Sie und Paul hatten sich verständigt, dass er bei Olli bleiben und sie nachsehen sollte, was die Polizei mit mehreren Autos im Hotel suchte. Pauls Argumente waren plausibel: Sein Freund war dort unten nach Hinweisen am Tauchen und er konnte zur Not eher helfen als sie. Hannah hingegen wohnte im Hotel und hatte einen glaubhaften Grund, dort aufzutauchen und sich notfalls auch im Hotel aufzuhalten, ohne Aufmerksamkeit zu erregen. Trotz aller Logik war irgendwas faul an der Sache. Sicherlich: Die Polizei war nicht ohne Grund mit Sondersignal vor Ort. Entweder man hatte die Hinweise auf den Täter gefunden, oder möglicherweise vermutete man sogar den Täter im Hotel. Hannah verlangsamte noch einmal das Tempo und versuchte, wie ein vom Spaziergang an der frischen Luft erholter Hotelgast zu wirken. Dabei war sie innerlich am Keuchen. Ihr Herzschlag war spürbar, der Schweiß stand ihr auf der Stirn. Schnell wischte sie sich durch die Haare und zwang sich, ihre Atmung unter Kontrolle zu bringen.

Sie versuchte, Paul auf der anderen Seite ausfindig zu machen. Das Auto stand hinter dem Anstieg und war nicht zu sehen. Wenige Menschen waren unterwegs. Hannah benötigte einen Moment, bis sie glaubte, Paul hinter einem Baum zu erkennen. Er hatte ein Fernglas dabei und wollte die Situation beobachten. Sicherlich hatte er sie jetzt im Visier. Hannah war sich jedenfalls sicher, dass man genau hinsehen und auch wissen musste, wo die Stelle war, um Paul entdecken zu können. Das galt es zu verhindern.

Ihren Plan hatte sie im Kopf durchgespielt, während sie zurück Richtung Hotel gelaufen war: Hannah musste herausfinden, wen die Polizei suchte oder was sie im Hotel zu suchen hatte. Sie würde zunächst unauffällig durch die Lobby Richtung Restaurant gehen. Dieser Weg würde ihr ermöglichen, den Spa-Bereich und die Räume der Mitarbeiter und Geschäftsleitung einzusehen. Außerdem gab es ein paar Sitzgruppen, an denen man mittags einen Kaffee trinken oder ein Buch lesen konnte. Wenn sie gefragt werden würde, hätte sie als Antwort parat, sie wolle den Menüplan einsehen, um sich auf das Abendessen einzustimmen.

Die Aufzüge zu den Zimmern lagen auf der anderen Seite und würden dann im Anschluss von ihr inspiziert werden. Da sie Gast des Hotels war, würde sie keine Ausrede benötigen, wenn man sie auf dem Weg zu ihrem Zimmer befragen würde.

So weit, so gut. Der Plan sollte allerdings nicht aufgehen, denn ein Gedanke lag ihr so fern, dass sie diese Möglichkeit nicht in Betracht gezogen hatte.

Als sie durch den Eingang die Hotellobby betrat, starrten sie sämtliche Angestellte entsetzt an. Hannah blieb stehen und versuchte, die plötzliche Aufmerksamkeit einzuordnen. Im Durchgang zu den Zimmern standen drei Polizisten und unterhielten sich. Die eine Beamtin, eine junge Frau mit blondem Pferdeschwanz, flüsterte ihren beiden männlichen Kollegen etwas zu, während sie auf Hannah zeigte. Was hatte das zu bedeuten? Bevor Hannah ihre Gedanken ordnen konnte, kam eine korpulente Beamtin Mitte fünfzig mit einem deutlich jüngeren Polizisten im Schlepptau auf sie zu. Die Größe ihrer Uniform verursachte seltsame Dellen, die auch allerlei Werkzeug am Gürtel und eine Schutzweste nicht verdecken konnten. Ehe Hannah nachdenken konnte, was sie jetzt tun sollte, registrierte sie, dass drei weitere Beamten den Eingang hinter ihr abgesichert hatten. Beim Umdrehen bemerkte sie, wie ein junger Polizist – möglicherweise ein Polizeianwärter – sie traurig anstarrte, und seine Waffe im Halfter festhielt, bereit, diese zu ziehen. Bei näherem Betrachten war es kein trauriger Blick; es war Angst, die sie in seinen stechend blauen Augen erkannte.

»Frau Hannah Harth, wohnhaft in Bingen?«, sprach die korpulente Frau mit einem militärischen Klang.

Hannah nickte. »Ja ...? Was ist hier los?«

»Ich nehme Sie fest, wegen des Verdachts der Tötung von Herbert Ottmann und Walter Leinebach. Sie haben das Recht ...«

Ein immer schriller werdendes Piepen in Hannahs Ohren ließ sie völlig die Kontrolle über ihre Sinne verlieren. Ihr wurde schwarz vor Augen und sie spürte, wie sie sich immer weiter entfernte ...

Hannah saß auf der Rückbank eines Polizeifahrzeuges, das hinter einem weiteren Einsatzwagen mit eingeschaltetem Blaulicht herfuhr. Neben ihr hockte der junge Polizist mit den stechend blauen Augen. Sein ängstliches Gesicht war einem freundlichen und mitfühlenden Lächeln gewichen. Die Situation war für ihn jetzt weniger bedrohlich als für Hannah. Schließlich saß sie mit Handschellen fixiert neben ihm. Ihre Taschen waren durchsucht worden und selbstverständlich hatte man keine Waffen oder illegalen Dinge bei ihr entdeckt. Sie dachte an ihr Smartphone, das in ihrem Zimmer am Ladekabel liegen musste. Oder hatte man ihre Sachen durchsucht und das Handy konfisziert?

»Wohin sind wir unterwegs?«, fragte sie so freundlich wie möglich.

»Zum Polizeipräsidium. Dort warten die Kollegen vom LKA, die mit Ihnen sprechen wollen.«

Hannah nickte und seufzte.

»Wie geht es Ihnen? Haben Sie irgendwelche Schmerzen?«

Sie schüttelte den Kopf. »War ich bewusstlos?«

»Sie waren für mehrere Minuten nicht ansprechbar. Der Arzt hatte keine Bedenken gegen einen Transport geäußert. Sie wirkten abwesend und ...« Der junge Beamte stockte mitten im Satz. Er überlegte wohl, welches Wort er benutzen sollte. Hannah sah ihn gespannt an. »... überrascht.«

Überrascht? War das sein verdammter Ernst? Sie sah ihn an und überlegte, wie alt er wohl war. Er wirkte wie zwanzig, vielleicht fünfundzwanzig mit optimalen Genen. Theoretisch konnte er Hannahs Sohn sein. »Überrascht ist vielleicht untertrieben ... Wieso habt ihr mich festgenommen?«

»Dazu bin ich nicht befugt, etwas zu sagen. Es liegt ein Haftbefehl vor, den wir ausgeführt haben. Die Kollegen vom LKA werden Ihnen gleich alle Fragen beantworten.«

Ein wirklich höflicher junger Mann, fast schon zu höflich für einen Polizisten, dachte Hannah. Sie hatte das Gefühl, dass ihre Menschenkenntnis versagte. Wer war Freund? Wer war Feind? Sie wusste nicht, was sie denken sollte.

»Wie viel Uhr haben wir?«, fragte sie den jungen Beamten.

»Viertel vor drei«.

Der Tauchgang von Olli war also beendet. Sie ging davon aus, dass die Polizei davon nichts mitbekommen hatte. Doch wie sollte sie jetzt an die Informationen kommen? Hannah hatte keine Möglichkeit, Paul zu erreichen. Damit musste sie jetzt leben. Akuter war die Frage, wie sie ihren Kopf aus dieser Schlinge bekam. Sie konnte nur hoffen, dass Paul weiter an der Sache dranblieb und letztlich ihre Theorie unterstützen würde. Lag ihr Schicksal jetzt in seiner Hand?

Um halb vier am Nachmittag saß Hannah im Verhörraum und wartete auf die Kommissare Riedel und Stark. Der Raum war anders als in vielen Filmen nicht dunkel und mit einem Spiegel einseitig einsehbar, sondern bestand aus einem Glaskasten im modernen Gebäude der Polizeiinspektion in Trier. Vielleicht täuschte das viele Glas eine Offenheit vor, die in Wahrheit einem anderen Zweck diente: Man fühlte sich von allen Seiten beobachtet wie ein Fisch in einem Aquarium.

Hannah starrte auf die Digitaluhr, die an der Wand außerhalb des Raumes ihr die Uhrzeit in roten Ziffern förmlich aufdrängte. 15:31 Uhr. Endlich sah sie die beiden Kommissare auf den Raum zukommen. Eine dunkelhaarige Frau mit Kapuzenpullover und zerrissenen

Jeans – so stellte Hannah sich einen Mitarbeiter von Google im Silicon Valley vor – hielt die beiden auf und reichte Lara Riedel eine Mappe. Die Hauptkommissarin blätterte den Inhalt durch, während die Frau etwas zu erklären schien. Hannah atmete schwer und beobachtete den Beamten, der die Tür zu ihrem Glaskasten bewachte. Sein Blick war ausdruckslos, fast eingefroren. Wie eine Wachsfigur, die gelegentlich blinzelte. 15:32 Uhr. Die Beamten Stark und Riedel betraten den Glaskasten und setzten sich Hannah gegenüber.

»Hallo, Frau Harth. Wissen Sie, warum Sie hier sind?«

Hannah hätte sie ausgelacht, wenn die Situation nicht zum Verzweifeln wäre. »Warum ich hier bin, mit Handschellen und Haftbefehl, können Sie mir vielleicht beantworten.« Sie zwang sich, ruhig und sachlich zu bleiben, die Emotionen so weit wie möglich zu unterdrücken. Hannah konnte das normalerweise gut, doch merkte sie an diesem Nachmittag, wie sehr sie an ihrer Schmerzgrenze angekommen war. Sie schwitzte am ganzen Körper, selbst an den Handinnenflächen.

Der jüngere Kollege antwortete nach einigen Sekunden. »Wir haben Hinweise, dass Sie für den Mord an Herbert Ottmann verantwortlich sind. Sie können einen Anwalt Ihrer Wahl kontaktieren oder bekommen von uns einen Pflichtverteidiger gestellt.« Hannah starrte ihn mit offenem Mund an. Was sollte sie dazu sagen? Er war auf dem Holzweg, aber das würde man ihr nicht glauben.

»Ich brauche keinen Anwalt. Ich habe nichts getan, wofür ein Anwalt nötig wäre.«

»Ihre Verbindung zu dem Mord an Ottmann ist uns ja bestens bekannt. Sie waren als Erste vor Ort und haben eine persönliche Beziehung zu dem Mann«, führte er weiter aus.

»Erstens: Ich war dort, weil ich zusammen mit meinem Kollegen die Villa vermarkte.«

»Und Sie haben kein Alibi für die Nacht davor und haben sich unserer Kontaktaufnahme entzogen.«

»Ich wusste nicht, dass ich ein Alibi benötige, sonst hätte ich jemanden eingeladen oder mich die ganze Nacht in Frankfurter Clubs herumgetrieben.« Die beiden Kommissare sahen sie stumm an. Es war nicht der Zeitpunkt, ironische Antworten zu geben, das merkte sie selbst. »Hören Sie, ich wollte nach dem grausamen Fund einfach ausspannen und habe mein Handy ignoriert. Ich habe nichts mit dem Mord zu tun.«

»Dann kommen wir zum Mord an Leinebach.«

Hannah lief ein Schauder über den Rücken. Erst jetzt verstand sie, worauf alles hinauslief.

»Wir haben gesicherte Beweise, dass Sie vor seinem Tod die Letzte waren, die ihn besucht hat. Er wurde wie Ottmann ertränkt. Ottmann in der Badewanne des Hauses, in dem Sie gearbeitet haben, Leinebach im Waschbecken seiner Wohnung. Außerdem ist Klaus Denzig verschwunden. Sie wissen, von wem ich spreche?«

Hannah wusste nicht einmal, wo Denzig lebte, aber sie verstand, dass die Kommissare einen Zusammenhang sahen. Sie würde keine plausible Erklärung abliefern können, ohne die ganze Wahrheit und damit ihren Grund für ihren Aufenthalt offenzulegen. Das würde sie nicht retten, im Gegenteil: Sie würde weitere Gründe liefern, für die Morde verantwortlich zu sein. Aber sie hatte keine andere Wahl. Sie stand mit dem

Rücken zur Wand und der einzige Ausweg war die Flucht nach vorn. Hannah seufzte und fing an zu erzählen.

»Hören Sie. Ich weiß nicht, wie ich da reingerutscht bin, aber ich habe mit diesen ... Morden nichts zu tun. Ich habe ein paar Jahre in Trauertal bei meiner Tante gelebt. In dieser Zeit, also genauer gesagt 1994, ist meine Schwester Henriette spurlos verschwunden. Natürlich kenne ich Ottmann aus meiner Kindheit und ich muss zugeben, er war mir nie sympathisch. Um ehrlich zu sein, er war ein arroganter Sack, niemand konnte ihn wirklich leiden. Natürlich habe ich ihn erkannt, als er da auf dem Sofa saß, aber ich habe ihn nicht umgebracht. Ich hab mir dann spontan freigenommen, um in Trauertal Urlaub zu machen. Natürlich hat mich das Gesicht an meine Zeit dort erinnert und ich habe überlegt, warum Ottmann gerade dort auftaucht wie mir vor die Nase drapiert. Es war ja klar, dass ich ihn finde, oder zumindest dabei bin, wenn er gefunden wird.«

»Wer wusste davon?«, unterbrach sie Frau Riedel. »Ich meine, wer weiß alles, dass Sie diese Villa vermarkten?«

Hannah überlegte. »Jeder, der möchte. Ich poste es auf meinem Instagram-Kanal. Ich nutze Instagram nur zu beruflichen Zwecken. Auf meiner Homepage ist das Exposé, bei der HGI auf der Seite ...«

»Ich dachte, Sie sind lediglich für die Einrichtung zuständig?«

»Das stimmt, aber es wäre nicht das erste Haus, das ich mit vermarkte. Es kommt darauf an, zu wem sich die Interessenten mehr hingezogen fühlen. Nicht selten mache ich den Abschluss. Außerdem bin ich freiberuflich und nicht an die HGI gebunden. Ich poste natürlich Fotos all meiner Objekte, als Referenz, und auch um den Abschluss zu fördern. Wir haben doch alle das gleiche Ziel …« Die beiden Kommissare nickten und Lennard Stark machte sich Notizen auf seinem Tablet.

»Als ich dann in Trauertal eingecheckt hatte, habe ich meine alte Nachhilfelehrerin Nina aufgesucht, die mir von Dingen über meine Schwester erzählt hat, die ich nicht wusste.«

»Was waren das für *Dinge*?«, hakte Lennard nach. Er betonte das Wort Dinge in einer seltsamen Art und Weise, als ob es etwas Übernatürliches wäre.

Hannah berichtete von der Entdeckung, die Michel 1994 gemacht hatte, und dem möglichen Verbrechen, das an ihrer Schwester verübt worden war. Lennard Stark notierte alle Namen mit und schien in einem wilden Konstrukt ein Schaubild nach ihren Ausführungen zu zeichnen. Sicher eine Herausforderung auf einem Tablet.

»In dem Zusammenhang bin ich auf die Clique aus dem Tennisclub gestoßen: Ottmann, Denzig und ein gewisser Walter Leinebach waren damals ein eingespanntes Team. Michel hatte zwar den dritten Mann nicht erkannt, aber ich denke, bei allem, was ich in den vergangenen drei Tagen herausgefunden habe, dass es sich um Walter Leinebach gehandelt haben musste. Er war damals Chef der EWR und zusammen mit den anderen an der Umsiedlung Trauertals beteiligt. Es kann nur er gewesen sein, der damals dort anwesend war.

Also habe ich ihn gestern in seinem Altersheim aufgesucht. Sie können mit seiner Pflegerin sprechen. Als ich gegangen bin, da hat er noch gelebt.«

»Wenn das alles stimmt, was Sie sagen.« Lennard verstummte. Hannah und Lara warteten auf seine weiteren Ausführungen. Die Uhr an der Wand sprang auf 15:55 Uhr um. »Wenn das alles stimmt, dann haben Sie das stärkste Motiv, alle drei zu ermorden.«

»Da ich aber nichts mit den Morden zu tun habe, muss ich Ihnen diese Dinge erzählen, damit Sie den wahren Mörder ermitteln können. Sehen Sie denn nicht: Es hängt alles mit meiner Schwester zusammen.«

»Aber noch mal: Wer außer Ihnen selbst sollte den Tod Ihrer Schwester rächen? Wenn Ihre Schwester überhaupt tot ist. Oder denken Sie, Ihre Schwester ist auferstanden und rächt sich selbst?«

Hannah hatte für einen kurzen Augenblick das Gefühl, er wolle einen Scherz machen. Aber sein ernster Gesichtsausdruck sprach eine andere Sprache. Im Grunde genommen hatte er da recht. Mit dem Hintergrund, dass sie selbst nichts mit den Todesfällen zu tun hatte, war ihre Schwester wirklich die Einzige, die sich rächen konnte. Sie musste plötzlich an ihren Onkel denken. Reini lebte noch, irgendwo. Aber wieso sollte er nach so vielen Jahren Jette rächen? Das kam ihr abwegig und absurd vor. Vielleicht war es ja kein Mord. Vielleicht hatte Jette überlebt. Ihre Gedanken kreisten um alle Theorien.

»Wer also sollte sonst dafür verantwortlich sein?«, wiederholte Kommissarin Riedel die Frage ihres Kollegen. Hannah musste sich jetzt konzentrieren. Es war nicht die Zeit für absurde Theorien, sie musste bei den Fakten bleiben.

»Hannes Feldmann.«

»Hannes Feldmann?«, wiederholte Stark ungläubig.

»Der Vater von Michel Feldmann. Er muss irgendwie erfahren haben, warum sich sein Sohn 2006 umgebracht hat oder was der Grund war, warum er 2006 im See tauchen war, obwohl das streng verboten ist. Wenn ich mein Smartphone aus dem Hotel habe, dann kann ich Ihnen ein Foto zeigen, auf dem ...« Lennard Stark drehte das Tablet zu ihr um, das jenes Foto aus dem Tennisclub zeigte, das Hannah abfotografiert hatte.

»Wenn Sie ebenfalls in die Richtung ermittelt haben, dann wissen Sie doch, worauf ich hinauswill.«

»Wir haben nicht in diese Richtung ermittelt«, entgegnete Lara Riedel. »Wir haben das Bild von Ihrem Smartphone.« Hannah staunte nicht schlecht, das ging schnell.

»Wir haben einen richterlichen Durchsuchungsbeschluss auch für ihre mobilen Endgeräte. Das Smartphone haben wir aus ihrem Hotelzimmer konfisziert. Unsere Experten haben bereits alle Daten ausgelesen«, erklärte Lennard Stark. Hannah hob resignierend die Schultern. Natürlich war man da heutzutage schnell.

»Jedenfalls sind auf dem Bild nicht nur die drei, die ich eben angesprochen habe, sondern auch Hannes Feldmann. Er kannte alle drei, wusste von deren Verbindung. Möglicherweise wusste er mehr als die Öffentlichkeit. Und wenn sein Sohn durch die Beobachtung sich so sehr geändert hatte, dass er sich Jahre später umbrachte, und Feldmann das herausfand, dann hat er ein Motiv.«

Lara Riedel starrte Hannah an, während Stark auf seinem Tablet wischte.

»Wir überprüfen das«, sagte sie und stand auf, während sie die Aktenmappe vor sich zuklappte und unter den Arm klemmte. Ihr junger Kollege erhob sich ebenfalls, schien jedoch irritiert über den abrupten Abbruch des Verhörs.

»Eine Frage noch ...«, stoppte Hannah die beiden Polizisten.

Beide hielten inne und blickten gespannt zu ihr.

»Wenn Sie meine Handydaten ausgelesen haben, dann müssten Sie doch wissen, dass ich nach dem Besuch im Altenheim nicht mehr dort gewesen bin. Da gibt es doch die Funkzellenauswertung oder so was ...«

Beide starrten sie regungslos an. Hannah kam sich vor wie in eine Schülerin, der selbst einfiel, dass sie gerade kompletten Blödsinn geredet hatte. Sicher hatten die beiden Polizisten auch daran gedacht. Oder war das nur in Filmen möglich?

»Wir können selbstverständlich sehen, in welchen Funkzellen sich ihr Smartphone befand. Doch erstens heißt das nicht, dass sie nicht ganz woanders waren. Und zweitens müssen wir erst auf den Bericht der Gerichtsmedizin warten. Glauben Sie uns, Frau Harth, wir wissen, wie wir unseren Job zu machen haben. Und wenn Sie nichts damit zu tun haben, dann werden wir das auch herausfinden.«

Hannah nickte verständnisvoll. Immerhin war der Ton von Riedel wohlwollender als zu Beginn des Gespräches.

»Wir sehen uns morgen früh zu einem Verhör. Bis dahin sollten Sie einen Anwalt kontaktieren. Glauben Sie mir, auch ohne Schuld wäre es sicher besser für Sie. Der Haftrichter wird Sie später unterrichten und Ihnen das weitere Vorgehen erläutern.«

Als die beiden Kommissare den Glaskasten verließen, sprang die Uhr auf 16:01 Uhr.

44

Hannah verbrachte die Nacht in der nahe gelegenen JVA in einer Einzelzelle. Während der Überführung von der Polizeiwache zum Gefängnis hatte sie die Bilder der orangefarbenen Overalls aus amerikanischen Gefängnissen im Kopf. Zu ihrer Verwunderung durfte sie jedoch ihre Klamotten behalten und musste keine Sträflingsuniform anziehen. Auch die Zelle glich mehr einem Hotelzimmer als einer Zelle, wie sie diese aus Filmen kannte. Wenn diese JVA einmal schließen sollte, könnte man ein perfektes Erlebnishotel daraus machen. Sie kannte einige Klöster und Burgen, die ähnliche Konzepte hatten. Die Nacht über war sie in einem Schwebezustand zwischen Schlafen und Wachsein. Sie war am Morgen nicht in der Lage festzustellen, ob sie überhaupt länger als zehn Minuten geschlafen hatte. Ihr taten sämtliche Knochen weh und ihre Gedanken drehten sich im Kreis. Sie musste Riedel und Stark glaubhaft vermitteln, dass die Morde mit Jette und Michel zu tun hatten. Der Schlüssel lag in der Vergangenheit, das mussten die beiden einsehen. Oder war es vielleicht Denzig, der seine beiden Kompagnons von damals umgebracht hatte? War er vielleicht nicht verschwunden, sondern befand sich auf einem Rachefeldzug im selbst gewählten Untergrund? Sie wusste zu wenig über ihn und musste dringend Nachforschungen über ihn anstellen.

Am nächsten Morgen kamen zusätzlich zu den beiden Polizisten Riedel und Stark ein dritter Mann in einem schwarzen Anzug und einer gestreiften Krawatte mit. Er wirkte wie Anfang dreißig, hatte aber eine Halbglatze, die für Hannah sein Alter um mindestens zwanzig Jahre anhob. Er stellte sich als Staatsanwalt Dr. Brausch vor. Mit vollem Haar wäre er direkt als Fotomodel durchgegangen. Die meisten Männer, die früh mit Haarausfall zu kämpfen hatten, rasierten sich eine Glatze. Damit hatte man wenigstens selbst in der Hand, und nicht die Natur, wie der eigene Kopf aussah. Das schien Herrn Brausch aber egal zu sein.

»Frau Harth ...«, begrüßte er Hannah und blätterte wild in den losen Blättern einer Mappe hin und her, bis er endlich gefunden hatte, wonach er suchte. »Sie haben als einzige bisher ermittelte Person unmittelbar vor zwei Tötungsdelikten – die beide unserer Ansicht nach miteinander im Zusammenhang stehen – Kontakt zu den getöteten Personen gehabt, die Sie beide zudem namentlich kannten.«

Er blickte Hannah an, die erstaunt über den Satz voller verschachtelter Einschübe war. Sie dachte an ihren alten Deutschlehrer Ferdinand Geißler. Der hätte erst einmal verlangt, er solle daraus drei Sätze machen, sonst verstand kein Mensch, was er sagen wollte. Doch Hannah hatte genau kapiert, welche Frage damit verbunden war.

»Das ist nicht ganz richtig«, antwortete sie knapp. »Es muss noch jemand dort gewesen sein, da ich beide nicht getötet habe.«

Der Staatsanwalt grinste so, als ob er ausdrücken wollte, dass dies eine sehr gute Antwort gewesen war.

»Wenn dem so wäre – und wir gehen jetzt mal davon aus, dass es so ist – dann müsste jemand anderes vielleicht das gleiche Motiv gehabt haben wie Sie, und die Gelegenheit.«

»Ja, oder ein ähnliches Motiv.« Sie hatte das Gefühl, dass der Staatsanwalt ihr nicht glaubte, oder er hatte seltsame Verhörmethoden.

»Okay, dann gehen wir davon aus, dass dem so gewesen ist. Sie haben den ermittelnden Hauptkommissaren gegenüber gestern einen Verdacht geäußert.«

»Ich habe in den vergangenen Tagen, seit dem Mord an Ottmann, einiges herausgefunden und eine Erkenntnis ist, dass mir zwar niemand begegnet ist, der Jettes mutmaßlichen Tod rächen könnte, aber dafür den von Michel. Und der steht nun mal im direkten Zusammenhang mit dem Mord an meiner Schwester.«

»Okay, lassen wir das Thema, wer diese Morde begangen haben könnte, einmal beiseite. Seien Sie versichert, wir ermitteln in alle Richtungen und werden diese Morde lückenlos aufklären, das verspreche ich Ihnen.«

Das klang für Hannah nicht nach einem Versprechen, eher nach einer Drohung.

»Wir haben mit einem Ermittler des damaligen Vermisstenfalles Henriette Harth – Ihrer Schwester – gesprochen ...« Hannah wurde hellhörig. Die Antworten auf ihre Fragen lagen in Reichweite, und waren dennoch unmöglich zu erreichen.

»Es gab laut seiner Erinnerung keinen Hinweis darauf, dass Henriette getötet wurde. Alles sprach damals für einen Vermisstenfall, heute würde man das Ghosting nennen: Sie hat alles aus ihrem alten Leben abgebrochen, und irgendwo neu angefangen. Sie hatte scheinbar viele Probleme, das war ihrem Tagebuch zu entnehmen, und mehrere Zeugen haben damals ausgesagt, dass sie den Wunsch geäußert hat ...« Er blätterte in den Unterlagen und fand schließlich, wonach er suchte: »... Ich zitiere den Kollegen: ›endlich aus Trauertal abzuhauen und irgendwo neu anzufangen. Sobald sie genügend Geld zusammen habe, wolle sie auswandern‹, habe Henriette Hart gegenüber mehreren Personen aus ihrem Umfeld damals geäußert. Die Zeugen wurden als äußerst glaubwürdig eingestuft. Also insgesamt zusammengefasst: Henriette hatte den Wunsch abzuhauen und den kannten offenbar einige aus Trauertal. Keine Hinweise auf ein Gewaltverbrechen.«

Der Staatsanwalt sah sie an und wartete auf eine Reaktion.

»Das ist alles richtig. Und trotzdem gab es diese Szene, die Michel beobachtet hatte und etwa zeitgleich darauf ist Jette verschwunden. Das kann doch kein Zufall sein.«

Der Staatsanwalt atmete tief ein und aus. Er fixierte sie für einen Moment, der Hannah wie eine Ewigkeit vorkam. Sie wurde nicht schlau aus dem Mann, konnte ihn nicht wirklich einschätzen. Keiner der Beamten – und erst recht nicht der Staatsanwalt – schien ihren Gedanken die Bedeutung beizumessen, die sie sich erhofft hatte. Das alles klang aber auch seltsam, das musste sie sich eingestehen.

»Es kann aber Wunschdenken sein, liebe Frau Harth. Und es ist zweifelsohne – egal ob so geschehen oder in Ihrer Vorstellung entstanden – ein echtes und starkes Motiv für einen Mord.«

Hannah spürte den Druck in ihrer Brust. Eine Enge, die im Begriff war, ihr die Luft abzudrücken. Sie atmete schwer.

»Ist alles in Ordnung bei Ihnen?«, fragte Lennard Stark. Er hatte eine feine Sensorik für Befindlichkeiten. Hannah versuchte mit aller Macht, ihren Druck und ihre körperliche Schwäche zu überspielen. Stark schien sie da nichts vormachen zu können.

»Alles okay. Sie müssen nur wissen, mich nimmt das alles ziemlich mit. Bis vor ein paar Tagen dachte ich, ich hätte mit der Vergangenheit abgeschlossen, Trauertal und all das war für mich kein Thema mehr. Und dann sitzt Ottmann vor mir ... tot und offensichtlich nicht natürlich gestorben.«

»Ich sag Ihnen eins ganz ehrlich, Frau Harth«, sprach der Staatsanwalt weiter. »Ich will Ihnen glauben. Sie machen auf mich nicht den Eindruck einer Doppelmörderin. In gewisser Weise glaube ich Ihnen. Aber wir halten uns an Fakten, und die sagen mir: Sie waren an beiden Tatorten. Sie haben ein Motiv. Sie hatten die Gelegenheit ...«

»Ja, und trotzdem war ich es nicht. Wenn Sie den Mörder von Ottmann und Leinebach finden wollen, dann müssen Sie meine Schwester finden!«

»Wir sind dran, Frau Stark. Eine Fahndung läuft bereits.«

»Eine Fahndung wird Ihnen nichts bringen. Sie müssen den dritten Mann finden, der Ihnen sagen kann, wo die Leiche meiner Schwester liegt. Und dann müssen Sie nach ihr tauchen.«

45

Das Verhör dauerte weitere vierzig Minuten. Sie drehten sich irgendwann im Kreis. Hannah verstand auf eine gewisse Weise, dass sie verdächtig war, und doch war da jemand anderes, der für die Taten verantwortlich war. Der Staatsanwalt wurde irgendwann von einer Beamtin aus dem Zimmer gebeten. Kurz darauf rief man die Kommissare Stark und Riedel nach draußen. Die drei unterhielten sich angeregt und verschwanden für mehrere Minuten. Hannahs Rücken schmerzte. Ihr ganzer Körper fühlte sich an wie nach einem Marathonlauf: ausgelaugt und am Ende. Der Unterschied zwischen dem Kingsize-Bett des Spa-Hotels und der Nacht in der Arrestzelle konnte größer kaum sein. Was würde sie dafür geben, heute Abend erst bei Igor in der Sauna zu schwitzen und im Anschluss das Drei-Gänge-Menü im Restaurant zu genießen!

Als Lennard Stark den Raum betrat, war ihre Stimmung am Tiefpunkt. Sie war wie ein ausgehungerter Löwe, dem man ein Stück Fleisch vor die Nase gehangen hatte, an das er nicht rankam. Nur dass sie sich selbst mit der Vorstellung gequält hatte, wie schön das Hotel doch war.

»Frau Harth. Sie dürfen gehen.«

Hannah schüttelte sich vor Verwunderung. Was hatte er da gerade gesagt? Sie musste sich verhört haben. Eben noch war sie die Hauptverdächtige in einem Mordprozess, und nun durfte sie gehen?

»Es besteht kein dringender Tatverdacht mehr gegen Sie. Der Haftrichter hat Ihre Freilassung angeordnet. Sie müssen vorn unterschreiben und bekommen Ihre Wertsachen bei den Pförtnern ausgehändigt.«

»Tatsächlich?«, vergewisserte sie sich noch einmal. Lennard Stark schloss die Tür hinter sich. Er sprach leise, aber bestimmt. »Frau Harth, es gibt eine dritte Leiche. Das Vorgehen ist dasselbe wie bei Ottmann und Leinebach. Es ist gestern Nacht passiert. Wir gehen von demselben Täter aus, und Ihr Alibi ist dieses Mal mehr als wasserdicht.«

Hannah stockte der Atem. Gestern Nacht, das hieß, dass sie es nicht sein konnte.

»Klaus Denzig!«, gab sie sich selbst die Antwort auf die Frage, die sie ihm nicht stellen wollte.

Lennard Stark sah sich um. Es waren zwar einige Kollegen an den Plätzen der Etage am Arbeiten, doch der Staatsanwalt und seine Kollegin waren nicht zu sehen. Er sah Hannah direkt in die Augen und senkte leicht den Kopf. Es war eindeutig die Bestätigung ihrer Vermutung: Klaus Denzig war gestern Nacht ermordet worden.

»Ich bitte Sie dringlichst, nichts zu unternehmen. Halten Sie sich aus den Ermittlungen heraus und lassen Sie uns unsere Arbeit machen. Sie könnten das nächste Opfer sein ...« Die Worte erinnerten sie an Henrik. Aber es war zu spät. Sie wollte jetzt wissen, was damals geschehen war, welches Schicksal zu Jettes Verschwinden geführt hatte. Sie musste zu Ende bringen, was sie begonnen hatte. Die Polizei konnte sich um den unbekannten Mörder kümmern, sie hatte eine andere Mission.

»Selbstverständlich. Danke für Ihre Offenheit«, stammelte sie mit zittriger Stimme und völlig perplex über die überraschende Wendung. »Können Sie mich denn umgehend informieren, wenn Sie ihn gefasst haben?«

»Mache ich. Sie können mich jederzeit anrufen, wenn Ihnen noch etwas einfällt. Meine Nummer haben Sie ja.«

Hannah bedankte sich demütig. Als sie das Polizeigebäude mit ihren Sachen verließ, streckte sie sich und atmete tief ein. Sie hatte einiges zu klären und keine Zeit zu verlieren.

Hannah hatte keine Ahnung, wo sie war. Trier brachte sie mit Karl Marx in Verbindung und diesem Schlagersänger mit der komischen Frisur. Sie erinnerte sich nicht mehr an den Namen, nur dass er einen verstörenden Auftritt beim Eurovision Songcontest hingelegt hatte. Die Stadt mit dem alten, schwarzen Tor hatte etwas Beruhigendes. Doch sie musste sich eingestehen, dass sie vollkommen verloren war. Hannah stand vor einem riesigen alten Gemäuer, das der Beschilderung nach einst die »Kaisertherme« gebildet hatte. Sie dachte unweigerlich an Igor und die Sauna im Hotel. Ob die Römer früher auch so gnadenlos gewesen waren? Im Augenwinkel erblickte Hannah das herannahende Taxi, dem sie sich mit einer wilden Handbewegung als Fahrgast anbot. Die wortkarge und unfreundlich wirkende Taxifahrerin kommunizierte mehr mit Gesten als mit Worten. Bei der Zielangabe »Trauertal« runzelte sie zunächst die Stirn. Nach der Eingabe in den Routencomputer und der Anzeige der Kilometer drehte sie sich mit einem Lächeln zu Hannah um. »Zahlung nur in bar.« Hannah nickte ab, sie hatte etwa zweihundert Euro Bargeld dabei. Ihr war der Preis egal, die Entfernung ebenfalls. Hauptsache, sie kam schnell zu ihrem Ziel. Die Fahrt im Polizeiauto war ihr kurz vorgekommen, jedoch erinnerte sie sich an einen Großteil dieser nicht mehr. Waren es dreißig Minuten oder über eine Stunde gewesen? Sie konnte es nicht abschätzen. Auf jeden Fall hatte sie ausreichend Zeit, ihr Smartphone aus dem Asservatenbeutel zu nehmen und zu prüfen, was sie die letzten zwanzig Stunden verpasst hatte. Das Smartphone hatte nach Einschalten lediglich sechs Prozent Akku. Dabei mussten die Polizei es mit hundert Prozent vom Ladekabel abgemacht und einkassiert haben. Ohne Zweifel hatte man alle Daten darauf ausgelesen. Durfte die Polizei das überhaupt? Sicherlich, wenn es um die Aufklärung einer Straftat in diesem Ausmaß ging. Ihr Bewegungsprofil würde sie jedenfalls nicht belasten, so viel war klar. Ihr fielen etwa zehn Anrufe in Abwesenheit von »Henry« auf. Für den Bruchteil einer Sekunde fragte sie sich, wer Henry war. Dann erinnerte sie sich daran, dass sie Henrik mit der neuen Nummer als diesen gespeichert hatte.

»Kann ich vielleicht mein Handy hier irgendwo im Auto laden?«, fragte sie freundlich die Taxifahrerin, die die Stadtgrenze bereits passiert hatte.

»Sieht das Auto so aus, als hätte es eine Steckdose?« Der alte Benz war dem Geräusch nach zu urteilen ein

Diesel. In Frankfurt waren die meisten Taxis Elektroautos. »Vielleicht hat der einen USB-Anschluss im Handschuhfach?«

»Hat es nicht.«

Hannah hatte weder Zeit noch Nerv, sich mit der frustrierten Taxifahrerin zu streiten. Sie hatte ohnehin kein Ladekabel dabei. Hannah schrieb Henrik eine SMS.

Bin wieder frei. Mein Akku ist gleich leer. Melde mich später.

Sie ging davon aus, dass er ihre Verhaftung mitbekommen hatte. Sie sah die Anrufliste durch. Alle Anrufe waren von Henrik, von dem Zeitpunkt des Verlassens bis zu ihrer Rückkehr und Festnahme. Er wusste also von dem Polizeieinsatz. Möglicherweise hatte er sie warnen wollen. Oder hatte er andere Absichten?

Fakt war, sie musste Hannes Feldmann finden. Sie kannte niemanden, der ein stärkeres Motiv gehabt hätte als der Vater, dessen Junge an einer schicksalhaften Beobachtung zugrunde gegangen war. Wie ein Krebsgeschwür musste sich die Last seiner Beobachtung in ihm ausgebreitet haben, bis er nur noch einen Ausweg gesehen hatte: einen Suizid. Vielleicht wollte er mit dem Ort seines Selbstmordes einen Hinweis auf die abscheuliche Tat geben. Vielleicht wollte er, dass man nach Jette tauchte und ihr Schicksal zutage führte. Dafür würden auch die Klamotten sprechen, die man gefunden hatte. Andererseits hätte er auch einen Abschiedsbrief schreiben können. Hannah kannte die

Macht der Verdrängung. Wie viele Soldaten verdrängten über Jahre und Jahrzehnte, was sie im Krieg gesehen oder erlebt hatten? Oft reichte ein Ereignis, das sie triggerte, und alles kam zurück. Vielleicht gab der Zeitpunkt von Michels Tod einen Hinweis darauf. 2006. Das waren zwölf Jahre nach Jettes Verschwinden. Was war damals passiert, das Michel dazu gebracht hatte, nach ihr zu tauchen oder sich dort umzubringen? Die Antwort konnte nur einer geben, und Hannah hatte eine Idee, wie sie denjenigen finden würde ...

Nach knapp fünfundvierzig Minuten kamen sie in Trauertal am Hotel an. Die Taxifahrerin hatte ein ordentliches Tempo an den Tag gelegt. Immer an der Grenze der zumutbaren Geschwindigkeitsüberschreitung.

»Einhundertsechsundvierzig sechzig.«

Hannah war nicht in der Verfassung, diesen Betrag anzufechten oder mit der Frau zu diskutieren. Der Preis war definitiv zu hoch, aber das war er oft in diesen Tagen. Hannah zahlte kommentarlos und ließ sich bis auf den letzten Cent das Wechselgeld auszahlen, was normalerweise nicht ihre Art war. Sie gab immer Trinkgeld, auch wenn ihr Gegenüber nicht freundlich war. Sie war selbst oft gestresst oder wirkte unfreundlich. In der Gastronomie waren ihr Servicekräfte am liebsten, die nicht aufgesetzt überfreundlich daherkamen. Bei dieser Person hatte sie allerdings das Gefühl, dass ihre Schmerzgrenze erreicht war. Die Frau kramte in ihrem Geldbeutel, als suchte sie nach der höchsten Anzahl an Münzen, die sie finden konnte. Aus reiner Boshaftigkeit. Hannah warf die drei Euro vierzig in über zwanzig Münzen demonstrativ in ihre Tasche und ging zu ihrem Auto.

Sie kramte im Handschuhfach nach einem Ladekabel und schloss ihr Handy an den USB-Anschluss ihres Wagens an. Auch wenn es mit dem Auto länger dauern sollte, sie musste jetzt mobil sein, um die nächsten Schritte ohne Zeitverzug ausführen zu können. Sie fuhr los, um über die Umgehung nach Trauertal zu kommen. Während sie das Waldstück passierte, wählte sie die Nummer von Henrik alias Henry. Er drückte Hannah nach dem zweiten Klingelton weg. Komisch. Nach all den Anrufen in Abwesenheit ... Sie dachte an Stefan und das Treffen mit ihm am See. Seine Traurigkeit und die Angst vor irgendetwas, das er nicht konkret formulieren konnte. Vielleicht hatten Nina und Stefan Angst, ebenfalls Opfer des Mörders zu werden. Immerhin waren sie an der Aktion beteiligt gewesen, wenn auch passiv oder mit Abstand. Jemand hätte sie sehen können. Michel hätte ihnen die ganze Wahrheit erzählen können. Vielleicht hatte er das sogar und beide schwiegen darüber, was wirklich passiert war. Nina verdrängte den Vorfall und alles, was mit Jettes Verschwinden und Michels Tod zusammenhing. Aus ihr würde sie nichts herausbekommen.

Hannah erreichte Trauertal und fuhr langsam über den Dorfplatz in die Kirchstraße. Heute waren mehr Menschen unterwegs als die letzten Tage zusammen. Es sah fast so belebt aus wie in einem Randviertel von Frankfurt. Auf den Bänken vor der Kirche saß eine Gruppe Jugendlicher. Hannah fühlte sich sofort in ihre Kindheit zurückversetzt. Dort hatten auch immer die älteren Jungs und Mädchen gesessen. Hannah hatte es meist vermieden, direkt an ihnen vorbeizugehen. Nicht dass sie Angst vor ihnen gehabt hätte. Sie hatte es bloß umgehen wollen, direkt mit jemandem im Ort Kontakt aufzunehmen. Eigentlich hatte Hannah in Trauertal nie echte Freunde gehabt. Alle Mädchen und Jungs, die annähernd so etwas wie Freunde gewesen waren, kamen aus anderen Dörfern oder der Stadt. Und diese kannten sich aus der Zeit, bevor Hannah und ihre Schwester nach Trauertal gekommen waren. Sie hatte es schwierig gefunden, Anschluss zu finden, zumal die meisten Mädchen eine beste Freundin aus Kindertagen hatten. Jette war da anders. Sie war aufgeschlossener, offener und direkter, wenn sie auf Personen zuging. Sie zog jeden direkt in ihren Bann, sie hatte etwas, das ihr Gegenüber sofort anstrahlte und als positiv empfand. Fast wäre sie, in Gedanken in der Vergangenheit versunken, an ihrem Ziel vorbeigefahren.

46

Die Nacht zuvor

Während seine Kräfte schwanden, konzentrierte Klaus sich darauf, nicht das Bewusstsein zu verlieren. Er sah das verkrustete Blut an seinen Fußgelenken, doch er fühlte keinen Schmerz. Schon lange spürte er nur, wie immer mehr von ihm verschwand. Er zwang sich, nicht die Kontrolle zu verlieren und dachte nach, solange sein Gehirn noch arbeitete. Er hatte in der Vergangenheit mehrere E-Mails erhalten, die zu dieser Situation geführt hatten. Die ersten hatte er ignoriert. Hatte sie gelöscht, ohne eine ernsthafte Bedrohung wahrzunehmen. Dabei wusste er aus seiner aktiven politischen Laufbahn genau: Der Anfang vom Ende war es, wenn man seine Gegner unterschätzte. Und dass er diesen Gegner unterschätzt hatte, stand angesichts seines Zustandes außer Frage. Die E-Mails, die von einem unbekannten Absender stammten, hatten alle ein Ziel: Ihn für etwas zur Verantwortung zu ziehen, für das er keine Schuld trug.

»Ich weiß, was du 1994 getan hast«, war die erste Nachricht, die er mit einem unguten Gefühl arrogant ignoriert hatte. Selbstverständlich wusste er, was 1994 passiert war. Es war ein ereignisreiches Jahr gewesen, das viel Veränderung gebracht hatte, und der Start in sein neues Leben. Ein Leben, auf das er lange hingearbeitet hatte. Doch all die Dinge waren wohl nicht damit gemeint, das war ihm umgehend klar. Neben den großen Ereignissen um die Flutung gab es diesen Vorfall, dem er beigewohnt hatte, für den er aber keine Verantwortung übernehmen wollte.

»Du hast Jette auf dem Gewissen!«, wurde der Unbekannte konkreter und Klaus bekam eine Vorstellung von dem, was ihn erwartete. Diese Mails waren immer noch kein Grund, die Nerven zu verlieren. Hatte er doch bereits einige dieser Situationen gehabt, in denen seine Karriere und seine Reputation auf dem Spiel gestanden hatten. Er hatte stets alles hingebogen und zu seinen Gunsten gedreht bekommen. Was wollte man ihm denn, dreißig Jahre nach dem Unfall, vorwerfen? Die ersten Mails hatte er gelöscht, doch eine Vorahnung ließ ihn die letzten Nachrichten speichern. Im Zweifelsfall hatte er einen Kontakt, der sich mit IP-Adressen und Ähnlichem auskannte und der ihn dieses Arschloch aufspüren lassen könnte. Klaus ertappte sich dabei, wie er über die Mails nachdachte. Den Unfall von damals hatte er schnell vergessen. Jette und die Umstände waren schnell kein Thema mehr für ihn gewesen. Gott sei Dank hatte die Presse das Verschwinden dieses nervigen Mädchens nicht weiterverfolgt. Auch die Polizei hatte angenommen, dass Henriette Harth damals abgehauen war, aus freien Stücken und geplant. Mit jedem Jahr, das verstrich, verblassten die Erinnerungen an das Ereignis. Es verschwand langsam, aber sicher in der Bedeutungslosigkeit wie Gemüseabfälle auf einem Kompost. Aber nun, da er fast täglich mit E-Mails bombardiert wurde, hatte er seine Erinnerung wieder aufleben lassen. Wer war damals dabei gewesen? Wer wusste von dem Unfall? Ottmann und Leinebach. Und Hannes Feldmann. Letzteren schloss er als Drahtzieher dieser Aktion aus. Er würde sich kaum selbst nach so vielen Jahren auf diese Weise mit der Situation auseinandersetzen. Wenn jemand Schuld trug, dann er. Zu Leinebach hatte er gelegentlich Kontakt gehabt. Aus dem war nicht mehr viel zu entlocken gewesen, geschweige denn, dass Walter hinter diesen Mails stecken konnte. Und Ottmann. Der würde kein Wort darüber verlieren, selbst wenn man ihn foltern würde. Der hatte so viel Dreck am Stecken, der könnte sich gleich umbringen, wenn das rauskäme. Nie im Leben! Von welchen Seiten er auch immer das Geschehen beleuchtete: Es ergab einfach keinen Sinn.

Doch vorgestern war die Chance dagewesen, dem Ganzen ein Ende zu bereiten. Der Unbekannte hatte ihm geschrieben, dass er Beweise hatte, die seine Mittäterschaft am Mord von Henriette Harth beweisen würden. Klaus bekam Angst. Vielleicht hatte jemand das Ganze gefilmt, vielleicht hatte einer der anderen ein Geständnis abgelegt. Der Erpresser wollte fünftausend Euro. Was für ein lächerliches Angebot. Wenn es wirklich diesen Beweis geben sollte, und der ganze Scheiß wäre mit fünftausend Euro vom Tisch ... Er war zum Automaten gegangen, hatte das Geld abgehoben und sich zu dem Treffpunkt begeben. Es war seine Überheblichkeit, die ihn leichtsinnig dazu geführt hatte. Natürlich waren sein Erscheinen und die fünftausend Euro ein Eingeständnis seiner Schuld. An dem Geld war der

Mann nicht interessiert. Den größten Teil der fünftausend Euro hatte er ihm in den Mund gestopft, was nun drohte, ihm den qualvollen Erstickungstod zu bringen.

Doch dazu kam es nicht. Irgendwann hörte er einen Schlüssel und die Tür nach draußen ging auf. Ein letztes Mal spürte Klaus so etwas wie Hoffnung. Hatte man ihn gefunden, so kurz vor dem Ersticken oder Verdursten? Klaus war mittlerweile zu schwach, um sich bemerkbar zu machen, um irgendeine Reaktion zu zeigen. Er erkannte verschwommen, wie jemand auf ihn zukam und die Kabelbinder löste. Und er hatte verstanden. Er hatte seine Lektion gelernt.

In seinem Gesicht war ein Lächeln zu erkennen, als er das Häufchen Elend von dem Rohr befreite. Die fünfzig Stunden hatten ihm gut zugesetzt, aber das war schließlich sein Plan. Er würde ihm das letzte bisschen Würde austreiben, doch zunächst wollte er Antworten.

»Bist du bereit, auszupacken, oder soll ich dich noch ein paar Tage hier liegen lassen?«, fragte der Mann, während er das Panzertape löste und die Geldscheine aus dem Mund entfernte. Klaus war nicht in der Lage, sie selbstständig auszuspucken.

Er schien das Bewusstsein zu verlieren. Schnell schlug er ihm rechts und links ins Gesicht. Klaus kam wieder zu sich und wisperte.

»Wa... Wa... Wass...«

»Was ist los? Boah, stinkt das ... Du hast dich ja komplett eingenässt. Wie ein kleines Kind.« Der Mann lachte hämisch auf. Klaus verlor den letzten Rest an Hoffnung, diese Nacht zu überleben.

Trotzdem mobilisierte er seine letzten Reserven und nuschelte: »Wasser. Bitte.«

»Wasser willst du? Kannst du haben ...«

Die Tür nach innen führte durch den Saunabereich zum Poolhaus. Um diese Uhrzeit war die Anlage gesperrt. Er zog Denzig an den Beinen durch die Saunalandschaft bis vor den Pool. Der Mann war völlig außer Kontrolle. Er merkte nicht, dass Klaus sich an der Ecke zur Sauna den Kopf aufgeschlagen hatte und ein letztes Mal das Bewusstsein verlor.

Am Pool angekommen, schrie er den bewusstlosen Klaus Denzig an.

»So, hier hast du was zu trinken. Dann trink mal, bevor du deine Beichte ablegst!«, befahl er ihm und drückte seinen Kopf unter Wasser. Der Körper rutschte unkontrolliert in den Pool und trieb regungslos im klaren Nass. Denzig hatte keine Kraft mehr, sich selbst zu retten. Und der Mann sah ein, dass er keine Antwort auf seine Fragen erhalten würde. Er ging an der Blutspur entlang zurück zum Versorgungsraum und verließ diesen durch die Außentür. Er hatte keine Informationen erhalten, sicherlich wäre Denzig genauso schweigsam wie Ottmann gewesen, hätte er noch mal die Gelegenheit zum Reden bekommen. Aus Leinebach war auch nichts mehr herauszubekommen. Sein Tod war eher eine Erlösung. Doch es war ihm egal. Die Männer hatten keine Berechtigung mehr zu leben. Denzig hätte sicher eine Beichte ablegen können, aber was wäre davon zu erwarten gewesen?

Dennoch verließ er das Hotel mit einer Genugtuung.

47

Sie parkte in der Einfahrt von Geißlers Haus und marschierte direkt auf den Eingang zu. Die Tür stand einen Spalt weit offen. Hannah trat langsam näher und steckte vorsichtig den Kopf nach innen. Sie nahm verschiedene Stimmen wahr, ohne festzustellen, was genau gesagt wurde. Ihrer Vermutung nach waren es mehrere Männer fortgeschrittenen Alters. Während Hannah nachdachte, ob sie klingeln oder rufen sollte, stand sie schon halb im Hausflur und erschrak, als der laute Schrei einer Person, gefolgt von einem dumpfen Schlag auf den Tisch durch das ganze Haus hallte. Wie versteinert stand sie im Flur und ehe sie eine Entscheidung treffen konnte, was sie als Nächstes tun sollte oder wie sie die Situation einzuordnen hatte, ging die Tür zum Wohnzimmer auf.

Der unbekannte Mann mit Dreitagebart und Halbglatze starrte Hannah an, als ob er einen Geist gesehen hätte.

»Manni, was ist los?«, rief Ferdinand von innen. Der ältere Herr namens Manni und Hannah standen sich einen Moment regungslos im Hausflur gegenüber. Hannah hatte schließlich das Gefühl, sich erklären zu müssen, immerhin war sie ohne triftigen Grund in Ferdinands Haus eingedrungen.

»Äh, hallo. Mein Name ist Hannah Harth. Ich wollte zu Herrn Geißler. Die Tür stand offen ...«

»Hannah Harth ...«, murmelte der Mann und deutete ihr mit einem Kopfnicken an, in die Küche zu gehen. Er selbst verschwand in der Toilette.

»... eine Blase wie ein Kleinkind, der Manni«, witzelte ein Mann, als Hannah eintrat. Eine kühle Ruhe durchdrang den Raum wie das Auge eines Orkans. Entsetzen lag in der Luft und Ferdinand durchbrach die kurze Stille. »Hannah, Liebes. Wo kommst du denn her? Du siehst etwas blass aus.«

»Die Tür stand offen, entschuldige. Ich hätte trotzdem klingeln sollen«, entschuldigte sich Hannah, deren Anspannung sich dank ihres ehemaligen Deutschlehrers schnell gelöst hatte.

»So langsam solltest du wissen, dass bei mir meistens die Tür offen steht. Das bin ich von früher so gewohnt. Bei mir ist jeder willkommen.« Die naive Vorstellung eines alten Mannes oder ein auf lebenslanger Erkenntnis beruhendes Vertrauen? Sie wusste es nicht, aber die Situation verursachte bei ihr eine Angst, die sie nicht kannte.

Die beiden Männer stellten sich als Helmut und Richard vor. Sie waren alle im selben Alter, schätzte Hannah.

Auf dem Tisch lagen verschiedene kleine Haufen an Karten. Helmut und Richard, die neben Ferdinand um den Küchentisch verteilt saßen, starrten sie neugierig an. Hannah hatte das Gefühl, eine bedrückende Stimmung ausgelöst zu haben und versuchte, die spontane Version eines Small Talks einzuwerfen: »Was spielen Sie denn da? Skat?«

»Skat, Doppelkopf, Rummikub ... Je nachdem, wie viele da sind. Da muss man in unserem Alter flexibel sein. Heute sind wir vier. Da geht Doppelkopf. Ab morgen könnten wir schon einer weniger sein. Dann bleibt nur noch Skat …« Der morbide Humor von Ferdinand ließ die übrigen beiden Herren hämisch auflachen. Hannah lachte verlegen mit. Ferdinand bot ihr den freien fünften Stuhl an.

»Mensch, Kind. Ich war ja richtig geschockt, als ich dich eben gesehen hab«, platzte es aus Helmut, der neben Ferdinand saß, heraus. Er war klein und untersetzt, Hannahs Tante hätte ihn als »wohlgenährt« tituliert. Richard war das genaue Gegenteil: ein schlanker, groß gewachsener Mann mit einem schmalen, eingefallenen Gesicht. Während Hannah überlegte, was Helmut damit genau aussagen wollte, antwortete der dürre Richard bereits: »Genau, Helmut. Wir haben ja alle mitbekommen, dass du das bist. Aber sieh dir an, was aus dem kleinen Mädchen geworden ist …«

Der dicke Helmut nickte zustimmen. »Bildhübsch. Wie deine Mutter damals.«

»Sehr einfühlsam, Männer!«, mahnte Ferdinand seine Kollegen, das Gespräch nicht weiter auszuführen. Alle Beteiligten wussten, dass Hannah nach dem Tod ihrer Eltern nach Trauertal zu ihrer Tante kam. Der frühe Tod der Mutter war für die meisten Menschen ein sensibles Thema. Hannah hatte kaum Erinnerungen an sie und nicht das Gefühl, dass sie darüber noch immer traurig war. Da gab es andere Dinge im weiteren Verlauf ihres Lebens, die ihr mehr Kummer bereitet hatten. Eine Sache galt es jetzt zu klären.

»Keine Sorge, damit komme ich schon klar«, beruhigte sie Ferdinand, der seine Freunde grimmig ansah. »Sie kannten meine Mutter?«

Alle drei nickten stumm.

»Wer kannte sie nicht?«, fragte der vierte Mann, der gerade von der Toilette kommend den Raum betrat. Seine Stimme war ernst und wirkte fast bedrohlich.

»Lass gut sein, Manni«, mahnte Ferdinand erneut. Hannah merkte, dass irgendetwas unter der Oberfläche brodelte. Doch sie war nicht hier, um zu erfahren, was die alten Herren über ihre Mutter zu erzählen hatten. Sie war eine hübsche Frau gewesen, und hatte sicher ihre eigenen Geheimnisse gehabt.

»Ich bin auf der Suche nach meiner Schwester. Kannten Sie Henriette auch?« Erneutes Nicken aller vier Männer.

»Selbstverständlich!«, stimmte Richard zu.

»Eine traurige Sache. Warum ist sie nur damals abgehauen? Denkst du, du findest nach all den Jahren noch Hinweise, warum sie so plötzlich abgetaucht ist?«, fragte Helmut. Hannah spürte, dass Ferdinand das Gespräch unangenehm zu werden schien. Er wusste schließlich mehr, auch über Hannahs Vermutungen. Offensichtlich hatte er das nicht vor seinen Kollegen angesprochen. Kaum zu glauben, dabei sprach das ganze Dorf über Hannahs Rückkehr und den Tod von Ottmann.

»Jette war wie deine Mutter«, erklärte Manni. Er machte eine bedrückend lange Pause, die keiner seiner Kollegen zu unterbrechen wagte. »Äußerlich glich sie deiner Mutter auf eine wirklich beängstigende Weise. Also ich meine das nicht böse, im Gegenteil: Sie war eine gut aussehende Frau. Sie war oft hier, als sie so alt war wie du.«

»Hannah ist aber nicht hier, um die alten Geschichten zu hören. Sie ist auf der Suche nach Jette«, unterbrach ihn Ferdinand. Hannah war froh, dass er das Gespräch auf seinen Fokus lenkte. So musste sie nicht weitere Anekdoten einer Zeit erfahren, mit der sie längst abgeschlossen hatte. »Also, Liebes. Was willst du wissen?«

Hannah wandte sich an alle im Raum. Die Männer warteten gespannt darauf, welche Fragen die lange verschollene Bürgerin ihres Ortes hatte. Sie versuchte, sich ihre Anspannung nicht anmerken zu lassen und ließ sich ebenfalls Zeit, um nicht gestresst rüberzukommen.

»Ich muss mit Hannes Feldmann reden. Weiß einer von Ihnen, wo ich ihn finde?«

»Hannes? Was hat der denn damit zu tun? Der lebt doch schon seit Jahrzehnten nicht mehr in Trauertal ...«, kommentierte Manni.

»Der ist doch irgendwann weggezogen. Die Marie hat den doch verlassen, wegen einer Affäre, oder nicht?« Die Herren nickten. Der Grund und der Zeitpunkt wurden wild diskutiert. Auch die Umstände waren wohl nicht eindeutig. Wer damals wen betrogen hatte und ob es überhaupt so war oder eine einvernehmliche Trennung vorlag, konnte nicht abschließend geklärt werden. Das Getratsche längst vergangener Zeiten interessierte Hannah wenig, doch sie ließ die Herren diskutieren. Immerhin bekamen alle plötzliche Geistesblitze, die vielleicht doch mehr als nur Gerüchte zutage fördern würden.

»Aber sein Sohn hat doch hier gelebt und ist im See ertrunken«, warf Hannah einen Aspekt ein, den die Herren nicht erwähnt hatten.

»Michel, der arme Bengel. Ja, das war wirklich ein Drama. Danach habe ich den Hannes nicht mehr hier gesehen.«

»Genau, der hat auch noch nie seine Enkelkinder besucht, das hat mir Margot letztens erst erzählt.«

»Wie, seine Enkelkinder?«, fragte Hannah. »Hatte Michel Kinder?«

»Nein, Michel nicht. Der war ja noch halb grün hinter den Ohren. Aber sein Bruder. Frederik.«

»Ja genau, der Fred. Der war schon früh im Sportinternat. Der sollte mal Fußballprofi werden. Aber irgendwie wurde nichts draus.«

»Der hatte 'nen Bänderriss. Danach war Schluss mit Karriere. Der kann doch bis heute nicht mehr richtig gehen«, fügte der dünne Herr hinzu.

»Dann kam er zurück, das war so vor zwanzig Jahren. Der hat doch die Lehrerin geheiratet ...«

»Nina?«, platzte es aus Hannah raus.

»Ja genau. Nina Stollberger, hieß die früher. Die Jungs sind doch zwei Fußballtalente. Wie der Vater. Fred müsste doch zumindest wissen, wo sein Vater wohnt.« Die drei Männer spekulierten über die Beziehung von Vater und Sohn. Hannah fühlte sich wie ein Kind vom Dorf, ausgesetzt am *Times Square* in New York: reizüberflutet und überfordert. Sie war auf der Suche nach Antworten und immer weitere Fragen taten sich vor ihr auf. Jetzt musste sie einen kühlen Kopf bewahren. Warum hatte Nina ihr nichts von der verwandtschaftlichen Beziehung zu Michel erzählt? Immerhin war er ihr Schwager, auch wenn er bereits lange tot war. Warum kannte Hannah den neuen Nachnamen von Nina nicht? Mit einer Sache hatte Manni recht: Wenn einer wusste, wo Hannes Feldmann lebte, dann sicher Fred. Es war Zeit, den Mann kennenzulernen, den Nina offensichtlich versuchte, vor Hannah zu verstecken.

48

Hannah hatte sich unter dem Vorwand, die Herrenrunde nicht weiter stören zu wollen, verabschiedet. Ninas Haus war lediglich eine Minute entfernt.

Eine Sache irritierte sie, und diese wollte Hannah klären, bevor sie sich auf das Gespräch mit Nina und Fred einlassen konnte. Sie saß im Auto und wählte die Nummer von Paul, der nach dem zweiten Klingeln abhob.

»Hannah, endlich! Was ist passiert?«

»Ich wurde festgenommen. Die Polizei war gestern meinetwegen da!«

»Ich habe es gesehen. Wieso? Wie kamen sie auf dich?«

»Alle Todesopfer hängen mit mir zusammen. Ich habe Ottmann gefunden. Und ich war im Altersheim, bevor Leinebach ermordet wurde ...«

»Leinebach ist tot?«, stammelte Paul entsetzt. Erst jetzt begriff sie, dass Paul von all dem nichts wissen konnte.

»Ja. Und gestern Nacht wurde Denzig ermordet. Ich nehme an, dass sie mich deshalb freigelassen haben. Ich kann es ja schließlich nicht gewesen sein, ich war in U-Haft.«

In der Leitung herrschte Stille. »Paul?«

»Ja, ich bin noch da. Was ist das für ein Wahnsinn? Haben sie irgendeine Theorie zu Jette? Bringen sie die Morde überhaupt in Verbindung mit ihr?«

»Ja, ich denke schon. Der eine Kommissar glaubt meinen Ausführungen, dass alles mit Jettes Verschwinden oder mit Michels Tod zusammenhängt. Nur sind sie nicht daran interessiert, die alten Fälle aufzuklären ...«

»Die wollen lieber den Mörder finden, das ist mir schon klar. Aber sie müssen doch einsehen, dass der Weg nur über die Klärung der alten Fälle funktionieren wird.«

»Keine Ahnung. Was kam bei euch raus? Hat Olli was gefunden?«

»Nein, nichts. Es gibt mehrere Möglichkeiten, wo man eine Leiche vergraben könnte. Aber ohne Geräte oder eine ungefähre Ortsangabe wird das schwierig werden. Ich geb die Hoffnung langsam auf ...«

»Du kannst jetzt nicht aufgeben, Paul. Wir sind so kurz davor. Ich verfolge eine Spur, ich muss nur noch wissen, wo Hannes Feldmann lebt und mit ihm sprechen ...«

»Vergiss Feldmann. Der weiß doch nichts. Er und Michel hatten kein gutes Verhältnis miteinander. Er hat seinem Vater sicher nicht erzählt, was damals passiert ist.«

»Irgendwas muss Hannes wissen. Er ist der Einzige, der für all die Morde verantwortlich sein kann. Er will seinen Sohn rächen. Er weiß sicher mehr.«

»Ich denke nicht. Aber du kannst ihn gerne suchen ...«

»Wusstest du, dass Michel einen älteren Bruder hat?«

»Ja, der ist mit Nina verheiratet. Fred. Ich kenne ihn nicht besonders gut, aber ...«

»Weißt du zufällig, ob er damals anwesend war, als Jette verschwunden ist? Oder als Michel ertrunken ist?«

»Worauf willst du hinaus?«

»Ich hatte bisher nur Hannes auf dem Schirm, der für den Tod von Denzig, Ottmann und Leinebach verantwortlich sein könnte. Und Hannes hat für mich immer noch das stärkste Motiv. Aber plötzlich taucht der Bruder auf. Wieso hast du mir nicht gesagt, dass Michel einen Bruder hat, der hier lebt?«

»Was hat das damit zu tun? Wir suchen Jette, wir wollen wissen, was mit Jette passiert ist. Michel ist damals ertrunken. Ich denke nicht, dass Fred oder Hannes was damit zu tun haben ... Warum auch?« Sein aggressiver Unterton irritierte Hannah. Warum war er sicher, dass die eine Theorie die richtige war?

»Okay, ich muss es trotzdem wissen!«

Hannah legte wütend auf. Warum verstand er nicht, dass Hannes oder Fred Feldmann die einzigen Spuren waren, die ihnen helfen konnten? Sie startete den Motor und fuhr über den Marktplatz durch die Schulstraße zum Haus der Familie Feldmann.

Es brannte Licht in beiden Stockwerken und Hannah parkte direkt hinter dem dunklen SUV. Mit dem Auto konnten sie schon mal nicht vor der Konfrontation mit ihr fliehen. Hannah würde nicht eher lockerlassen, bevor sie Antworten hatte. Jetzt hatte sie endgültig genug. Dass Paul oder Ferdinand nichts von Nina und Michels Bruder Fred erwähnt hatten, konnte sie irgendwie nachvollziehen. Er war schließlich nie Thema ihrer Gespräche gewesen. Aber Nina hatte sie eindeutig getäuscht, eigentlich sogar belogen. Und das vielleicht aus einem bestimmten Grund.

Als sie die Klingel betätigen wollte, hörte sie von innen Geschrei. Die eine Stimme war eindeutig die von Nina, die andere von einem Mann. Die beiden stritten sich, das war kaum anders zu interpretieren. Es war ein Schlagabtausch von Vorwürfen, von denen Hannah wenig Inhalt, aber viel Emotion mitbekam. Hannah überlegte einen Moment. Sollte sie warten, bis der Streit sich gelegt hatte? Ging es bei dem Streit vielleicht um Michel? Oder um Jette? Ihre Gedanken wurden von einem Klirren unterbrochen. Etwas war zu Bruch gegangen. Bevor sie ihr weiteres Vorgehen abwägen konnte, kam die aufgewühlte, männliche Stimme immer näher. Es trennte sie jetzt nur die Haustür voneinander. Hannah bekam Angst, wehrte sich aber gegen den Wunsch, diesen Ort zu verlassen. Sie musste sich jetzt dem stellen, was da kam. Mit allen Konsequenzen.

Die Tür ging auf und ein Mann mit lichtem blondem Haar und hochrotem Kopf stand vor ihr. Er sah Hannah verwirrt an, lief aber ohne ein Wort zu sagen an ihr vorbei. Es war ohne Zweifel Michels Bruder. Er sah ihm ähnlich, eine gealterte Version des Gesichts, das Hannah aus dem Fernsehbeitrag kannte. Bevor sie ihn stoppen konnte, oder ihr irgendetwas einfiel, was sie sagen sollte, war er bereits in der Garage verschwunden. Kurz darauf fuhr er mit einem Mountainbike an den Autos in der Einfahrt vorbei in den Wald. Hannah runzelte die Stirn. Wollte er tatsächlich zum See oder flüchtete er, um sich der Situation eines Ehestreites zu entziehen? Hannah betrat das Haus und vernahm im Eingang ein Schluchzen. Sie ging den Flur entlang, in Richtung der weinenden Nina. Alles hier war tatsächlich baugleich mit ihrem alten Elternhaus. Nina saß dem Schluchzen nach zu urteilen also in der Küche. Sie klopfte vorsichtig am Türrahmen. Ihre ehemalige Nachhilfelehrerin erschrak und verstummte sogleich.

»Hannah. Was machst du hier?«

»Hallo, Nina. Was ist passiert?«

»Der übliche Streit ... Fred ist frustriert, ich will ihn motivieren, er blockt ab, wird wütend und verlässt dann das Haus.«

Ihre Augen waren gerötet und auch ihre Wangen glühten wie nach einem anstrengenden Wettkampf.

»Hat er dich ...? Ich meine ...«

Nina schüttelte den Kopf. »Er würde mir niemals ... Er hat mich noch nie geschlagen. Der kann gar nicht gewalttätig werden. Ich wünsch mir manchmal, dass er einen Stuhl oder sonst was kaputt haut und einfach mal seine Wut ablässt. Aber nein: Er hat weder was zerstört noch mir was getan. Niemals. Die Vase ist mir runterfallen ...«

Ninas Worte klangen ausnahmsweise aufrichtig und ehrlich. Die zerbrochene Vase lag in Scherben auf dem Boden. Nina starrte darauf, blieb jedoch resigniert sitzen.

»Nina. Ich bin aus einem Grund hier. Du hast mir verschwiegen, dass dein Mann Fred der Bruder von Michel ist. Warum?«

Nina wischte sich durch ihr Gesicht. Ihre Augen waren ausdruckslos und glasig.

»Warum ist das wichtig? Du suchst nach Jette, oder?«

»Ja, schon, aber ich habe nach zwei Tagen Recherche herausgefunden, dass Jettes Verschwinden mit Michels Beobachtung und wohl auch mit seinem Tod zusammenhängt.«

»Das könnte sein. Aber noch einmal: Was hat es mit Fred zu tun? Er hat weder deine Schwester entführt noch mit Michels Tod etwas zu tun. Er war zu beiden Zeitpunkten nicht mal in Trauertal.«

»Bist du dir da ganz sicher?«

Nina lachte schluchzend. »Ja, absolut. In der Woche, in der Jette verschwunden ist, war er im Trainingslager in Budapest. Dafür habe ich zwar keine Belege, aber auch keinen Zweifel, dass er nicht dort gewesen war. Er war damals auf dem Weg zum Profifußballer. Budapest war ihm so wichtig, um nichts in Welt hätte er das aufgegeben.« Ihre Aussage klang glaubhaft; sie wirkte wie ausgetauscht: aufrichtig und ehrlich. »Als Michel im See ertrunken ist, war er in den USA. Kurz vor dem Unfall haben sich mehrere Clubs für ihn interessiert. Auch einer aus den USA. Wenn das geklappt hätte, dann wäre er nie zurückgekommen. Und wir hätten nicht geheiratet und unsere zwei Kinder wären nie geboren ...«

»Was war das für ein Unfall? Wie ist das passiert?«

Ihr Blick wechselte von melancholisch zu skeptisch. »Was willst du eigentlich, Hannah? Denkst du, Fred hat was mit den Morden zu tun?«

»Warum nicht. Vielleicht will er seinen Bruder rächen? Ist das so abwegig?«

Hannah lachte laut. »Allerdings. Das ist absurd. Wieso sollte er das tun? Er hatte kaum Kontakt zu seinem Bruder, hatte generell kein gutes Verhältnis zu seiner Familie.«

»Weißt du das ganz sicher? Weißt du zum Beispiel, wo er gestern Nacht war?«

Sie grinste überlegen, fast teuflisch. Etwas hatte sie im Kopf, doch Hannah wollte sich nicht auf ihre bloßen Aussagen verlassen. Nina verstand es, eine heile Welt vorzuspielen – und das nicht nur auf ihrem Profil in den sozialen Medien –, obwohl hinter der Fassade ein emotionaler Krieg herrschte. Nina fischte nach ihrem Smartphone auf dem Tisch und wischte trotzig auf dem Bildschirm hin und her.

»Gestern Nacht war er zu Hause. Fred hatte Dienst bis mittags um zwei. Er ist Physiotherapeut und Sportcoach. Meiner Meinung nach die reinste Qual: wenn man den eigenen Sport nicht mehr ausüben kann und ständig anderen dabei zusehen muss. Er ist im Tennisclub und im Jugendfußball ehrenamtlich aktiv. Er arbeitet halbtags im Hotel drüben.«

»Also hat er Zugang zum Hotel?«

»Ja, natürlich hat er Zugang zum Hotel. Aber er war nicht dort. Er war zu Hause.«

Es wäre müßig gewesen, sie danach zu fragen, ob er nicht doch heimlich nachts das Haus hätte verlassen können – Nina schien sich sicher, dass Fred nichts mit den Morden zu tun hatte. Doch irgendetwas stimmte nicht. Es passte einfach zu gut. Oder gab Nina ihrem Mann ein falsches Alibi?

»Was ist mit Freitagnacht letzte Woche?«, kommentierte Hannah. Wenn er Ottmann in Frankfurt ermordet hatte, dann musste er einige Stunden unterwegs gewesen sein. Nina tippte auf dem Bildschirm und hielt ihn Hannah entgegen.

»War er ebenfalls die ganze Nacht zu Hause.«

Hannah sah erstaunt auf das Display, auf dem eine Karte von Trauertal und ein Zeitstrahl zu erkennen war.

»Was ist das?«, fragte sie ungläubig.

»Seine Uhr zeichnet Vitalfunktionen auf und hat natürlich GPS. Ich kann zu jeder Zeit sehen, wo er war.«

Hannah staunte nicht schlecht. Sie stalkte ihren Mann. Was für eine traurige Beziehung.

»Was ist mit vorgestern? Kannst du sehen, ob er sich irgendwann in der Nähe der Seniorenresidenz ›Ruhewald‹ aufgehalten hat?« Sie zog vor Hannah die Zeitleiste des Tages vor dem Mord an Leinebach nach rechts. Bis zum Morgen hatte sich Fred im Hotel, am Sportplatz und zu Hause aufgehalten. Nicht ansatzweise in der Nähe der Seniorenresidenz. Er konnte es also nicht gewesen sein. Dann blieb nur Hannes Feldmann. Es war der Vater, der den Tod seines Jungen rächte. Hannah war sich sicher. Doch wusste er auch etwas über Jettes Verschwinden? Hatte Michel ihm von seinen Beobachtungen erzählt? Vielleicht hatte er ein Tagebuch oder einen Brief seines Sohnes gefunden? Es musste etwas geben, warum er gerade jetzt die Verantwortlichen für den Tod seines Sohnes zur Rechenschaft ziehen wollte.

»Fred kann es also nicht gewesen sein, was Hannes aus meiner Sicht zum Hauptverdächtigen macht. Ich hatte ihn von Anfang an in Verdacht; habe erst eben erfahren, dass Fred der Bruder von Michel ist. Und wenn er es doch nicht war, dann muss er wenigstens etwas damit zu tun haben. Ich muss Hannes finden. Weiß dein Mann, wo Hannes heute lebt?«

»Nein, Fred hat keinen Kontakt mehr zu ihm. Seit der Beerdigung von Michel. Er weiß ganz sicher nicht, wo er wohnt ...«

Da war etwas in ihrer Stimme, das Hannah misstrauisch machte. Sie glaubte ihr, dass Hannes es nicht wusste, aber sie vielleicht?

»Du weißt, wo er wohnt, habe ich recht?«

Nina nickte.

»Ich besuche ihn ab und zu und schau nach Hannes. Er ist ein gebrochener Mann. Hat den Tod von Michel nie überwunden. Früher war ich auch gelegentlich mit den Kindern bei ihm, als sie klein waren und nichts verstanden haben. Seit sie älter sind, schreibe ich ihm gelegentlich, wenn die Jungs irgendwo spielen oder unterwegs sind, und Fred arbeiten muss. So kann er sie aufwachsen sehen. Fred würde das nicht erlauben. Er würde niemals zulassen, dass sie ihren Großvater treffen. Also mache ich es hinter seinem Rücken.«

Sie verbarg ihr Gesicht in ihren Händen. Meine Güte, was für ein inszeniertes Theater das Leben der beiden war. Nina hinterging ihren Mann gleich doppelt: Sie stalkte ihn und hatte Kontakt zu seinem Vater, ohne dass er davon wusste. Was für eine Scheinwelt. #holyfamily

»Kannst du mir sagen, wo er wohnt? Ich muss mit Hannes sprechen. Am liebsten heute noch.«

Hannah nickte.

»Ich fahre mit dir.«

Sie machte sich in kürzester Zeit im Bad frisch und fuhr mit Hannah los.

49

Hannes Feldmann lebte seit der Trennung seiner Frau allein und abgeschieden auf Schloss Altfels.

»In einem Schloss?«, fragte Hannah ungläubig.

»Ja, also in der Bediensteten-Wohnung. Er ist Hausmeister und Wachmann in einem. Er kennt den Schlossbesitzer, der mit seiner Familie in Frankreich lebt, ist mit ihm irgendwie befreundet. Im Prinzip unterhält und bewirtschaftet er das Anwesen«, erklärte Nina. Den Großteil der laut Navigation einstündigen Fahrt schwiegen die beiden. Hannah wollte lieber für sich nachdenken und die nächsten Schritte planen, ohne Nina einzuweihen. Zu groß war die Skepsis ihr gegenüber. Letztlich hatte sich Nina aber geöffnet und Hannahs Theorie unterstützt, sonst würde sie jetzt nicht mit ihr zu ihrem Schwiegervater fahren. Den Weg entlang an der Mosel und am Ende durch ein kleines Waldstück hätte sie zwar auch mit Google Maps gefunden, der persönliche Kontakt als Türöffner konnte ihr aber von Nutzen sein. Außerdem war sie nicht allein. Einem potenziellen Mörder ohne ein Backup gegenüberzutreten, war sicher keine gute Idee. Sollte sie Paul anrufen? Oder Henrik zumindest Bescheid geben? Sie entschied sich dagegen, denn sie war bereit, den letzten Schritt allein zu gehen.

Was war nur in der Familie Feldmann passiert, dass Vater und Sohn so auf Abstand gingen? Hannah hatte eine vage Vorstellung von Hannes' Motiven, doch fehlte ihr der Einblick in seine Vergangenheit.

»Wann hat dein Mann seinen Vater denn zum letzten Mal getroffen?«

Ohne zu überlegen, wusste Nina die Antwort auf ihre Frage: »Das war auf der Beerdigung von Michel. Sie hatten schon vorher kaum Kontakt. Fred war ein Mama-Kind durch und durch. Sein Vater hatte sich vor dem Tod von Michel stark verändert und kaum noch mit seiner Frau oder den Söhnen geredet. Ich denke, er hatte eine Depression oder irgendwas Psychisches ...«

Irgendwas Psychisches ... Eine etwas zu einfache Erklärung. Sicherlich hatte Hannes etwas, das ihn belastete. Aber niemand schien ihn gehört zu haben.

»Im Dorf hat man gesagt, er hätte eine Affäre, deshalb wäre er daheim rausgeflogen. Das war aber totaler Quatsch. Hannes hatte niemals eine Affäre. Er ist treu wie ein Hund. Als ich ihn mit den Jungs besucht habe, war er so einfühlsam und glücklich. So habe ich Fred noch nie mit den Kindern erlebt. Mein Mann lebt in einer Grundfrustration über seine misslungene Karriere, die alles überschattet. Es ist schwer, ihn aus seinen Löchern wieder herauszuholen. Jedes Mal, wenn er beim Training war oder die Jungs spielen sieht, freut er sich nicht, sondern ist niedergeschlagen. Ich merke das natürlich. Hannes war da anders. Er ist so ein liebevoller Mensch, so sensibel. Ich habe natürlich mehrere Versuche gestartet, die beiden wieder zusammenzubringen. Aber Fred blockt immer ab. Wenn er dazu bereit wäre, ich denke – nein, ich weiß –, dann würde ich Hannes auch dazu bekommen.«

Hannah konnte die Beschreibungen schwer einordnen. Vielleicht wollte Hannes nur, dass man ihm zuhörte. Dass jemand ihn und seine Probleme hörte. Das Bild, das Nina versuchte, von ihm darzustellen, passte sicher nicht zu einem Dreifachmörder. Andererseits: Konnte sie auf die Aussagen einer Person vertrauen, die sich auf Facebook ihr Leben schönredete?

»Tja, das Leben ist eben kein Rosamunde-Pilcher-Roman ...«

Hannah sah sie ungläubig an.

»Wegen dem garantierten Happy End ...«

»Jaja, ich verstehe schon. Obwohl ich zugeben muss, dass ich keines der Bücher oder Filme je gelesen oder gesehen habe ...«

Nina lächelte. Das erste aufrichtige Lächeln, das Hannah bei ihr spürte.

»Ich muss gerade an unsere Hochzeit denken. Das war sozusagen das letzte Mal, wo sich alle drei gesehen haben: Hannes, Michel und Fred. Alle hatten Angst vor Hannes' Auftreten, dass er die Stimmung an der Hochzeit mit seinem deprimierten Blick herunterziehen würde. Offen gestanden, ich habe bis zum Schluss gehofft, er taucht nicht auf. Aber da war er. Pünktlich um halb elf kam er zur Trauung. Sein Platz beim Essen war neben Erna und Hannelore. Die alten Witwen sind unfähig, mit jemandem Streit anzufangen. Und anfangs sah es auch gut aus. Fred mied den Kontakt zu seinem Vater, alles lief nach Plan. Bis am Nachmittag alle im Garten nach dem Kaffee herumliefen und sich lose zu Gesprächen trafen. Irgendwann waren Michel und sein Vater am Reden. Die halbe Gesellschaft hatte das Treffen zunächst mit Sorge, dann aber mit Erleichterung beobachtet. Für viele war die Hoffnung zurück, dass es ein klärendes Gespräch werden sollte, und beide wieder zueinander fanden. Doch es kam anders. Zuerst verließ Michel die Hochzeit. Dann war Hannes verschwunden. Ohne ein Wort der beiden.«

Nina schien die Situation verdrängt zu haben, Hannah kam das alles sehr seltsam vor.

»Wann genau war denn die Hochzeit?«

»Am 06. 06. 2006.«

Einen Monat vor Michels Tod. Das konnte kein Zufall sein. Der Kreis schloss sich. Hannahs letzte Zweifel wichen der Faktenlage. Auch Michels Ertrinken war kein Unfall gewesen. Es war Mord oder Selbstmord.

Es dämmerte und der abendliche Nebel ergoss sich vom Fluss über die Straße wie überkochende Milch aus einem Topf. Die letzten Kilometer führten über eine schmale Teerstraße durch einen Mischwald. Hannah konzentrierte sich auf den linken und rechten Fahrbahnrand. Sie rechnete jede Sekunde mit einem Wildwechsel. Sie kannte weder den Ort noch das Schloss, zu dem sie auf dem Weg waren. Ihr war bereits bei der Eingabe in das Navi aufgefallen, dass ihr Zielort etwa in der Mitte zwischen Trauertal und Frankfurt lag – mitten im Hunsrück. Die Navigation zeigte eine Ankunft in sechzehn Minuten. Hannah bemerkte, wie Nina ihre Handflächen über ihre Hose rieb. Sie konnte ihre Nervosität nicht verstecken.

»Wo sind eigentlich die Jungs?«, fragte Hannah ihre Beifahrerin.

»Der Kleine ist bei meiner Mutter und der Große bei einem Freund. Die zocken bis acht und dann kommt er nach Hause. Ich habe ihm eine Nachricht auf dem Küchentisch hinterlassen. Eigentlich habe ich ab sieben Yoga, ich wäre also ohnehin nicht vor halb zehn zu Hause.« Hannah nickte und bemerkte, wie Nina das Gespräch über ihre Kinder Ruhe und Sicherheit gab. Auch ihr schwirrten tausend Gedanken durch den Kopf. Wenn ihr Schwiegervater für all die Morde verantwortlich war, dann würden sie aus Trauertal wegziehen müssen. Niemand würde den Sohn eines Dreifachmörders in der Nachbarschaft tolerieren.

Als das Schloss hinter einem kleinen Anstieg auftauchte, war Ninas Nervosität wieder da. Hannah hingegen wurde ruhig und konzentriert. Sie hatte weder Angst noch Zweifel, spürte, dass sie ihrem Ziel räumlich und zeitlich nahe war und endlich Antworten auf ihre Fragen erhalten würde. Sie spürte es nicht nur, sie fühlte es in all ihren Gedanken und ihrem Sein.

Hannah parkte vor dem Schloss, das einsam vor der Kulisse des Waldes auf einem Felsen thronte. Von der abgewandten Seite hatte man sicher einen atemberaubenden Blick. Doch sie war nicht wegen der Aussicht oder der Romantik hier. Nina war kreidebleich und zitterte ein wenig. Hannah bereute beinahe, sie mitgenommen zu haben. Ihre Funktion als vertrautes Gesicht, als Türöffner, war in dem Zustand nicht gegeben. Dann musste sie es halt allein regeln.

»Du bleibst am besten erst mal hier sitzen. Wenn was ist, komme ich dich direkt holen.«

Nina nickte erleichtert und rührte sich nicht vom Beifahrersitz.

»Du musst um das Gebäude herum gehen. An der Seite ist eine Treppe, die auf einen kleinen Vorhof führt. Dort ist der Eingang von Hannes' Wohnung. Er wohnt direkt am Schloss«, erklärte sie den Weg. Hannah folgte ihrer Beschreibung. Das imposante Gebäude wirkte in der Dämmerung wie aus einem Kalender. Es erinnerte sie mit der weißen Fassade und den kleinen Türmchen an Neuschwanstein, nur deutlich kleiner. Obwohl sie noch nie das berühmteste Schloss Deutschlands besichtigt hatte, ging sie davon aus, dass dieses erheblich größer war. Sie erreichte die Wohnung von Hannes Feldmann über eine Treppe, die auf einem Plateau endete. Von hier aus hatte man einen Ausblick, der seinesgleichen suchte. Diese Aussicht stellte, wenn man so wollte, das Gegenteil von ihrem Balkon in Bingen dar: großzügig, aufwendig gepflastert und mit einem atemberaubenden Blick.

In der Wohnung brannte Licht und der Schornstein stieß geräuschlos weißen Rauch in die Luft. Es war windstill und warm. Beides ungewöhnlich für diese Jahreszeit und den Ort.

Hannah war ruhig und in sich gekehrt, als sie die Messingklingel betätigte, die eine Abfolge von Glockengeläut auslöste. Die folgenden Sekunden fühlten sich für Hannah wie Minuten an. Wie eine unerwartete Pause in einem Actionfilm.

Ein schlanker Mann mit grauen, schulterlangen Haaren und einem beigefarbenen Leinenanzug öffnete ihr die Tür. Er sah aus wie ein Yogalehrer, jedenfalls in Hannahs Vorstellung. Der Mann schien von Hannah eine Erklärung zu erwarten, jedenfalls überließ er ihr den Anfang.

»Herr Feldmann?«

»So steht's an meiner Tür. Meistens wohnt hier auch sonst niemand. Was kann ich für Sie tun?« Hannes war freundlich und machte einen entspannten Eindruck. Vielleicht hatte er gerade meditiert oder bei dem Vorabendprogramm im Fernsehen den Tag ausklingen gelassen. Jedenfalls hatte sie ihn sicher nicht bei einer wichtigen Tätigkeit gestört.

»Mein Name ist Hannah Harth. Ich bin auf der Suche nach meiner Schwester Henriette. Sie erinnern sich sicher. Sie ist vor ...« Hannah stockte. Der Mann starrte sie mit halb offenem Mund an. Obwohl er keine große Veränderung in Mimik oder Gestik vollzogen hatte, wirkte er plötzlich wie versteinert und sah ihr mit leerem Blick direkt in die Augen. Hannah würde mit Abstand beschreiben, sie hatte den Eindruck, das Leben wäre in dem Moment ihrer Aussprache aus seinem Körper gewichen.

»Herr Feldmann?«

Hannes reagierte nicht. Kein Wort, kein Blinzeln. Hannah wusste nicht, was sie tun sollte. Nina dazu holen? Ihn anschreien? Direkt mit ihren Gedanken konfrontieren? Stand vor ihr ein Dreifachmörder? Sie konnte es kaum glauben, doch sie spürte die Schuld, die nur jemand in sich trug, der jemandem das Leben genommen hatte. Sie fühlte es, als hätte sie einen Sinn dafür, als strömte ein spezieller Geruch von Personen aus, die diese spezifische Schuld in sich trugen. Sie roch es jedoch nicht. Hannah wusste es einfach. Und er schien ebenfalls im Klaren darüber zu sein, dass Leugnen keine Option darstellte.

»Ich bin hier, um Ihnen zuzuhören.«

Hannes atmete tief ein. Und aus. Vielleicht hatte er mit etwas anderem gerechnet. Mit Vorwürfen, Anklagen oder Beschuldigungen. Aber Hannah wollte die Wahrheit.

Doch welche Wahrheit war sie bereit, zu ertragen?

50

1994

Michel stand wie angewurzelt hinter den Trümmern einer Hauswand, die den Schutt eines Gebäudes zur Straße hin aufgetürmt stützte. Manche Stellen sahen aus wie in einem Kriegsgebiet, kurz nach einem Raketeneinschlag. Die Wege waren staubig und trocken. Spuren der Lkws, die hier den Rest an Schutt und Bruch abtransportierten, markierten die alte Dorfstraße. Michel atmete tief und hatte doch das Gefühl, keine Luft zu bekommen. Schweißperlen liefen an seinem Körper hinab. Kurz bevor er um die Hausecke rennen wollte, hatte er Stimmen registriert und abrupt gestoppt. Wer befand sich um diese Uhrzeit auf dem abgesperrten Gelände? Sein Herz pochte vor Aufregung. Das Letzte, was er wollte, war, einem Bauarbeiter nackt in die Arme zu laufen. Die aufkommende Scham und Sorge um seinen Zustand wichen schnell einer Angst, die alles andere in den Schatten stellte. Vorsichtig schaute er um die Mauer und erblickte statt einer Gruppe von Bauarbeitern drei Männer in Anzügen. Ein Bild, das ungewöhnlicher kaum sein konnte: Mitten im staubigen Abbruchgebiet des Dorfes standen dort auf der Brücke drei Herren und starrte auf eine Stelle, die Michel nicht einsehen konnte. Ihm wurde schlagartig bewusst, dass hier etwas nicht stimmte. Die Stimmen waren aufgewühlt, teils aggressiv, als ob etwas passiert wäre. Ein Trupp Bauarbeiter wäre ihm in dieser Situation lieber gewesen.

Michel nahm Wortfetzen wahr, deren Bedeutung er zunächst nicht verstand.

»Lebt sie noch?«

»Verdammte Scheiße!«

»Sieh nach!«

Hatte er das alles richtig verstanden oder war das alles Einbildung? Hatte sein Gehirn möglicherweise etwas zusammengereimt? Was sollte er nur tun?

Sein erster Impuls war, umzukehren und auf dem schnellsten Wege wieder zurückzulaufen. Er überlegte einen Moment, hatte das Gefühl, abwarten zu müssen. Umfassend betrachtet hätte Michel das sicher sein Leben gerettet, denn nach etwa zehn Minuten, in denen er regungslos hinter der Hauswand stand, kurz bevor er den Rückweg antreten wollte, wurde er durch einen Ausruf unterhalb der Brücke stutzig. Dort war eine vierte Person, die er aus diesem Winkel nicht sehen konnte. Diese Stimme kannte er jedoch ... Oder hatte er sich da getäuscht? Nein, das konnte nicht sein. Michels Herz schlug so fest, er hielt sich aus Reflex den Brustkorb mit der flachen Hand fest. Von den drei Herren hatte er zwei erkannt. Es waren der Bürgermeister und der Landrat, beides Teamkollegen seines Vaters. Bei dem dritten war er sich nicht sicher, hatte aber eine Ahnung. Der Mann war nur von hinten zu sehen. Auch hatte er die Stimme nicht zuordnen können. Als er erneut einen Blick um die Ecke wagte, sah er, wie sich die drei Herren auf dem Weg Richtung Wald befanden.

Von dort aus gelangte man auf die Bundesstraße. Auch dieser Weg war seit den Abrissarbeiten gesperrt. Sicherlich parkten deren Wagen irgendwo am Waldrand.

Als mehrere Minuten lang keine Stimme mehr zu hören war, sah Michel erneut um die Hausecke. Die Herren in Anzügen waren verschwunden und nur ein unregelmäßiges Geräusch war leise zu hören, als ob jemand graben würde. Michel ging langsam auf die Brücke zu. Das Geräusch wich einem Wimmern, das von der Person unterhalb der Brücke ausging.

Michel kletterte einen Erdhaufen hinauf, von dem aus er den Bereich neben der Brücke im Blick haben würde. Er kannte die Stelle, es war der Platz, auf dem einst die Scheune vom letzten Bauer in Trauertal gestanden hatte. Vom Heuboden aus konnte man über das ganze Tal sehen. Es war in Michels Kindheit das perfekte Versteck gewesen, die älteren Mädchen beim Baden unterhalb der Brücke zu beobachten. Auch diese Scheune war lange Geschichte und alles, was davon übrig war, war ein Haufen Schutt und Geröll.

Langsam krabbelte er auf allen vieren den Berg hinauf. So musste sich Reinhold Messner gefühlt haben, als er den Mount Everest bestiegen hatte. Seine schlimmsten Befürchtungen trafen ein, als er erblickte, wer dort mit einer Schaufel in der Hand weinend unter der Brücke saß: sein Vater.

Michel erstarrte vor Schreck. Er verharrte am Gipfel des Berges und traute seinen Augen kaum, aber selbst auf diese Distanz bestand kein Zweifel: Sein Vater war es, der etwas dort vergrub, das für immer verborgen bleiben sollte. Und sofort wurde ihm klar: Es war eine

Sache, die ihn auf ewig verfolgen würde. Die Männer hatten ihn dort allein gelassen. Allein mit etwas, das ihn sehr traurig machte. Michel konnte sich nicht daran erinnern, seinen Vater schon einmal so weinen gesehen zu haben. Wie ein Häufchen Elend saß er dort, verzweifelt und am Ende.

Schnell kletterte Michel rückwärts den Hügel hinunter und lief so schnell er konnte zurück.

Der Tag hatte schön angefangen. Und er endete im Verderben. Die Beobachtung, die Michel gemacht hatte, sollte ihn Zeit seines kurzen Lebens nicht mehr loslassen. Das Gesehene verfolgte ihn bei Tag und bei Nacht. Er träumte von den unterschiedlichsten Varianten, die dort passiert sein könnten. Doch eins war er nie imstande zu tun: Mit niemandem hatte er je darüber sprechen können. Niemandem hatte er je die ganze Wahrheit darüber erzählt, was er an diesem Tag beobachtet hatte. Oft hatte er gehofft, dass durch irgendeinen unergründlichen Zufall die Wahrheit ans Licht kommen würde. Irgendjemand zumindest aufdeckte, was geschehen war. Doch niemanden kümmerte es je.

Als Ende des Jahres die Staumauer geschlossen und das Tal geflutet wurde, stand Michel täglich am Rand und sah dabei zu, wie das Wasser immer weiter stieg und aus dem kleinen Fluss ein großer See wurde. Er beobachtete, wie das alte Dorf verschwand und mit ihm das Geheimnis auf dem Grund, Schicht für Schicht, für immer zu versinken drohte. Er hoffte, dass damit auch seine Angst verschwinden würde, doch sie stieg mit dem Pegel des Trauertaler Stausees. Sie stieg über alle Maßen, bis er selbst daran zu ertrinken drohte.

51

»Bitte, Hannes. Erzählen Sie mir, was passiert ist! Ich muss wissen, wie alles zusammenhängt. Dann gehe ich.«

Hannes sank auf der Türschwelle nieder und saß wie ein Häufchen Elend am Türrahmen. Tränen liefen über seine Wangen, ohne dass er ein Geräusch von sich gab. Vielleicht wollte einfach alles raus, was lange qualvoll in ihm geruht hatte. Die Tränen waren wie die Vorboten seines Geständnisses, das er bereit war, abzulegen.

»Es war der Sommer 1994. Ein Schicksalssommer, nicht nur für mich. Die einen fieberten beim Fußball mit, die anderen nutzten das Sommermärchen und die Hitze, um den Plan der Flutung zu vollenden. Trauertal war bereits lange umgesiedelt, die Häuser abgetragen und alles für die Flutung vorbereitet. Ottmann, Denzig und Leinebach hatten eine letzte Begehung des Gebietes ins Auge gefasst. Wir kannten uns alle vom Tennis, waren in den Jahren davor eine Clique, wir waren Freunde. Wenn ich ehrlich bin, dann waren wir eine sehr ungleiche Clique. Ottmann, Denzig und Leinebach waren deutlich wohlhabender als ich. Ich hatte oft das Gefühl, sie nahmen mich mit, um sich daran zu erinnern, wie gut es ihnen selbst ging.« Hannah hatte also recht. Es hing alles mit dem Ereignis im Spätsommer 1994 zusammen und die drei beteiligten Personen, die tot waren, spielten die zentrale Rolle. Sie war endlich an ihrem Ziel. Endlich würde sie erfahren, was damals mit Jette geschehen war. Sie wagte es nicht, Hannes mit Fragen zu unterbrechen. Er sollte erzählen, was nötig war.

»Ein Jahr zuvor, da waren wir im Privatressort von einem Bekannten von Leinebach. Eine Insel im Pazifik, auf der nur zwei Arten von Menschen waren: Die, die ein unfassbar hohes Einkommen hatten und sich den Privatclub leisten konnten, und die, die dort als Prostituierte oder Bedienstete arbeiten. Es war abartig, alle hatten ihre Frauen zu Hause und betrogen sie mit teilweise minderjährigen Mädchen oder Frauen, die aussahen wie Kinder. Und ich mittendrin. Leinebach hatte meinen Eintritt bezahlt, ich weiß bis heute nicht, wie viel. Ich will dich nicht mit Einzelheiten langweilen, aber es war ein ungleicher Zusammenschluss, der mir irgendwie natürlich auch geschmeichelt hatte. Mir wurde der Zugang zu einer Welt gewährt, die ich bisher nicht kannte. Ich war der beste Tennisspieler, gewissermaßen der Privatlehrer der drei, und dafür haben sie mich überallhin eingeladen. Denzig plante das Hotel, Leinebach wurde durch den Stromdeal noch reicher und Ottmann sollte die Laufbahn in den Landtag einschlagen, sobald alles gelaufen war. Er hatte ohnehin so viele Subventionen und Ausgleichszahlungen für die Fabrik erhalten, der war nur noch an Ruhm und Status interessiert. Geld hatte der schon damals genug. Er war der Schlimmste von allen dreien.«

Hannah wusste genau, was Hannes meinte. Er war ein arroganter, überheblicher Schnösel gewesen. Sie sah ihn genau vor sich und erinnerte sich an den Tag des Sommerfestes. Es musste 1991 gewesen sein. Hannah kannte niemanden in Trauertal und hatte an der Aufführung der Kinder als Statistin teilgenommen. Abseits der Bühne kam Ottmann auf sie zu und stellte sich zunächst als der Bürgermeister vor und hieß sie willkommen. Als die beiden allein waren und Hannah am Umziehen war, hatte er ihr zwischen die Beine gepackt und kam ihr so seltsam nahe, dass sie seinen Atem riechen konnte. Ein aggressiver Pfefferminzton, der versuchte, einen üblen Geruch aus Fäulnis zu übertreffen.

Hannah schüttelte die Gedanken daran ab. Warum musste sie genau jetzt daran denken? Bevor die Situation damals eskalieren konnte, kam ihre Tante in die Umkleidekabine und jagte Ottmann hinaus. Es kam scheinbar nie zu einer Anzeige, aber Hannahs Tante hatte deutlich gemacht, dass sie Ottmann in der Hand hatte, und sollte sie jemals mitbekommen, dass er einem Kind zu nahe kommen würde, würde sie ihn ans Messer liefern. Ottmann kam Hannah nie wieder zu nahe, aber er hasste ihre Familie, das war oft Thema gewesen.

»Jedenfalls waren wir an dem Tag, an dem ein Deutschlandspiel war – ich glaube, es war Deutschland gegen Spanien – unterwegs, um die letzten Dinge vor der Flutung zu besprechen. Die drei hatten mich mitgenommen, da Denzig mir angeboten hatte, Geschäftsführer des Hotels zu werden. Sie haben mich mit einem lukrativen Job bestochen und erwartet, dass ich einige Jobs für sie erledige, für die sich die Herren zu schade waren. Nichts Besonderes, Botengänge, oder auch mal Beobachtungen, je nachdem, was so anstand. Ich weiß nicht, wann der beste Zeitpunkt gewesen wäre, die

Reißleine zu ziehen, mit all dem aufzuhören, aber irgendwann gab es kein Zurück mehr. An diesem Tag jedenfalls eskalierte es komplett.«

»Sie waren dabei ...«, murmelte Hannah. Erst jetzt begriff sie, was genau Michel gesehen hatte. Es waren nicht in erster Linie Jette oder die Umstände ihres Verschwindens gewesen. Es war sein Vater gewesen, der in die Sache verwickelt gewesen war. Und seinen Freunden hatte er die vierte Person verschwiegen. Er konnte seinen Vater nicht verraten.

»Ich war dabei und ich habe deine Schwester getötet.«

Hannes liefen die Tränen über sein Gesicht.

»Ich allein habe den Tod zu verantworten.«

Hannahs Herz pochte, doch sie zwang sich, ruhig zu bleiben. Nur noch wenige Informationen, und sie würde wissen, was damals geschehen war. Ihre Beine fingen an zu zittern und sie spürte, wie ihr Körper der Schwerkraft nachzugeben versuchte.

»Was ist passiert?«, flüsterte Hannah und sank ebenfalls zu Boden.

»Henriette war damals bei der Verwaltung in der Ausbildung, Bauanträge und Liegenschaften. Sie hat ihren Job gehasst, das merkte man ihr an. Und Ottmann hatte sie auf dem Kieker. Er mochte sie nicht, das war offensichtlich. Er mochte euch alle nicht. Vielleicht hatte er eine alte Rechnung mit deiner Tante oder deinem Onkel offen, ich weiß es nicht.«

Hannah hatte eine Vermutung, aber das führte zu weit. Es passte alles, sie wollte Hannes nicht unterbrechen.

»Wir standen auf der Brücke, das letzte Gebäude, das aufgrund eines Beschlusses der Denkmalpflege stehen bleiben sollte. Und plötzlich stand Henriette da. Sie muss uns beobachtet haben oder war uns gefolgt, ich weiß es nicht. Sie hat Ottmann allerhand Vorwürfe entgegengebracht und gesagt, sie hätte alle Informationen, um die dreckigen Deals nachzuweisen. Die drei haben sie ausgelacht und nicht ernst genommen. Irgendwann hat sie einen Ordner aus ihrer Tasche gezogen und damit rumgewedelt. Beweise seien da drin, die alle drei in den Knast bringen würden. Die Stimmung ist leicht gekippt und Denzig hat mich aufgefordert, ihr den Ordner abzunehmen. Ich habe mich erst geweigert, aber schließlich habe ich gedacht, wenn der Ordner erst mal weggenommen wurde, dann gibt sie Ruhe.«

Hannes stockte. Hannah sah ihn gespannt an. *Jetzt nicht aufhören, rede dir alles von der Seele*, dachte sie.

»Ich habe versucht, ihr den Ordner abzunehmen, wobei sie hinterrücks von der Brücke gestürzt ist. Ich bin mit ihr zusammen runter. Verdammte Scheiße, ich hatte nicht mal was gebrochen, und sie ist mit dem Hinterkopf auf dem Beton aufgeschlagen. Alles war voller Blut. Sie war innerhalb von Sekunden tot.«

Hannah schüttelte den Kopf. Das konnte nicht sein.

»Und Michel hat das Ganze beobachtet ...«

»Nein, er kam erst später. Ottmann, Denzig und Leinebach haben mir angeboten, nichts zu sagen. Ich wollte direkt einen Krankenwagen rufen und die Polizei. Es war schließlich ein Unfall. Aber die drei waren dagegen. Sie haben mir eingeredet, dass ich in den Bau gehe, und mir den Plan eingetrichtert, die Leiche an Ort und Stelle zu vergraben. Die Flutung würde für immer dafür sorgen, dass man sie nicht findet. Sie hatten mich in der Hand und eine Leiche hätte alle Projekte gefährdet. Für Ottmann kam das gerade gelegen: Er hatte mich in der Hand, ein Problem war beseitigt und jemand anderes trug die Schuld dafür. Ich habe die Leiche unter der Brücke vergraben, samt dem Ordner und der CD, auf der Jette die angeblichen Beweise gesammelt hatte. Ich habe die ganze Zeit gedacht, es müsste irgendwie auffliegen, aber niemand hat ernsthaft nach Jette gesucht.«

»Und Michel?«

»Er hat mich gesehen. Aber seinen Freunden hat er nur erzählt, dass er die anderen gesehen hat. In Wahrheit wollte er mich schützen. Ich wusste nicht, dass er dort war, ich habe erst viel später davon erfahren ...«

»Auf der Hochzeit von Nina und Fred ...«

»Genau. Ich wollte das alles nicht! Ich habe Jette getötet. Ich allein bin schuld. Und ich bin schuld am Tod von Michel ...«

Hannes unterbrach sein Geständnis. Ein Knacken an der Treppe ließ ihn aufhorchen. Hannah erschrak ebenfalls. Nina kam langsam die Stufen hinab. Ihr Gesicht war voller verlaufenem Lidschatten. Tränen liefen ihr über die Wangen. Doch sie war nicht allein. Dicht hinter ihr ging eine Gestalt, die Hannah zunächst nicht erkannte. Als Nina unten ankam, trat der Unbekannte aus dem Schatten von Hannes' Schwiegertochter. Es war Paul, der eine Waffe in der Hand hielt und Nina damit bedrohte.

»Paul. Was soll das?«, rief Hannah erschrocken.

»Es ... Es tut mir leid ... Er ...«, stammelte Nina in Todesangst. Paul schubste sie in Richtung Hannah. »Setz dich!«, befahl er ihr, während er die Waffe auf Hannes richtete und langsam auf ihn zuging.

Nina kauerte sich neben Hannah. Sie zitterte am ganzen Körper und flüsterte ihr zu: »Er ist uns gefolgt und hat alles mitgehört.«

»Du hast Denzig, Ottmann und Leinebach ermordet!«, rief Hannah ihm entgegen.

»Er hat deine Schwester getötet!«, schrie Paul und hielt Hannes die Waffe direkt an den Kopf. »Du verdammtes Schwein hast Jette getötet!«

»Jaaa!«, schrie Hannes und sah Paul direkt in die Augen. »Ich habe Jette getötet!«

Paul sank zu Boden, ohne die Waffe von Hannes abzuwenden. Er setzte sich neben ihn.

»Und du hast mein Kind getötet«, ergänzte er leise.

Hannah wurde schlecht. »Er hat ... was?«

»Er hat mein Kind getötet. Jette war schwanger. Vierter Monat. Nach dem nächsten Termin beim Frauenarzt wollten wir es bekannt geben.«

Hannes sah Paul direkt in die Augen. »Drück ab. Du hast jedes Recht, mich ...«

Bevor er Paul die Erlaubnis aussprechen konnte, ihn zu richten, ertönte durch ein Megafon eine Lautsprecheransage: »Die Waffe weg! Legen Sie die Waffe auf den Boden und entfernen Sie sich von ihr. Hier spricht die Polizei. Bitte legen Sie umgehend die Waffe nieder.«

Paul warf die Waffe von sich weg. Hannes Feldmann sank in Pauls Schoß wie ein kleines Kind nieder und fing bitterlich an zu weinen.

52

Die Hektik der Polizisten stand im Gegensatz zu der völligen inneren Ruhe, die Hannah verspürte. Ihr Körper hatte den Kampf- und Fluchtmodus, in dem sie sich in den vergangenen Tagen befunden hatte, verlassen. All der Stress und die Angst fielen von ihr ab. Ihr Gehirn schien die Geräuschkulisse auszublenden, denn das Bild, das sich vor ihr abspielte, war wie ein Fernsehbild, das auf lautlos geschaltet war und im Hintergrund unbeachtet lief. Hannah saß einfach nur da. Gedankenlos und leer.

Neben ihr hockte Nina und starrte wortlos auf die Stelle, an der Hannes bis vor wenigen Minuten gesessen hatte.

Die Polizei hatte Paul festgenommen und abgeführt, er hatte keine Anstalten gemacht und seine Waffe abgegeben. Die Vorstellung, dass Paul für die Morde verantwortlich sein sollte, war für Hannah unbegreiflich. Doch langsam verstand sie, was passiert war. Paul musste eine Trauer in sich getragen haben, ein Geheimnis, das ihn all die Jahre geschmerzt hatte: Sein ungeborenes Kind von Jette und die Mutter waren verschwunden. Hatte er vielleicht selbst Zweifel, dass sie seinetwegen und wegen des Kindes abgehauen sein könnte? Der Schmerz war sicher furchtbar und die Ungewissheit quälend gewesen. Das Ganze hatte für ihn Ausmaße, die Hannahs Schmerz bei Weitem übertroffen haben mussten.

Vielleicht hatte er die Hoffnung schon aufgegeben gehabt. Oder die Vorstellung, dass sein Kind heute fast dreißig Jahre alt sein und an einem anderen Ort ohne sein Wissen aufgewachsen sein könnte, beschäftigte ihn heute noch. Vor diesem Hintergrund wurde er mit Michels Beobachtung konfrontiert und der Möglichkeit, Jette könnte ihn nicht verlassen haben. Die Möglichkeit, dass jemand sie umgebracht und damit sein Familienglück mutwillig zerstört hatte, musste einen Hass in ihm ausgelöst haben, den Hannah nicht imstande war, in seiner Gänze zu erfassen. Vielleicht wollte er bloß Informationen einholen. Oder hatte er von Anfang an die feste Absicht gehabt, Ottmann, Denzig und Leinebach zu töten? Es gab neben der Fülle an Dingen, die ihr in den letzten Minuten durch den Kopf gingen, auch Fragen, die sie sich selbst nicht beantworten konnte.

»Wo bringen Sie ihn hin?«, fragte sie Lennard Stark, der den beiden Frauen gegenübertrat und vor ihnen in die Hocke ging. Hannah fiel als Erstes auf, dass er kein Tablet in der Hand hatte. Das Gerät war in den vergangenen Tagen mit dem jungen Kommissar verbunden gewesen wie Kamm und Schere bei Friseuren.

»Er kommt in Untersuchungshaft und wird dem Haftrichter vorgeführt.«

Hannah nickte nachdenklich. »Kann ich mit ihm reden?«

»Frau Harth, ich habe Verständnis für Sie und Ihre Fragen, auf die Sie eine Antwort suchen ... Aber jetzt steht erst einmal die Ermittlung im Vordergrund.«

Hannah nickte. Sie verstand. So viele Jahre hatte sie nun gewartet. So viel Schmerz und Wut unterdrückt. Die letzten Teile des Puzzles fehlten noch, und sie war guter Dinge, das ganze Bild bald vor sich zu haben.

Sanitäter kamen die Treppe hinunter und wollten sich um Hannah und Nina kümmern. Beide winkten ab und Lennard verwies sie ins Haus, wo ihre Kollegin mit Hannes Feldmann saß. Sie hatten ihn zitternd und apathisch ins Innere gezerrt, nachdem Paul festgenommen worden war. Sein Körper war nicht nur einfach in den Ruhemodus gefahren, er war im Begriff, einen Neustart durchzuführen. Hannah dachte über seine Schuld nach. Über all die Jahre des Schweigens und der Last, für den Tod eines Menschen verantwortlich zu sein. Und trotz allem hatte sie keinen Hass auf ihn. Sie empfand bloß Mitleid. Wütend war sie auf Ottmann, Denzig und Leinebach – die drei Herren, die am Ende mit ihrem Leben bezahlt hatten. Ob sie am Ende ihre gerechte Strafe erhalten oder ebenso Mitleid verdient hatten, konnte sie nicht abschließend für sich feststellen.

»Wird man nach ihr suchen?«, fragte Hannah, ohne sich besonders dem jungen Kripobeamten zuzuwenden. Sie hatte einfach nicht die Kraft, eine Konversation mit allen Regeln des Anstandes zu führen.

»Wir werden Hannes Feldmann nach dem genauen Ort befragen, an dem er die Leiche vergraben hat. Ich gehe davon aus, dass er uns dabei auch behilflich sein wird. Mit einem guten Anwalt wird er allerdings mühelos ungestraft davonkommen. Alle Zeugen sind tot und das Ereignis liegt fast dreißig Jahre in der Vergangenheit. Die Verteidigung wird auf einen Unfall gehen, und selbst wenn man Totschlag nachweisen könnte, wäre der schon vor neun Jahren verjährt.«

Hannah hatte kein Interesse daran, dass Hannes verurteilt würde. Solange sie ihre Schwester würde bergen und standesgemäß begraben dürften, würde sie ihren Frieden damit schließen. Nina brach in Tränen aus. Die Tragödie und das Ausmaß, die hinter den Lügen und der Angst standen, war sie nicht im Entferntesten in der Lage, zu begreifen. Mit welcher Schuld musste Hannes all die Jahre gelebt haben? Mit welcher Sorge hatte Michel gelebt, sich niemandem geöffnet zu haben? Nina selbst wäre sicher die gewesen, die ihm damals am nächsten gestanden hatte. Ohne diesen Vorfall wäre sie heute mit Michel verheiratet und ihre Kinder hätten zwar denselben Großvater, aber eben einen anderen Vater. Vielleicht hätte sie selbst verhindern können, dass all das zu dieser Situation geführt hatte – und jeder hätte früher seinen Frieden schließen können.

Nina stand auf und ging langsam ins Haus, wo Hannes auf einem Stuhl saß und von Sanitätern betreut wurde. Eine junge Frau maß ihm den Blutdruck, während ihr älterer Kollege versuchte, eine Kanüle zu legen. Sicherlich wollte man ihn mit Medikamenten sedieren. Es schien ihm nur recht. Egal, was es war, er ließ es über sich ergehen.

Nina trat auf ihn zu und umarmte ihren Schwiegervater.

»Komm zurück«, flüsterte sie ihm zu. »Ich will, dass du wieder mit deinen Enkeln spielen kannst.«

53

Hannah reiste umgehend aus Trauertal ab. Sie benötigte jetzt Abstand, um alles für sich richtig einzuordnen. Ihre Gedanken kreisten um all die alten Gesichter, mit denen sie die letzten Tage verbracht hatte: Stefan, Ferdinand, Nina, Helmut, Richard, Manni. Aber auch die, die sie nicht getroffen hatte, deren Präsenz sie aber stärker denn je spürte. Reini, Birgit. Und Jette. Als sie in das Parkhaus unter ihrer Wohnung einbog, fiel ihr ein, dass sie dringend mit Henrik sprechen musste. Da gab es noch die ein oder andere offene Frage.

Hannah parkte auf ihrem Stellplatz und nahm wie üblich die Treppe nach oben. Nach all dem, was passiert war, benötigte sie eigentlich das, was sie die letzten Tage vorgegeben hatte zu tun: Wellness und Urlaub. Sie war ausgelaugt und leer. Und das, obwohl sie auf die wichtigste Frage in ihrem Leben endlich eine Antwort erhalten hatte. Es war wie nach einer Prüfung oder einem selbst gesteckten Ziel: Direkt nach der Erleichterung kam die Leere. Hieß es nicht auch »Nach dem Regen kommt die Sonne«? Sie konnte unmöglich jetzt zur Normalität zurückkehren. Sie musste etwas machen, bei dem sie Zeit zum Nachdenken hatte. Raus aus dem Hamsterrad der Selbstständigkeit. Raus aus dem Leben, das begleitet wurde von ihrer Vergangenheit.

Sie trottete die Treppe nach oben. In wenigen Minuten war sie wieder dort, wo sie vor einer Woche den Entschluss gefasst hatte, ihre Vergangenheit aufzusuchen. Vielleicht würde sie sich erst einmal ein Bad einlassen. Oder auf Netflix nachsehen, welche Serie ihr neu empfohlen wurde. Noch bevor sie ihren konkreten Plan für den restlichen Tag machen konnte, stand plötzlich Henrik vor ihr.

»Kaffee?«

Sie grinste bis über beide Ohren. Es waren die kleinen Dinge im Leben, die einem Freude bereiteten.

»Auf jeden Fall«, antwortete sie freudig. »Ich stelle gerade alles ab, dann komm ich hoch.«

Er nickte und wollte sich gerade auf dem Absatz umdrehen, als sie ihm hinterherrief: »Du kannst dir auch gleich in einem überlegen, wie du mir das alles erklären willst ...«

»Das ist wirklich eine lange ...«

»Kein Problem«, unterbrach sie ihn. »Ich habe Zeit.«

Hannah schob ihren Koffer in die Wohnung und stellte fest, dass ein Besuch bei Henrik als Puffer, bevor sie in ihr eigenes Chaos zurückkehrte, genau richtig war. Sie schloss ihre Haustür, bevor sie die Wohnung überhaupt betreten hatte, und ging nach oben zu ihrem Übermieter. Der Duft von frisch gemahlenem Kaffee, die Ordnung. Es war wie zu Hause ankommen. Nachdem Henrik mit zwei Tassen zum Sofa gekommen war, ergriff er das Wort, bevor Hannah weitere Fragen stellen konnte. Er wusste natürlich, dass er etwas aufzuklären hatte.

»Ich bin kein Investmentbanker und ich arbeite auch bei keiner Bank in Frankfurt.«

»Ach?«, kommentierte sie mit gespielter Verwunderung.

»Ja, ich weiß. Es tut mir auch leid, aber ich hoffe, du verstehst, warum ich dir nicht die Wahrheit gesagt habe, wenn ich dir das erkläre.«

Er trank einen Schluck Kaffee. Hannah schwieg. Sie wollte keine Fragen mehr stellen. Sie wollte abwarten und Antworten.

»Ich arbeite für das LKA. Meine genaue Abteilung und die Tätigkeit sind geheim. Was ich getan habe, kostet mich den Job, wenn es rauskommt. Nicht nur das, ich kann theoretisch dafür ins Gefängnis gehen.«

Die Antwort wirkte ehrlich, aber befriedigend war sie für Hannah nicht.

»Bist du James Bond, oder was?«

»Ich habe mich all den Gefahren ausgesetzt, um dich zu schützen. Die Gefahrenlage wurde früh sehr hoch eingestuft. Ottmann und Denzig waren zwar beide nicht mehr politisch aktiv zu schützende Personen, ein Mord und eine Entführung in den Kreisen reicht dennoch, um eine Terrorwarnstufe auszurufen.«

»Schlimm genug. Diese Menschen sind nicht mehr wert als du und ich. Im Gegenteil ...«

Sie wollte keine hässlichen Dinge sagen, auch nicht über die Mörder ihrer Schwester, aber dafür hatte sie kein Verständnis.

»Hannah. Ich stehe auf deiner Seite, ich hoffe, du weißt das.«

Sie nickte.

»Also gib mir die Zeit, ich werde dir alles erklären. Aber zunächst muss der Prozess rum sein. Was alles wie passiert ist, scheint für dich klar, aber vor Gericht muss alles rechtssicher dokumentiert sein. Zum Glück hat Feldmann ein umfassendes Geständnis abgelegt. Der Rest wird sich in den kommenden Wochen klären. Hannah. Es tut mir wirklich leid.«

»Danke, Henrik.«

Er lächelte erleichtert. Hannah quälte ein weiterer Gedanke, doch war jetzt der richtige Zeitpunkt, diesen anzusprechen? Sie wollte Henrik nicht überrumpeln, aber wenn nicht jetzt, wann dann? Zu lange hatte sie gewartet. Er schien ihre Gedanken lesen zu können, zumindest deren Richtung zu spüren.

»Gibt es sonst noch was?«

Sie gab sich einen Ruck. »Ja, es gibt noch was. Wenn du schon *Zugriff* hast, dann musst du für mich herausfinden, wo mein Onkel lebt. Reinhold Harth. Er hat uns damals verlassen. Ich denke, er hat den Verlust von Jette nie verkraftet. Er hat sich die Schuld gegeben und ich muss mit ihm sprechen. Ich muss ihm erzählen, was damals passiert ist. Vielleicht kann auch er dann damit abschließen.«

Henrik nickte.

»Wenn das alles ist ...«

Das letzte Päckchen emotionalen Ballasts, das sie mit sich herumgetragen hatte, war gerade von ihr abgefallen. Hannah befand sich in einem Moment vollkommener Zufriedenheit. Sie strahlte wie auf halluzinogenen Drogen und ihre Freude sprang auf Henrik über. Beide mussten plötzlich ohne ersichtlichen Grund anfangen zu lachen. Hätte sie jemand durch ein Fenster beobachtet, er hätte mit Sicherheit Geld darauf gewettet, dass die beiden sich etwas eingeworfen hatten, das von einem auf den anderen Moment mit der vollen Wirkung zuschlug.

Hannah beruhigte sich schließlich, als sie beinahe vor Lachen anfing zu weinen.

»Meinst du, ich kann heute bei dir schlafen? Ich will nicht allein in meiner Wohnung übernachten ...«

»Du hast doch nur keinen Bock aufzuräumen. Bevor du in dein Bett kannst, musst du erst mal alles freiräumen ...«

Beide lachten laut auf. Hannah konnte sich kaum beruhigen; es war, als hätte sie einiges nachzuholen. An Freude, an Zuversicht und vor allem an guter Laune. Sie hatte Tränen vor Lachen in den Augen, als Henrik sein Handy aus der Tasche zog.

»Was willst du essen? Ich bestell uns Sushi. Oder lieber Pizza?«

Deshalb sah seine Küche aus wie in einer IKEA-Ausstellung. Er nutzte sie wirklich nicht. Doch Hannah wollte nicht nur gehässige Kommentare ablassen und verkniff sich, ihre Gedanken laut auszusprechen.

»Mir völlig egal«, überließ sie ihm das Heft des Handelns für diesen Abend.

»Ich bestell uns was von dem neuen Lieferservice. Den kennst du noch nicht, der hat erst letzte Woche aufgemacht, ist aber megagut! Du kannst schon mal was auf Netflix aussuchen.« Er warf ihr die Fernbedienung aufs Sofa.

Ein Abend ganz nach ihrer Vorstellung. Er konnte wirklich Gedanken lesen.

Als Henrik im Schlafzimmer verschwand, und bei seinem neuen Geheimtipp bestellte, musste sie an Jette denken. Wie sie wohl heute wäre, wenn sie noch leben würde. Sicher hätte sie Trauertal vor der Flutung verlassen und wäre um die Welt gereist. Eigentlich das Traurigste an ihrem zu kurzen Leben. Sie hätte die Entscheidung einfach früher treffen sollen. Sie hätte mit Paul irgendwo neu anfangen sollen. Berlin. Zürich. Paris. Barcelona ... Sie wären wahrscheinlich überall glücklich geworden. Hannah dachte an den T5 auf dem Parkplatz des Hotels. Wem der wohl gehörte? Spontan fasste sie einen Entschluss, kramte ihr Smartphone aus der Tasche und suchte in der Fotogalerie nach dem Bild, das sie bei der Ankunft gemacht hatte. *»Zu verkaufen. Bei Interesse: 0157740100821«*

Sie wählte die Nummer.

»Was machst du?«, fragte Henrik verdutzt.

»Ich kaufe uns was Schönes. Lass dich überraschen.«

54

Die Hitze war drückend, trotz der schattenspendenden hohen Douglasie, die die Anwesenden vor direkter Sonneneinstrahlung schützte. Es waren unmögliche achtunddreißig Grad im Schatten.

Sie stand mit den beiden Kommissaren Riedel und Stark am Ufer des Trauertal Stausees und wartete auf die Taucher, die nach Jettes Leiche tauchten. Hannes Feldmann hatte den genauen Ort auf einer alten Karte des Katasteramtes markiert. Er lag am äußeren Pfeiler der alten Brücke, nur wenige Zentimeter unter der Oberfläche aus Geröll. Viel Mühe hatte er sich nicht gegeben damals, es musste schließlich alles schnell gehen. Vor ihnen, etwa fünfzehn Meter vom Ufer entfernt, warteten zwei Sanitäter und ein Einsatzleiter in einem Boot der Wasserschutzpolizei auf die beiden Taucher. Auf der anderen Seite, von der Terrasse des Hotels aus, beobachteten unzählige Schaulustige das Geschehen. Die meisten im Ort wussten von dem Einsatz und welche Tragweite das Ergebnis haben würde. Dort unten lag – so vermutete man – die Schuld eines ganzen Dorfes. Eines Dorfes, das weggesehen hatte, das sich lieber mit den einfachen Erklärungen zufriedengegeben hatte, als das Verschwinden einer jungen Frau ernsthaft zu hinterfragen. Nur Paul hatte die Suche nie aufgegeben, oder zumindest nicht die Hoffnung.

Hannah hatte sich eine Woche nach Pauls Festnahme noch einmal mit Ferdinand getroffen. Sie hatte dem alten Mann einen Besuch abgestattet und von ihrem Lieblingskonditor Törtchen und Kuchen mitgebracht. Ferdinand hatte sich wie ein kleines Kind gefreut, auch dass er am Ende hatte helfen können, Jettes Schicksal aufzuklären.

»Wenn man ihre Überreste im Stausee findet, wo willst du sie dann beerdigen?«, hatte er Hannah gefragt. Darüber hatte sie sich natürlich keine Gedanken gemacht. Jette war weder gläubig noch hatten die Schwestern je über den Tod oder deren Wunsch der Beerdigung gesprochen.

»Wenn sie hier beerdigt werden soll, kann ich mich um das Grab kümmern, solange ich noch kann. Meine Frau liegt ja auch hier und deshalb bin ich ohnehin jede Woche da«, bot Ferdinand an, doch Hannah lehnte ab. Jettes großer Wunsch war, diesen Ort so schnell wie möglich zu verlassen. Sie hatte die letzten dreißig Jahre auf dem Grund des Stausees liegen müssen. Ein Grab hier in Trauertal wäre das Letzte, was sie gewollt hätte.

»Wo liegt eigentlich der Friedhof in Trauertal?«, versuchte Hannah vom Thema abzulenken.

»Der neue liegt am Waldrand, etwa auf der Höhe des Hotels, nur auf dieser Seite des Waldes. Beerdigt wird dort schon seit Ende 1985. Die EWR hat einigen sogar angeboten, die alten Gräber unten auf den neuen Friedhof zu übertragen. Eine emotionale Sache. Meine Tante hätte niemals den Hof geräumt, wenn ihre Mutter und ihre Schwester nicht umgebettet worden wären. Ihre Schwester ist erst 1983 gestorben. Alte Menschen brauchen so ein Grab als Anlaufstelle, verstehst du?« Hannah nickte verständnisvoll. »Es ging allerdings das Gerücht rum, dass einfach nur die Grabsteine umgebettet wurden. Der Rest liegt wie deine Schwester auf dem Grund des Sees. Es hätte eh niemand etwas anderes behaupten können. Da wurden einfach ein paar Erdmassen hin und her geschoben …«

Jetzt stand Hannah am Rand des Sees und war kurz davor, die letzten Zweifel am Tod ihrer Schwester auszuräumen. Würde man hier ihre Gebeine finden, war ein zufriedenstellender Abschluss gefunden. Die Taucher waren erst knapp zwanzig Minuten unter Wasser, aber Hannah wurde immer nervöser. Das schien auch Lennard Stark zu bemerken.

»Wir finden Ihre Schwester, keine Sorge.«

Sie lächelte, als Zustimmung, ohne den Blick von der Wasseroberfläche abzuwenden. Gelegentlich stiegen Blasen neben dem Boot auf, jedoch kein Anzeichen eines Tauchers. Lara Riedel lief abseits den Waldweg entlang und telefonierte. Sie wirkte angespannt und distanziert. Hannah nutzte ihre Abwesenheit, um eine Sache bei ihrem jungen Kollegen anzusprechen, die sie seit einer Woche quälte: »Warum wurde Ottmann genau in dem Haus in Wiesbaden platziert, sodass ich ihn dort finde? Hat Paul sich dazu geäußert?«

»Sie wissen, dass ich Sie über laufende Ermittlungen nicht informieren darf …«, antwortete er mit einigen Sekunden Verzögerung und beobachtete seine Kollegin in der Ferne. Das klang nicht gerade nach einer abschließenden und unumkehrbaren Antwort. Hannah wollte auch keine Protokolle oder Details zu den Morden wissen, aber ihre Rolle in dem Ganzen konnte sie sich nicht in Gänze erklären.

»Ich kann mir einfach nicht vorstellen, dass Paul mir das Ganze in die Schuhe schieben wollte.«

Lenny schwieg, obwohl ihm etwas auf der Zunge lag, das konnte sie ihm ansehen.

»Ich meine, wenn er gewollt hätte, dass ich für die drei Morde verurteilt werde, dann hätte er ja nicht Denzig umgebracht, während ich im Gefängnis sitze. Er wusste vielleicht nicht, dass ich die Nacht in U-Haft verbringe, aber so einfach kann man ja wohl nicht drei Menschen umbringen und darauf hoffen, dass ich nicht irgendwann mal ein Alibi vorweisen kann.«

Sie sah den jungen Kommissar an, der durch ein langsames Nicken ihren Ausführungen zuzustimmen schien.

»Nein, davon kann man nicht ausgehen. Ich denke auch nicht, dass er Ihnen diese Morde in die Schuhe schieben wollte. Vielleicht wollte er mehr ...« Er stockte und überlegte. Hannah ging davon aus, dass Lennard bei den Verhören von Paul anwesend gewesen war oder zumindest diese über eine Kamera mitverfolgt hatte. Er wusste vielleicht eine Antwort auf die Frage, nur nicht, wie er diese äußern sollte, ohne geheime Ermittlungsdetails auszuplaudern. »... Er wollte vielleicht Ihnen einen Hinweis geben. Das Ganze ins Rollen bringen.«

Hannah nickte. »Daran habe ich auch schon gedacht. Es hat ja auch erst geklappt. Im Nachhinein muss ich an unser erstes Treffen denken. Es kam mir irgendwie vor, als ob er ... mich erwartet hätte. Zuerst dachte ich, dass ich das Dorfgespräch gewesen bin – jedenfalls hatten das alle so behauptet. Aber bei Paul war es etwas anderes. Er hat mich gefragt, wie Ottmann getötet wurde. Ich wusste erst nicht, worauf er hinauswollte. Aber als ich gesagt habe, dass er ausgesehen hätte wie eine Wasserleiche, hat er mich quasi darauf gestoßen, dass der Schlüssel im See hier liegt. Auch wenn ich es am Ende ausgesprochen habe, hat er mich erst auf die Idee gebracht.«

»Ich habe auch von Anfang an meine Zweifel gehabt, dass Sie an den Morden schuld sein sollen. Aber alles hatte eben darauf hingedeutet: Sie waren bei Ottmanns Mord am Tatort und hatten Zugang, und reisen dann in das Hotel des verschwundenen Denzig. Sie besuchen Leinebach, kurz bevor dieser ermordet wird. Wir mussten Sie einfach festnehmen.«

Sie konnte den beiden wirklich keinen Vorwurf machen, sie hätte sicher genauso gehandelt. Ein Taucher kam plötzlich an die Wasseroberfläche und ließ Lennard und Hannah aufschrecken. Lara hatte sich immer weiter mit ihrem Telefon entfernt und nicht mitbekommen, dass sich scheinbar etwas am Tatort tat. Doch der Taucher verschwand mit einem Gegenstand, der wie eine Brechstange aussah, nach wenigen Augenblicken wieder in der Tiefe des Sees. Ernüchtert sahen die beiden der Arbeit der Taucher und ihrer Kollegen auf dem Boot zu. Nach einigen Minuten seufzte Lennard. »Ich sage Ihnen jetzt etwas, das Sie nach unserem Gespräch sofort vergessen.«

Hannah nickte zustimmend.

»Herr Sander hatte vorher Kontakt mit Denzig und Ottmann aufgenommen. Er hatte auf einer Beerdigung

Anfang des Jahres erfahren, dass die Herren Ottmann und Denzig kurz vor der Flutung eine Leiche begraben hätten. Das Ganze stand nicht im Zusammenhang mit Ihrer Schwester, aber er hatte wohl eins und eins zusammengezählt. Danach hat er den beiden durch anonyme E-Mails gedroht. Ottmann ist dann eingeknickt und hat eingewilligt, sich zu treffen. Ich denke auch, Sander hat ihn in die Villa gelockt, um Sie zu aktivieren. Er hat Ottmann gedroht, alles auffliegen zu lassen, wenn er nicht zahlt. Das gleiche Spiel mit Denzig. Auch er ist auf eine Forderung gegen Schweigegeld eingegangen, was Herr Sander als Geständnis gewertet hat.«

»Und Leinebach geht dann wohl auf mein Konto. Den Hinweis habe ich ihm gegeben«, stellte Hannah entsetzt fest.

»Da kann ich Sie beruhigen. Das hat Denzig schon zuvor verraten. Laut des Arztes in dem Altersheim war der Tod für Leinebach eine Befreiung. Seit seinem Hirnschlag war keine Sicht auf Besserung. Abgesehen von dem Krebs, mit dem er weit über der ursprünglichen Prognose seit zwei Jahren auf seinen Tod gewartet hatte. Aber vor Gericht spielt das keine Rolle. Paul Sander muss sich des dreifachen Mordes verantworten.«

Die beiden standen schweigend nebeneinander, bis Lara Riedel plötzlich hinter ihnen auftauchte.

»Wir müssen los. Eine ziemlich hässliche Sache in Eichwald. Ich habe gesagt, wir machen uns direkt auf den Weg ...«, erklärte sie ihrem Kollegen.

Lennard nickte. »Die Taucher werden Ihre Schwester finden, keine Sorge«, verabschiedete er sich von Hannah.

»Vielen Dank. Für alles.«

Hannah atmete tief durch, als die Blasen vor ihr im See immer größer und mehr wurden. Die zwei Taucher kamen fast zeitgleich aus der Tiefe an die Wasseroberfläche und die Beamten im Boot nahmen einen Sack entgegen. Der eine Taucher drehte sich zu Hannah um und gab ihr durch einen Daumen hoch die Bestätigung: Man hatte Jettes Knochen geborgen. In diesem Moment fiel die Last von ihr ab. Ihr Körper löste sich von der inneren Anspannung. Ein Gefühl wie bei ihrem Physiotherapeuten, der eine muskuläre Blockade gelöst hatte. Sie sank zu Boden und lehnte sich gegen eine alte Fichte. Vielleicht war es möglich, Jettes Überreste hier zu begraben. Oder zumindest die Asche. Auferstanden wie ein Phönix. Sicherlich gab es irgendein deutsches Gesetz, was dagegensprach. Aber Hannah würde einen Weg finden.

Die Polizei war samt der Taucher von der Fundstelle abgezogen und auf der anderen Seite des Ufers am Zusammenpacken. Der Einsatz war beendet, doch musste man noch offiziell mittels DNA-Abgleich feststellen, ob es sich wirklich um Jettes Überreste handelte, die die Taucher geborgen hatten. Hannah hatte da keinen Zweifel. Für sie war damit ein Kapitel zu Ende.

Ihr Smartphone vibrierte. Auf dem Display wurde ihr der eingehende Anruf von Stefan Ludwig angezeigt. Sie nahm diesen entgegen.

»Hallo, Stefan. Wie geht's?«

»Danke. Wie geht's dir, Hannah? Ich habe gehört, sie tauchen heute nach Jette ...«

»Gutes Timing. Die Suche ist gerade beendet worden.«

»Und?« Wie konnte sie nur davon ausgehen, dass die nüchterne Bekanntgabe ohne Ergebnis seine berechtigte Neugier befriedigen würde?

»Ich denke erfolgreich.«

Sie hörte ihn befreiend ausatmen.

»Ich bin auch megabefreit«, kommentierte sie den unüberhörbaren Ausstoß an Erleichterung. »Auch wenn es die Sache nicht mehr rückgängig macht – ich freue mich, wenn endlich auf alle Fragen eine Antwort gefunden wird.«

»Wo wir direkt beim Thema wären ...«

»Aha. Welche Antworten hast du denn noch zu liefern?«

»Na ja. Du hattest mich ja letzte Woche ... im Verdacht, Jettes Einträge auf Google gelöscht zu haben.«

Plötzlich fiel bei Hannah der Groschen. Sie hatte, als sie nach Jette gegoogelt hatte, festgestellt, dass Einträge über ihre Person möglicherweise gelöscht wurden und dazu Stefan kontaktiert.

»Ich habe dich nicht im Verdacht gehabt. Das war deine Interpretation. Ich habe nur gedacht, dass, wenn einer weiß, wie so was geht, du das bist. Als IT-Spezialist ...«

»Jaja, komm. Ist auch egal«, tat er ihre Rechtfertigungsversuche lapidar ab. Tatsächlich hatte Hannah zunächst geglaubt, Jette selbst hätte ihre Daten gelöscht. Wenn sie freiwillig untergetaucht wäre, eine naheliegende These.

»Also: In dieser Thematik kannte ich mich nicht wirklich aus. Aber ich habe natürlich auch nach Jette gegoogelt und den Hinweis auf gelöschte Daten nicht erhalten. Dann habe ich mich in das Thema eingelesen und einen Spezialisten dazu kontaktiert.«

Er machte eine verheißungsvolle Pause.

»Na los, sag schon. Ich habe keinen Nerv mehr für Spannungsbögen.«

»In den FAQ bei Google selber zum Thema *Entfernung von Suchergebnissen* schreiben sie: Zitat. ›Wenn Sie künftig online nach einem Namen suchen, werden Sie unter Umständen einen Hinweis sehen, dass die Suchergebnisse möglicherweise aufgrund europäischen Datenschutzrechts modifiziert wurden. Wir zeigen diesen Hinweis in Europa bei der Suche nach den meisten Namen an und nicht nur bei Seiten, die von einer Entfernung betroffen sind.‹«

»Also möglicherweise hat niemand Daten über Jette gelöscht?«

»Richtig. Es ist sogar wahrscheinlich, dass dies niemand getan hat. Das EU-Recht auf Vergessen ist nämlich erst 2014 umgesetzt worden. Es hätte also in den letzten Jahren jemand die Löschung beantragen müssen. Ziemlich unwahrscheinlich, dass Jette oder irgendjemand über zwanzig Jahre nach ihrem Verschwinden eine Löschung beantragt, zumal die gut begründet sein muss.«

»Danke, Stefan.«

»Sehr gerne. Wenn du weitere Fragen zur IT-Sicherheit hast, oder du einfach nur einen Kaffee trinken willst, kannst du mich jederzeit zukünftig besuchen.«

Hannah lachte zum ersten Mal an diesem Tag. Ein befreiendes Gefühl.

»Darauf werde ich zurückkommen«, versprach sie und legte auf.

Hannah saß eine weitere Stunde an der alten Kiefer und genoss die Ruhe, die langsam einkehrte. Das Boot der Polizei war längst auf einem Anhänger verstaut und abtransportiert. Die Schaulustigen waren zurück in das Hotel oder nach Trauertal gekehrt.

Endlich war Ruhe eingekehrt. Endlich war es still.

55

Heiligabend 2023

Hannah hatte den Brief vor ein paar Tagen erhalten, sich aber nicht getraut, ihn zu öffnen. Es war der Brief aus der Asservatenkammer des LKA Rheinland-Pfalz. Ihr Anwalt hatte Akteneinsicht beantragt und die alte Ermittlungsakte zur Einsicht angefordert. Zunächst war unklar, wo und ob überhaupt eine Akte existieren würde.

Der Prozess gegen Paul Sander fand weitestgehend ohne Hannah statt. Sie wurde als Zeugin geladen, blieb den übrigen Verhandlungstagen aber fern. Sie faltete das Couvert und steckte es in ihre Hosentasche.

Hannah sah auf die Uhr. siebzehn Uhr dreißig. Sie hatte vor einer halben Stunde geduscht und sich zumindest ihren neusten Jogginganzug angezogen. Früher, in Trauertal, begann nun die Kindermesse, nach der es üblicherweise die Bescherung gab. Heute war Heiligabend, ein ganz normaler Tag für Hannah. Sie nahm ihr Smartphone von der Ladestation, zog die zwei übrig geblieben Tüten Chips aus der Vorratsschublade und verließ ihre Wohnung.

Der Weg war nicht weit, sie musste lediglich eine Treppe hoch. Die Tür von Henriks Wohnung stand einen Spalt weit offen. Sie trat ein, ohne ein Wort zu sagen, doch das Rascheln der Chipstüten verriet ihre Ankunft.

»Chips bitte direkt in die Schüssel und Tüte in den Gelben Sack, ich brauch noch einen Moment«, rief Henrik aus dem Bad. Hannah lachte leise vor sich hin. *Was für ein Monk*, dachte sie und war innerlich neidisch auf die Ordnung, die in der Wohnung herrschte, in der sie die letzten Monate mehr Zeit verbracht hatte als in ihrer eigenen. Sie war so gut gelaunt wie lange nicht mehr, fast wie ausgewechselt, was auch an Henriks Anwesenheit lag, der sie nach dem emotionalen freien Fall aufgefangen hatte wie das Netz einer Hochseilakrobatin. Sie stieß die Tür zum Bad auf und raschelte mit den Chipstüten. Henrik stand nackt vor dem Spiegel und startete den Föhn, der das Geräusch der Chipstüten übertönte. Er sah Hannah mit einer »Ich kann nichts hören, hast du was gesagt?«-Geste an. Sie grinste ihn an und verließ das Badezimmer.

Nach fünf Minuten kam er ebenfalls im Jogginganzug aus dem Bad und setzte sich neben Hannah auf die Couch.

»Letzte Staffel *Friends*?«

Sie lächelte ihn an. »Ich bin bereit.«

Während er die Serie über die Streamingplattform auswählte, fiel ihm das Gespräch ein, das sie geführt hatten, bevor Hannah runter in ihre Wohnung gegangen war.

»Hast du eigentlich den Brief dabei?«, fragte er und versuchte dabei so unaufgeregt wie möglich zu wirken.

Hannah zog das gefaltete Couvert aus der Tasche und hielt es ihm entgegen.

»Soll ich aufmachen?«

Sie nickte.

Vorsichtig entfaltete er den Umschlag und öffnete ihn dann schnell und ohne Umwege. Hannah dachte an die zahlreichen Pflaster, die ihre Tante stets in einem schnellen Ruck von der Wunde gerissen hatte. »Je schneller man damit ist, desto kürzer ist der Schmerz. Vertrau mir«, pflegte sie zu sagen. Ob das bei dem Brief das Gleiche war? Henrik faltete das Schreiben auf und fing an zu lesen.

»Sehr geehrte Frau Harth. Mit Bedauern müssen wir Ihnen mitteilen, dass die Fallakte mit der Bezeichnung bla, bla, bla ... betreffend Ihre Anfrage vom bla, bla, bla ... bereits am 05. 11. 2018 vernichtet wurde. Die Aufbewahrungsfrist ... bla, bla, bla ...«

Henrik brach das Lesen ab und senkte das Schreiben. Er sah sie mitleidig an. Die Botschaft war klar, da würden auch weitere Worte im Beamtendeutsch keine Erkenntnis bringen. Die Akte zum Verschwinden ihrer Schwester war vernichtet und mit ihr der Abschiedsbrief, den man gefunden hatte.

»Keine Sorge. Ich habe eh keine Hoffnung in diesen Brief gesteckt. Streng genommen war es kein Abschiedsbrief, sondern ein Blatt aus ihrem Tagebuch, in dem sie davon geträumt hatte, abzuhauen. Das Gespräch mit dem Kommissar, der damals ermittelt hat, hat mir deutlich gemacht, dass sie zwar unglücklich war, aber Jette wäre niemals abgehauen, ohne mir Bescheid zu geben.«

Henrik nickte. Er war froh, dass Hannah endlich mit den Geistern der Vergangenheit abschließen konnte. Er wusste, dass ihr verschollener Onkel Reini das letzte ungeklärte Mysterium war. Die offiziellen Abfragen in den üblichen Registern hatten keinen Treffer ergeben – unter seinem Namen fand er weder eine tote noch eine lebendige Person. Er musste seinen Namen geändert haben, wenn er überhaupt noch leben sollte. Henrik hatte auch beinahe die Hoffnung aufgegeben, bis er vor zwei Wochen einen entscheidenden Hinweis erhalten hatte. Doch er wollte Hannah nicht unnötig Hoffnung machen. Er wollte zunächst alles abklären, bevor er ihr das letzte Päckchen abnehmen konnte, das sie mit sich trug.

»Los, starte die letzte Staffel!«, forderte sie ihn auf, endlich auf *Play* zu drücken. Der Prozess hatte viele Fragen geklärt. Insgesamt hatte Hannah ihren Frieden mit all dem, was passiert war, gefunden. Sie spürte Gerechtigkeit, die sie für Jette erkämpft hatte. Und sie spürte, dass irgendwann alles seinen Richter finden würde. Man musste nur darauf vertrauen. Sie konnte nicht ungeschehen machen, was passiert war. Aber sie hatte zur Aufklärung beigetragen und nun war sie bereit, in einen neuen Lebensabschnitt zu starten. Ein Kapitel war zu Ende, aber das Buch ihres Lebens hatte noch viele Seiten übrig.